ダ・フォース
上

ドン・ウィンズロウ

田口俊樹 訳

THE FORCE
BY DON WINSLOW
TRANSLATION BY TOSHIKI TAGUCHI

ハーパー
BOOKS

Published by K.K. HarperCollins Japan, 2018

この本を執筆中、左記の警察官が殉職された。本書を彼らに捧げる。

コーリー・ブレイク・ライド巡査部長、パーシー・リー・ハウスⅢ保安官補、ジョナサン・スコット・パイン保安官補、アマンダ・ベス・ベイカー刑務官、ジョン・トーマス・ホブス刑事、ホアキン・コレア＝オルテガ捜査官、ジェイソン・マーク・クリスプ巡査、アレン・レイ・〝ピート〟・リチャードソン主任保安官補、ロバート・ゴードン・ジャーマン巡査、マーク・アーロン・マヨ警備官、マーク・ヘイデン・ラーソン巡査、アレクザンダー・エドワード・サルマン巡査、デイヴィッド・ウェイン・スミス・ジュニア巡査、クリストファー・アラン・コルティーホ巡査、マイケル・J・セヴェルセン保安官補、ガブリエル・レノックス・リッチ州警察官、パトリック・〝スコット〟・ジョンソン巡査部長、ロベルト・カルロス・サンチェス巡査、チェルシー・ルネー・リチャード州警察官、ジョン・トーマス・コラム主任巡査部長、マイケル・アレキサンダー・ペトリナ巡査、チャールス・デイヴィッド・ディンウィディー刑事、スティーヴン・J・アーケル巡査、ジェイアー・アベラルド・カブレラ巡査、クリストファー・G・スキナー州警察官、フランク・エドワード・マクナイト特別保安官補、ブライアン・ウェイン・ジョーンズ巡査、ケヴィン・ドリアン・ジョーダン巡査、イゴール・ソルド巡査、アリン・ロニー・

ベック巡査、リー・ディクソン警察署長、アレン・モリス・バレス・ジュニア保安官補、ペリー・ウェイン・レン巡査、ジェフリー・ブレイディ・ウェスターフィールド巡査、メルヴィン・ヴィンセント・サンティアゴ刑事、スコット・トーマス・パトリック巡査、マイケル・アンソニー・ピメンテル警察署長、ジェニエル・アマロ＝ファンタオッツィ捜査官、ダリル・ピアソン巡査、ニコラウス・エドワード・シュルツ巡査、ジェイソン・ユージン・ハーウッド巡査長、ジョセフ・ジョン・マツコヴィック保安官補、ブライオン・キース・ディクソンII巡査長、マイケル・アンドリュー・ノリス保安官補、マイケル・ジョー・ネイラー巡査部長、ダニー・ポール・オリヴァー保安官補、マイケル・デイヴィッド・デイヴィス・ジュニア刑事、イェウヘン・〝ユージン〟・コツチェンコ保安官補、ジェシー・ヴァルデスIII保安官補、ショーン・リチャード・ダイヤモンド巡査、デイヴィッド・スミス・ペイン巡査、ロバート・パーカー・ホワイト巡査、マシュー・スコット・チズム保安官補、ジャスティン・ロバート・ワインブレナー巡査、クリストファー・リンド・スミス保安官補、エドウィン・O・ロマン＝アセヴェド捜査官、ウェンジャン・リュー巡査、ラファエル・ラモス巡査、チャールス・コンデック巡査、タイラー・ジェイコブ・スチュワート巡査、テレンス・アヴリー・グリーン刑事、ロバート・ウィルソンIII巡査、ジョシー・ウェルズ連邦保安官補、ジョージ・S・ニッセン巡査、アレックス・K・ヤッズィ巡査、マイケル・ジョンソン巡査、トレヴァー・キャスパー州警察官、ブライアン・レイモンド・ムーア巡査、グレッグ・ムーア巡査部長、リコリ・テイト巡査、ベンジャミン・ディーン巡査、ソニー・スミス保安官補、ケリー・オロズコ刑事、テイラー・タイファルト州警察官、ジェイムズ・アーサー・ベネット・ジュニア巡査、グレッグ・〝ナイジェル〟・ベナー巡査、リック・シルヴァ巡査、ソニー・キム巡査、ダリル・ホロウェイ巡査、クリストファー・ケリー巡査部長、ティモシー・デイヴィソン刑務官、スコット・ランガー巡査部長、ショーン・マイケル・ボルトン巡査、トーマス・ジョセフ・ラヴァリー巡査、カール・G・ハウエル保安官補、スティーヴン・ヴィンセント州警察官、ヘンリー・ネルソン巡査、ダレン・ゴフォース保安官補、ミゲル・ペレス＝リオス巡査部長、ジョセフ・キャメロン・ポンダー州警察官、ドワイト・ダーウィン・マネス保安官補、ビル・マイヤーズ保安官補、グレゴリー・トーマス・アリア巡査、ランドルフ・A・ホルダー刑事、ダニエル・スコット・ウェブスター巡査、ブライス・エドワード・ヘインズ巡査、ダニエル・ニール・エリス巡査、ダレル・レモンド・アレン警察署長、ジェイミー・リン・ジュセヴィックス州警察官、リカルド・ガルヴェス巡査、ウィリアム・マシュー・ソロモン巡査長、ガレット・プレストン・ラッセル・スワシー巡査、ロイド・E・リード・ジュニア巡査、ノア・レオッタ巡査、フランク・ロマン・ロドリゲス警視、ルツ・M・ソト・セガラ警部補、ロザリオ・ヘルナンデス・デ・ホヨス捜査官、トーマス・W・コットレル・ジュニア巡査、スコット・マクガイア特別捜査官、ダグラス・スコット・バーニーⅡ巡査、ジェイソン・グッディング巡査部長、デレク・ギア保安官補、マーク・F・ログスドン保安官補、パトリック・B・デイリー保安官補、グレゴリー・E・〝レム〟・バーニー警視、ジェイソン・モッツァー巡査、リー・タルト特別捜査官、ネイト・キャリガン巡査長、アシュリー・マリー・グインドン巡査、デイヴィッド・ステファン・ホファー巡査、ジョン・ロバート・コフィラ・ジュニア保安官補、アレン・リー・ジェイコブス巡査、カール・A・クーンツ保安官補、カルロス・プエンテ＝モラレス巡査、スーザン・ルイーズ・ファレル巡査、チャド・フィリップ・デルマイヤー州警察官、スティーヴン・M・スミス巡査、ブラッド・D・ランキャスター刑事、デイヴィッド・グラッサー巡査、ロナルド・タレンティーノ・ジュニア巡査、ヴァーデル・スミス・シニア巡査、ナターシャ・マリア・ハンター巡査、エンディ・ディオボング・エクパニア巡査、デイヴィッド・フランシス・マイケル・ジュニア保安官補、ブレント・アラン・トンプソン巡査、マイケル・ジョセフ・スミス巡査部長、パトリック・E・ザマリパ巡査、ローン・ブラッドリー・アーレンズ巡査、マイケル・レスリー・クロー巡査、ジョセフ・ザンガロ主任警備官、ロナルド・ユージン・キエンツェル裁判所警備官、ブラドフォード・アレン・ガラフォラ保安官補、マシュー・レイン・ジェラルド巡査、モントレル・ライル・ジャクソン巡査長、マルコ・アントニオ・ザラテ巡査、マリ・ジョンソン刑務官、クリストファー・D・モールス刑務官、ロバート・D・メルトン警部、クリント・コルヴィヌス巡査、ジョナサン・デ・グズマン巡査、ホセ・イズマエル・チャベス巡査、デグレアン・フレイザー特別捜査官、ビル・クーパー巡査長、ジョン・スコット・マーチン巡査、ケネス・レイ・モーツ巡査、ケヴィン・〝ティム〟・スミス巡査、スティーヴ・オーウェン巡査部長、ブランドン・コリンズ主任保安官補、ティモシー・ジェイムズ・ブラッキーン巡査、レスリー・ゼレブニー巡査、ホセ・ギルバート・ヴェガ巡査、スコット・レスリー・バシオム巡査、ルイス・A・メレンデス＝マルドナド巡査部長、ジャック・ホプキンス保安官補、ケネス・ベティス刑務官、ダン・グレーズ保安官補、マイロン・ジャレット巡査、アレン・ブランツ巡査部長、ブレイク・カーティス・シンダー巡査、ケネス・スティール巡査部長、ジャスティン・マーティン巡査、アンソニー・ベミニオ巡査部長、ポール・ツオゾッロ巡査部長、デニス・ワレス保安官補、ベンジャミン・エドワード・マルコーニ刑事、パトリック・トーマス・カラザース警視代理、コリン・ジェイムズ・ローズ巡査、コーディ・ジェイムズ・ドナヒュー州警察官。

「警官もただの人よ」と彼女は答をはぐらかして言った。

「警官も最初はそうだという話は聞いたことがある」

——レイモンド・チャンドラー『さらば愛しき女よ』

ダ・フォース 上

おもな登場人物

デニス（デニー）・ジョン・マローン——部長刑事。NY市警マンハッタン・ノース特捜部、通称〝ダ・フォース〟所属
フィル・ルッソ——部長刑事。〝ダ・フォース〟マローン班
ビル・モンタギュー（ビッグ・モンティ）——部長刑事。マローン班
ビリー・オニール（ビリー・オー）——刑事。マローン班。殉職
デイヴ・レヴィン——刑事。マローン班の新入り
ラファエル（ラフ）・トーレス——〝ダ・フォース〟所属の部長刑事
ガリーナ／テネリ／オーティス——部長刑事。〝ダ・フォース〟トーレス班
サイクス——警部。マンハッタン・ノース特捜部長
ビル・マクギヴァン——警視
ディエゴ・ペーナ——ドミニカ人麻薬組織の親玉
ファット・テディ・ベイリー——麻薬ディーラー
デヴォン・カーター——大物麻薬ディーラー
ルー・サヴィーノ——チミーノ・ファミリーの幹部
ナスティ・アス——マローンの情報屋
オデル／ワイントラウブ——連邦捜査官
イゾベル・パス——ニューヨーク州南地区連邦検察局の連邦検事
クローデット——マローンの恋人
シーラ——マローンの別居中の妻

ありえない男

パーク・ロウにあるメトロポリタン矯正センター送りになるなど、この世の誰よりありえない男がいるとしたら、それはデニー・マローンだろう。

市長の名を挙げてもいい。合衆国大統領でも。ローマ法王でも——どちらかに賭けろと言われたら、ニューヨークの人間なら誰もが一級刑事デニス・ジョン・マローンよりさきに、市長や大統領や法王の姿を鉄格子の向こうに見るほうに賭けるだろう。

刑事のヒーロー。

刑事のヒーローの息子。

ニューヨーク市警で一番のエリート捜査班のヴェテラン部長刑事。

マンハッタン・ノース特捜部。

しかし、それよりなにより、彼は公《おおやけ》になってはならないもののすべてがどこに隠されているのか知っている男だ。なぜなら、その半分はほかでもない彼自身が隠したものだからだ。

マローン、ルッソ、ビリー・オー、ビッグ・モンティ、それにほかのメンバーも加え、彼らは街をわがものとし、王のように支配していた。そこに住んで、まっとうな暮らしをしようとしている人々のために街を安全にし、安全にしつづけてきた。それが彼らの仕事だった。彼らの情熱であり、愛だった。その仕事がホームプレートのコーナーぎりぎりを突いて、さらにボールに何か細工することを意味するときには、そういうこともちょくちょくやってきた。

安全にはときにどんなコストがかかるのか、人々は知らない。知らないほうがいいからだ。

知りたいと思うかもしれないし、知りたいと言うかもしれない。それでもやはり知ることはない。

マローンと彼の特捜部は市警のただのお巡《まわ》りではなかった。マローンと彼の仲間は三万八千人いる市警のお巡りの一パーセントの中の一パーセントの中の一パーセントだった——誰より賢く、誰よりタフで、誰より機敏で、誰より勇敢で、誰より善良で、誰より悪辣《あくらつ》なお巡りだった。

それがマンハッタン・ノース特捜部だった。

そんな彼ら〝ダ・フォース〟は、冷たく荒々しく容赦のない疾風のように市《まち》を吹き抜け、その勢いに任せて、通りや路地や公園や公営住宅のゴミや汚物をこそげ落とした。まさに略奪者たちを蹴散らす略奪の風だった。

強い風はどんな隙間にも吹き込む。公営住宅の階段にも、安アパートのヘロイン工場にも、社交クラブの奥の部屋《バックルーム》にも、成金のコンドミニアムにも、上流階級のペントハウスにも。コロンバス・サークルからヘンリー・ハドソン橋まで、リヴァーサイド・パークからハーレム川まで、ブロードウェイとアムステルダム・アヴェニューを北へ、レノックス・アヴェニューとセント・ニコラス・アヴェニューを南へ、アッパー・ウェストサイド、ハーレム、ワシントン・ハイツ、インウッドに広がる数字のつく通りで、ダ・フォースが知らない秘密があるとすれば、それはまだ囁《ささや》かれたことのない秘密か、まだ誰も考えたことすらない秘密ということになる。

麻薬の取引き、銃の取引き、人身及び物資の非合法売買、レイプ、窃盗に暴行。そうした犯罪の卵が英語やスペイン語やフランス語やロシア語で孵化《ふか》する。カラードグリーンを添えた鶏の蒸し煮や、ジャーク・ポークや、マリナラソースをかけたパスタや、あるいは五つ星レストランのグルメ向き料理が食べられる席で。利益のために罪から生まれたこの市《まち》では、犯罪の卵はそんなふうに孵化する。

ダ・フォースはそれらを一網打尽《いちもうだじん》にする。特に銃と麻薬の取引きを。なぜなら銃は人を殺し、麻薬は人殺しを誘発するからだ。

そんなダ・フォースのマローンが監獄に囚われてしまったのだ。風はやんだ。しかし、誰もが知っていた。それは台風の目にはいったからであり、今はまさに嵐のまえの静けさであることを。デニー・マローンがFBIに捕まった？　内務監査部でもなければ州の検察局でもなく、FBIに？　相手がFBIでは市《まち》の人間は誰も彼に手出しはできない。

そのため誰もが息をひそめていた。途方もない不安を募らせていた。マローンの一撃を待っていた。なぜなら、デニー・マローンが知っている情報をもってすれば、署長も局長も市警本部長でさえ差し出すことができるからだ。検察官や判事を巻き添えにすることもできるだろう。いや、市長さえ、伝説に出てきそうな銀の皿にのせ、少なくとも下院議員ひとりと、不動産業界の億万長者を数人、前菜として食卓に供することもできるだろう。

だから今はこんなことが囁かれている――マローンは司令部にいるようなもので、台風の目の中にいる者はみな恐れ、とことん恐れ、静けさの中にいながらすでに避難所を探しはじめた、と。それはみんなわかっているからだ。マローンの頭の中にあるものから身を守れるほど高い壁や深い穴などどこにもない。ニューヨーク市警本部《ワン・ポリス・プラザ》にも、刑事裁判所にも、ニューヨーク市長官邸にも、五番街とセントラル・パーク・サウスに建ち並ぶペントハウス御殿にも。

実際、その気になれば、マローンには市《まち》全体を崩壊させることもできるだろう。つまるところ、マローンと彼の部下からは誰も安全ではいられないということだ。

新聞の見出しもテレビのヘッドラインも、これまでその多くがマローンたちによってつくられてきた――〈デイリー・ニューズ〉に〈ニューヨーク・ポスト〉、チャンネル7にチャンネル4にチャンネル2。そんな彼らは〝午後十一時のお巡り〟などと呼ばれた。街で顔の知れたお巡り、市長が名前で知っているお巡り、マディソン・スクウェア・ガーデンにも、メドウランズ・スポーツセンターにも、ヤンキー・スタジアムにも、シェイ・スタジアムにも予約席があり、市《まち》のどんなレストランでもどんなバーでもどんなクラブでも、王族のような待遇を受けるお巡りなのだ。

そんな超一流集団のまぎれもないリーダーがデニー・マローンだった。

市《まち》のどんな家にはいろうと、彼は制服組からも新米刑事からも注目された。警部補は彼に会釈し、警部ですら努めて彼の邪魔にならないようにした。

彼はそれほどまでの敬意を集めていた。

彼の挙げた業績の中でも（彼が阻止した窃盗、彼が受けた銃弾、彼が救った人質の子供、彼がおこなった逮捕、彼が指揮したガサ入れ、彼がもたらした有罪判決を挙げたらきりがない）やはり一番はニューヨーク市警史上最大の麻薬組織の手入れだろう。ヘロインが五十キロ。

その手入れでは麻薬取引きの親玉のドミニカ人が死んだ。

そして、ヒーローの刑事もひとり。

マローンと仲間はそのひとりを埋葬すると――バグパイプが奏でられ、旗がたたまれ、バッジには黒いリボンが掛けられた――すぐにまた仕事に戻った。街にはヤクの売人がいて、チンピラ集団がいて、泥棒がいて、レイプ魔がいて、マフィアがいるからだ。同僚の死を悼《いた》んでいる暇は彼らにはなかった。街を安全なところにしておきたければ、街にいなければならない――昼も夜も平日も休日も。どんな犠牲を払おうと。彼らの妻たちは自分たちがどんな契約書にサインをしたのかよくわかっていた。子供たちは子供たちで自分の父親がどういうことをしているのかすぐに学ぶようになる。そう、彼らの父親は悪党を監獄にぶち込んでいるのだ。

ところが、今はマローンがその監獄にいる。彼がこれまでぶち込んできたクソどもみたいに、監獄の金属製のベンチに坐り、うなだれ、両手で頭を抱え込んでいる。仲間たち――ダ・フォースの兄弟たち――の身を案じている。ほかでもない彼に首を差し出されてしまった彼らは今後どうなるのか。

家族のことも心配だった。彼の妻にしてもこんなことの契約書にまでサインをした覚えはなかった。彼の子供たち――息子と娘――も今はまだ幼くて理解できなくても、いずれ大きくなると、彼を決して赦《ゆる》さなくなるだろう。自分たちはどうして父親なしに大人にならなければならなかったのか。

さらにクローデットもいる。

彼女は彼女で人生を台無しにした。

クローデットは誰より愛を欲する女だ。そんな彼女が誰より彼を必要としても彼はもうそこにはいない。

彼女のためにもほかの誰のためにも彼はもういない。だから自分の愛した人たちが今後どうなるのか、彼には見当もつかない。

その答は彼が見つめている壁にも書かれていない。どうしてこんなところに来る破目になってしまったのか。その答もまた。

いや、そんなのはたわごとだ。少なくとも自分には正直にならなければ。彼は時間以外には何もない眼のまえを見ながらそう思う。

少なくとも、少なくとも、自分には真実を話さなければ。

どうしてこんなところに来ることになってしまったのか。それは自分でもよくわかっている。

一歩一歩、クソ一歩クソ一歩ずつやってきたのだ。

終わりは始まりを知っていても、その逆もまた真というわけにはいかない。

まだ子供の頃には尼さんたちが教えてくれたものだ。神さまは――神さまだけが――わたしたちが生まれるまえから、わたしたちが生きる日々のこともわたしたちが死ぬ日のことも、わたしたちが何者になるのかもご存知なのだと。

マローンは思う――そういうことなら、そのことを教えてくれていてもよかったのに。ひとことでも、何かアドヴァイスをして、おれに注意してくれてもよかったのに。おい、そこのヌケ作、おまえは左に曲がっちまったんだよ、右に曲がらなきゃいけないのに、とでもなんとでも。

しかし、ひとこともなかった。

神の大ファンになるには、彼はこれまであれこれ見すぎてきた。だから今思う。それはお相子《あいこ》で、神もおれの大ファンではないのだろう、と。神には訊きたいことが山ほどあるが、神がひとりでいる部屋を襲っても、神は口を閉ざすだろう。そして、弁護士が来るのを待って、自分の子供に自分のかわりをさせるだろう。

警察に身を置いているあいだに、マローンは自らの信念などすべてなくしてしまっていた。そして、そのときが来たときには――悪魔の眼をのぞき込むようになってしまったときには――彼と殺人者とのあいだにはもう何も残っていなかった。銃の引き金を引くときの十ポンドの力しか。

十ポンドの重力しか。

引き金を引いたのは確かにマローンかもしれない。が、彼を引きずり降ろしたのはたぶん重力だったのだろう――警察に十八年身を置いたことから生じる情け容赦のない不寛容な重力だったのだろう。

彼をこの場に引きずり降ろしたのは。

もちろん、マローンもこんな場所で終わるために警察官になったわけではなかった。こんな場所で終わることを考えながら、警察学校卒業の日に――人生で一番幸せだった日に――帽子を放り投げ、誓いを立てたわけではなかった。

彼もまた人を導く星をひたと見すえ、地に足をしかと着けて歩きだしたのだ。しかし、人が歩む人生にはありがちなことながら、極北をめざして歩きはじめても、歩く方角はときにぶれる。それが一年ほどのあいだのことなら、たぶん問題はないだろう。五年でも支障はないかもしれない。ただ、月日が経てば経つほど、最初にめざそうとしたところからずれてしまうというのはよくあることだ。そうなると、気づいたときには離れすぎてしまい、最初の目的地がもはやどこにも見えなくなる。

だからと言って、出発点には戻れない。

時間と重力がそれを許さない。

それができるなら――とマローンは思う――多くを差し出してもいい。

いや、すべてを差し出しても。

なぜなら、パーク・ロウのこのような連邦の拘置所でキャリアを終えるなど考えもしなかったからだ。実際、誰も考えもしなかっただろう、神以外は誰も。しかし、神は彼に何も言ってくれなかった。

そして今、彼はここにいる。

銃もなく、バッジもなく、彼が誰であり、何者であるかを語ってくれるものもなく、彼は今ここにいる。

汚れたお巡りとして。

プロローグ 手入れ

レノックス・アヴェニュー、
ハニー、
深夜。
神がぼくたちを笑っている。
——ラングストン・ヒューズ『レノックス・アヴェニュー / 深夜』

ハーレム、ニューヨーク市

二〇一六年七月

午前四時。

決して眠らない市《まち》も今は身を横たえ、眼を閉じている。

フォードのクラウン・ヴィクトリアでハーレムの背骨を北上しながら、マローンはそんなことを思う。

人々は、アパートメントハウスやホテル、公営住宅や安アパートの壁と窓の向こうでまだ眠っている。あるいは眠れないでいる。眠っている人々は夢を見、眠れない人々は夢の先にあるものを見ている。人々は闘い、ファックし、あるいはその両方をしている。愛し合って子供をつくっている。通りに向けてではなく互いに向けて、罵声を吐くか、それともやさしいことばを囁いている。赤ん坊をあやして寝かしつけようとしている者もいれば、仕事に向けてすでに起きだしている者もいる。あるいは、ヘロインの塊《かたまり》をグラシンペーパーの袋に詰めている者もいる。起き抜けの一発にそれを必要としている中毒者に売るために。

娼婦たちのあと、掃除夫たちのまえのはざまの時間帯。手入れはそういう時間帯にやらなければならない。マローンはそのことを知っている。午前零時を過ぎたら、ろくなことは起こらない。それが彼の父親の口癖だった。彼の父親も同じ市《まち》のお巡りだった。深夜のシフトを終えると、眼には不快さ、鼻には死臭、心には氷柱《つらら》を抱えて帰宅したものだ。心の氷柱は永遠に溶けることがなく、結局、それが彼の命取りとなった。ある朝、車から自宅の私道に降り立ったところで、彼の心臓は動きを止めた。医者が言うには、地面に倒れたときにはもうすでにこと切れていたということだ。

マローンが見つけたのだ。

まだ八歳だった。歩いて学校に行こうと玄関を出て、ブルーのオーヴァーコートを見つけたのだ。彼も手伝い、私道から掻き出した汚れた雪の上に。

まだ夜明けまえなのに、すでに暑くなっている。大家である神がヒーターのスウィッチを切るのを拒み、エアコンのスウィッチを頑《かたく》なに入れようとしないそんな夏の日――市《まち》は苛立ち、機能停止、あるいは喧嘩《けんか》か暴動が起きる寸前にある。あたりには日の経ったゴミと饐《す》えた小便のにおいが漂っている。甘くて酸っぱくて腐敗したにおい。老娼婦の香水のようなにおい。

マローンはそのにおいが好きだ。

もっとじりじりと暑くなり、騒がしくもなる昼間でさえ──チンピラどもが街角に姿を現わし、ヒップホップの重低音が人の耳を傷《いた》め、公営住宅の上階の窓からは瓶やら缶やら汚れたおむつやら小便を入れたビニール袋が飛んできて、熱気の中、もともと漂う悪臭に犬の糞が加担する昼間でさえ──彼はここではない世界のどこかほかの場所に行こうとは思わない。

こここそ彼の街であり、彼のシマであり、彼の心臓だからだ。

レノックス・アヴェニューを北上し、マウント・モーリス・パーク歴史地区の優雅なブラウンストーン造りの建物のまえを通り過ぎながら、マローンはその地の小さな神々を崇《あが》める──エベニーザー福音礼拝堂の二本の塔。日曜日にはその礼拝堂から天使が歌う讃美歌が聞こえる。さらにエフェソス・セヴンスデー・アドヴェンティスト教会のよくめだつ尖塔が見え、さらにその一ブロックを進むと、〈ハーレム・シェイク〉がある。と言っても、〝ハーレム・シェイク〟の掛け声で一斉にみんなが街中で踊り出すあれではなく、市《まち》で一番のハンバーガーを出す店のひとつだ。

死んだ神々もいる――歴史のある〈レノックス・ラウンジ〉。イコンのような看板。赤い店構え。すべてが歴史だ。この店ではビリー・ホリデイが歌い、マイルス・デイヴィスやジョン・コルトレーンが吹いた。さらに作家のジェイムズ・ボールドウィンやラングストン・ヒューズ、それにマルコムXもこの店の常連だった。今は閉ざされている。窓は茶色い紙で覆われ、ネオンも消されたままだ――ただ、再営業されるという噂もないではない。

マローンは懐疑的だが。

死んだ神々が甦《よみがえ》ることはない。甦るのはおとぎ話の世界でだけだ。

一二五丁目通り――別名ドクター・マーティン・ルーサー・キング・ジュニア・ブルヴァード――を越える。このあたりは都市の先駆者と黒人の中流階級によって高級化され、全米不動産協会によって〝ソーハー〟と命名された。マローンには、こうした合成語はどんなものも昔ながらの近隣の弔鐘《ちょうしょう》のように聞こえる。ダンテの『神曲』の中の地獄《ヘル》の最下圏を買うことができたら、不動産業者はきっと〝ローヘル〟とでも名づけ、ブティックやコンドミニアムを量産することだろう。

十五年前、レノックス・アヴェニューのこのあたりはシャッター街だった。それが今はまた新しいレストランやバーやサイドウォーク・カフェができ、地元の富裕層が食事をしたり、白人が〝今〟を感じたりしにやってくる流行《はや》りの一帯になっている。そのため、新しく建てられたコンドミニアムの値段は二百五十万ドルにも跳ね上がっている。ハーレムの今のこのあたりについて知っておく必要があるのは、〈バナナ・リパブリック〉が〈アポロ・シアター〉の隣りにあるということぐらいだろう。土地の神々と商売の神々のどちらかに賭けなければならないとなったら、それはいつだって金に賭けたほうがいいに決まっている。

さらに北上すると、公営住宅の中に今もまだ貧民地区《ゲットー》が残っている。

マローンを乗せた車は一二五丁目通りを渡り、〈ジニーズ・サパー・クラブ〉が地下にはいっているレストラン〈レッド・ルースター〉のまえを通る。〈アポロ・シアター〉ほどではないにしろ、神殿はほかにもある。そのどこもがマローンには聖なる場所だ。

ベイリー斎場でおこなわれた葬儀には何度も出席し、レノックス酒店では一パイント瓶を何本も買い、ハーレム病院の緊急治療室では傷を何針も縫ってもらったこともある。フレッド・サミュエル遊技場のヒップホップ・スターのビッグLの壁画のそばでバスケットボールをしたことも、〈ケネディ・フライド・チキン〉の防弾ガラス越しに料理を注文したこともある。通りに車を停めて、子供たちが踊るのを見たこともあれば、屋上に上がってマリファナを吸ったことも。フォート・トライオン・パークから朝日が昇るのを見たことも。

今はもういない昔の神々――〈サヴォイ・ボールルーム〉と〈コットン・クラブ〉。ともにマローンが生まれたときにはもうなかったが、ハーレム・ルネサンスの亡霊は今もこの界隈をさまよっている。かつてここはどういうところだったのか、そのイメージを彷彿《ほうふつ》とさせつつ、もはや二度と同じようにはならないことを人々に教えている。

それでも、レノックス・アヴェニューは今でも生きている。

実際、振動もしている。レノックス・アヴェニューの端から端まで、通りに沿って地下鉄が通っているからだ。マローンはその二番線の電車によく乗ったものだ。当時、その線は〝ビースト〟と呼ばれていた。

今のレノックス・アヴェニューは〈ブラック・スター・ミュージック〉にモルモン教会に〈アフリカン・アメリカン・ベスト・フード〉。そんな通りの端までやってくる。そこでマローンは車を運転しているルッソに声をかける。「そのブロックをひとまわりしてくれ」

フィル・ルッソはハンドルを左に切って一四七丁目通りにはいり、ブロックをぐるっとまわる。七番街を南下し、もう一度左折して、一四六丁目通りにはいり、オーナーに見捨てられ、所有権がネズミとゴキブリに移された安アパートのまえを通る。オーナーはそうやって住人を追い出すことで、ヤク中がこっそり中にはいり、火事を起こしてくれることを祈っている。保険金をせしめ、敷地が更地になることを。

一石二鳥になることを。

マローンは見張り番か、無線車の中で居眠りをしている深夜シフトの警官を探す。ある建物のドアのまえにひとり、見張り番が立っている。緑のバンダナに緑のナイキ、緑の靴ひもという恰好から、その男がドミニカ系ギャング〈トリニタリオ〉の一員であることがわかる。

マローンのチームはその夏ずっとその建物の二階にあるヘロイン工場を監視していた。ヘロインはメキシコ人によって、ニューヨーク市を仕切っているドミニカ人ディエゴ・ペーナのもとに届けられる。ペーナはそこで一キロの塊を一袋十ドルの〝ダイム・バッグ〟に小分けし、ドミニカ人のちんぴら、〈トリニタリオ〉、DDP（〝ドミニカ人は遊ばない《ドミニカンズ・ドント・プレイ》〟）に卸し、それが公営住宅に住む黒人とプエルトリコのギャングに行き渡る。

今夜、工場は丸々と肥《ふと》っている。

金で丸々と。

ヤクで丸々と。

「準備しろ」マローンはそう言って、腰のホルスターに差したSIGザウアーP226を点検する。ベレッタ8000Dミニ・クーガーは腰のうしろの窪みに、新品のセラミックプレートを埋め込んだヴェストのすぐ下にある。

マローンは手入れのときにはチーム全員にその防弾ヴェストをつけさせる。ビッグ・モンティはサイズが小さすぎると文句を言うが、マローンはそれにはこう答える、それでも棺桶ほど窮屈ではないはずだと。ビル・モンタギュー、またの名をビッグ・モンティは昔ながらのお巡りだ。形ばかりの小さなつばの左側に赤い羽根をあしらった中折れ帽を夏でもかぶっている。それが彼のトレードマークだ。暑さに対する対策としては、XXXLサイズのグアヤベラ・シャツをカーキのズボンの外に出して着ている。そして、火のついていない葉巻をいつも口にくわえている。

セラミックパウダーの弾丸《たま》を込めた、五十センチの銃身でポンプアクション、十二番径のモスバーグ590がフィル・ルッソの足元に置かれている。ルッソはイタリアンカットの先の細い、よく磨かれた革靴を履いており、その靴の色は彼の髪の色とマッチしている。ルッソはイタリア人には珍しい赤毛なのだ。マローンはそのことについてこんなジョークを言う――おまえの家系には公にできないアイルランド人がひとりいるんじゃないか。ルッソはそれにはこんな答を返す――それはありえない。だっておれはアル中じゃないし、ちんぽこを虫眼鏡で探さなきゃならないようなこともないもの（アイルランド人には赤毛とアルコール依存症が多く、また俗に性的に未熟とされる）。

ビリー・オーことビリー・オニールはＨ＆Ｋ・ＭＰ５サブマシンガンと大きな音だけがする閃光手榴弾《せんこうしゅりゅうだん》ふたつとダクトテープをひと巻き持っている。ビリー・オーはチーム最年少だが、勘がよく、世故《せこ》にも長《た》け、動きも敏捷《びんしょう》だ。

それになによりガッツがある。

マローンにはわかってる――ビリーは決して逃げない。恐怖に凍りつくようなこともない。必要とあらば、引き金を迷いなく引ける男だ。強いて言えば、その逆だ。早まりやすいところがビリーの欠点だ。ケネディ大統領のような見てくれのよさとアイルランド人気質の持ち主で、ケネディらしさはほかにもある。女が好きで、女も彼が好きだというところだ。

今日の手入れはきわどい手入れだ。

ヤバい手入れだ。

コカインや覚醒剤でハイになっているやつらと相対するには、こっちも薬理学的に同じような状態になっているほうがいい。マローンは〝ゴー・ピル〟――興奮剤のデキセドリンを二錠飲む。そして、〝ＮＹＰＤ〟と白いステンシルで書かれた青いウィンドブレーカーを羽織り、バッジをつけた吊るしひもを胸に垂らす。

ルッソはブロックをもうひとまわりし、一四六丁目通りの角を曲がったところで、アクセルを目一杯踏み込む。そして、工場のまえまで来ると、急ブレーキをかける。そのタイヤの音に見張り番が振り向くが、そのときにはもう遅い――マローンは車が停まったときにはもう降りており、見張り番の顔を壁に押しつけると、SIGの銃口を男の頭に突きつけて言う。

「声《カヤー》をあげるな、このクソ《ペンデホ》。ひとことでも何か言ったら、おまえをずたずたにするからな」

そう言って、うしろから見張り番の脚を蹴って地面に坐らせる。そのときにはもうビリーがすぐうしろに来ており、ダクトテープで男の手をうしろ手に縛り、さらにテープで口をふさぐ。

チームのほかのメンバーは建物の壁に身を押しつけている。「おれたちはどんな些細《ささい》なヘマもしない」とマローンが言う。「今夜は全員無傷で家に帰る」

デキセドリンが効きはじめる。鼓動が速まり、血が熱くなる。

いい気分だ。

彼はビリー・オーを屋上に遣《や》り、非常階段を降りて、二階の窓を見張るよう指示する。

それ以外のメンバーは階段をのぼる。SIGをまえに構えたマローンが先頭に立ち、ショットガンを持ったルッソがそのあとに続き、モンティがしんがりを務める。

マローンは自分の背後をいささかも心配していない。

階段を上がりきったところに木のドアがある。

マローンはモンティにうなずいてみせる。

ビッグ・モンティは階段を上がってくると、ドアとドア枠のあいだに、ドアをこじ開ける〝ラビット〟を噛《か》ませ、思いきりラビットのハンドルを押しつける。額に汗が噴き出し、黒い肌を伝う。軽い音をたてて、ドアが開く。

マローンは中に踏み込むと、銃を扇状に動かす。が、玄関ホールには誰もいない。右を見ると、廊下のつきあたりに新しい金属のドアが見える。そのドアの向こうから、ドミニカ発のダンス音楽の音、スペイン語の話し声、コーヒー・グラインダーの音、マネーカウンターの機械音が聞こえてくる。

犬が鳴いている。

くそ、とマローンは胸につぶやく。今じゃヤクの売人は誰もが犬を飼っている。イーストサイドの気取った女がみんな、よく鳴くちっちゃなヨークシャーテリアをハンドバッグに入れているみたいに、ピットブルを飼っている。それは悪い考えではない――犬というのは囮《おとり》捜査官の大敵だし、工場で働いている娘《チーカ》たちも犬に顔を噛みちぎられると思ったら、ヤクをこっそり盗むなどという考えはあっさり捨てるだろうから。

マローンが心配したのはビリー・オーのことだ。ビリーは大の犬好きなのだ。ピットブルでさえ好きなのだ。マローンはそのことを四月に学んでいた。彼らが川沿いの倉庫の手入れをしたときのこと、彼らの咽喉笛《のどぶえ》めがけて、三匹のピットブルが金網フェンスを突き破って襲いかかってきた。が、ビリー・オーにはその犬を撃ち殺すことができなかった。ほかのメンバーに撃たせることも。で、彼らはわざわざ工場の裏にまわり、屋上まで非常階段をのぼってから降りてこなければならなかったのだ。

なんとも苛立たしいことに。

いずれにしろ、ピットブルはマローンたちに気づいたようだが、ドミニカ人たちはまだ気づいていない。彼らのひとりの怒鳴《どな》り声が聞こえる。「黙れ《カヤーテ》！」何か鋭い音がして、そのあとはもう、犬の鳴き声は聞こえなくなる。

しかし、〈ハイガード〉製の鋼鉄のドアが問題だ。

ラビットでは歯が立たない。

マローンは無線で呼びかける。「ビリー、位置についたか？」

「ついてる、ボス」

「これからドアを吹き飛ばす」とマローンは言う。「でかい音がしたら、閃光手榴弾を投げ込め」

「了解、デニー」

マローンはルッソにうなずいてみせる。ルッソはドアの蝶番《ちょうつがい》を狙ってショットガンを二発撃つ。セラミックパウダーが音速より早く炸裂し、ドアはあっけなく降参する。ビニールの手袋とヘアネットしか身に着けていない素っ裸の女たちが、窓の外の非常階段めがけて駆けだす。ほかの者たちはテーブルの下に身を隠す。マネーカウンターが現金を床に吐き出す。スロットマシンがコインではなく紙幣をばら撒いているかのように。

マローンが叫ぶ。「警察だ！」

左手の窓にビリーの姿が見える。

ただいるだけだ。窓越しに中をじっと見ている。どうした！　手榴弾を投げろ！

が、ビリーは投げない。

いったい何を待ってる？

そこでようやくマローンも気づく。

ピットブルには四匹の子犬がいたのだ。母犬のうしろで身を寄せ合ってボールのように丸くなっている。母犬は鎖を目一杯引っぱって、吠《ほ》えている。子犬たちを守ろうとして必死に吠えている。

ビリーは子犬を傷つけたくないのだ。

マローンは無線越しに怒鳴る。「この馬鹿野郎、早くしろ！」

ビリーは窓越しに彼を見ると、窓ガラスを蹴って割り、手榴弾を放り込む。

しかし、遠くへは投げない。クソ子犬どもを少しでも守ろうとする。

炸裂の衝撃で窓ガラスがすべて割れ、その破片がビリーの顔と首に降りかかる。

眼がくらむような明るい白色光――叫び声に悲鳴。

マローンは三つ数えてから中にはいる。

中はカオスだ。

〈トリニタリオ〉のひとりがくらんだ眼を片手で覆い、もう一方の手に持ったグロックを乱射しながらよろよろと窓のほうへ、非常階段のほうへあとずさりして向かっている。マローンはその男の胸に二発ぶち込む。男は窓に向けて倒れ込む。もうひとりのガンマンが机の下からマローンを狙って撃ってくる。マローンは三八口径の一発でその男を仕留め、もう一発撃ってとどめを刺す。

女たちは窓から出してやる。

「ビリー、大丈夫か？」

ビリー・オーの顔はハロウィーンのカボチャみたいになっている。

切り傷は腕にも脚にもできている。

「アイスホッケーの試合でもっとひどく切っちまったこともあるからね」と彼は笑いながら言う。「ここが片づいたら自分で縫うよ」

いたるところに金がある。束になって。機械の中に入れられて。床じゅうに散らばっている。ヘロインはまだコーヒー・グラインダーの中にある。

しかし、大した量ではない。

壁に掘られたラ・カハ――隠し場所――が口を開けている。

そこにヘロインの塊が床から天井まで積み上げられている。

ディエゴ・ペーナはおとなしくテーブルについて坐っている――仲間がふたり死んだことをどう思っているにしろ、それは顔には出ていない。「捜査令状はあるのか、マローン？」

「助けを求める女の叫び声が聞こえたもんでね」とマローンは答える。

ペーナはにやりとする。

洒落者《しゃれ》のクソ野郎。着ているグレーの〈アルマーニ〉は二千ドルはするだろう。金《きん》の〈オーデマ・ピゲ〉の腕時計はその五倍はするだろう。

マローンがその時計を見たのに気づいてペーナは言う。「これはあんたのだ。あと三個持ってるんだよ」

ピットブルが狂ったように吠えている。つないだ鎖がぴんと張っている。

マローンはヘロインを見ている。

黒いビニール袋に真空包装されて積まれている。

市《まち》を何週間もハイにしておくのに充分な量だ。

「数える手間を省いてやるよ」とペーナは言う。「ちょうど百キロだ。メキシコのシナモン・ヘロイン――〈ダークホース〉――純度は六十パーセント。キロ十万ドルで売れる。あんたが今見てるキャッシュはざっと五百万といったところだ。ヤクもキャッシュもやるよ。おれはドミニカ行きの飛行機に乗って、それでおれたちはもう二度と会わない。考えてみてくれ。ちょいと背中を向けるだけで、千五百万稼げる機会が次にいつ訪れるか」

それでおれたちはみな今夜家に無事に帰れる。マローンはそう思いながら言う。

「銃を出すんだ。ゆっくりとな」

ペーナは言われたとおりゆっくりとジャケットの中に手を伸ばす。

マローンはペーナの胸に二発撃ち込む。

ビリー・オーがしゃがんでヘロインの一キロの塊を取り上げ、ナイフで封を切ると、小さなガラス瓶をその中に突っ込んで、少量のヘロインを付着させる。そして、ポケットから取り出したビニールの小袋の中にガラス瓶を入れると、袋の中に入れたままガラス瓶を割る。そして、色が変わるのを待つ。

ヘロインが紫に変わる。

にやりとしてビリーが言う。「おれたちは大金持ちだ！」

マローンはビリーに命じる。「急げ」

乾いた金属音が聞こえ、鎖を引きちぎったピットブルがマローンに向かって突進してくる。ビリーが仰向けにひっくり返り、その拍子に一キロのヘロインの塊が宙に飛ぶ。ヘロインがキノコ雲のように広がり、それが雪のようにビリーの傷口に降り注ぐ。

銃が一発撃たれ、モンティが犬を殺す。

しかし、ビリーは床に倒れたまま動かない。その体が硬直し、すぐに脚が痙攣《けいれん》しはじめる。ヘロインが大量に血管を駆けめぐると、その痙攣は制御不能になる。

足が激しく床を蹴る。

マローンはそんなビリーのそばに膝をつき、腕に抱いて叫ぶ。

「ビリー、駄目だ！　がんばるんだ！」

ビリーはうつろな眼でマローンを見上げる。

顔が真っ白になっている。

バネが弾けるようにビリーの背骨が曲がる。

ビリーはそうしてこと切れる。

ふざけたビリー、若くてイケメンのビリー・オーは、すでに数年後の彼ほどにも歳を取ってしまっている。

マローンは心臓に痛みを覚える。何かが破裂したような鈍い感覚に襲われ、最初、彼は撃たれたのかと思う。が、傷はどこにもない。破裂したのはおれの頭だ。マローンはそう思い直す。

そして思い出す。

今日が独立記念日だったことを。

第一部
ホワイト・クリスマス

PART1
WHITE CHRISTMAS

ジャングルへようこそ、ここがおれの住処《すみか》
ブルースが生まれたところ、歌が生まれたところ
――クリス・トーマス・キング『ウェルカム・トゥ・ダ・ジャングル』

1

ハーレム、ニューヨーク市
クリスマス・イヴ

正午。

デニー・マローンは〝ゴー・ピル〟を二錠、口に放り込んでからシャワーを浴びる。深夜から朝八時までのシフトを終えて目覚めたあとは、どうしてもアッパー系の薬が要《い》る。

シャワーヘッドに顔を向け、針のように鋭いしぶきが皮膚に突き刺さる痛みをこらえる。

これも必要なもののひとつだ。

疲れた肌、疲れた眼。

疲れた魂。

マローンは向きを変え、熱い湯が首のうしろや肩を激しく叩きつけるのをゆっくりと味わう。タトゥーの入れられた腕を湯が流れる。いい気持ちだ。一日じゅうでもこうしていられる。しかし、彼にはやらなければならないことがある。

「さて、そろそろ出番だ、相棒」と彼は自分に言う。

彼には果たさなければならない役目がある。

シャワーから出て体を拭き、腰にタオルを巻きつける。

百八十八センチ、がっしりとした体格。三十八歳になったマローンは、自分の見た目が威嚇《いかく》的であることを自覚している。それが太い二の腕のタトゥーのせいにしろ、いくら剃《そ》っても剃り跡の残る濃いひげのせいにしろ、短く刈り上げられた黒い髪のせいにしろ、あるいは〝なめんじゃねえ〟とばかりに睨《にら》みつける青い眼のせいにしろ。

折れた鼻と唇の左上にある小さな傷痕《きずあと》のせいにしろ。傷といえば、右脚にはもっと大きな傷痕がある――愚かにも銃で撃たれて武勇勲章をもらったときの傷痕だ。しかし、と彼は思う、それがニューヨーク市警だ。馬鹿なやつに勲章を授け、利口なやつからバッジを取り上げるのが。

直接的な衝突に巻き込まれずにすんでいるのは、たぶんこの凄味《すごみ》の利いた見てくれのおかげだろう。もちろん、自分でも気をつけてはいる。つまるところ、話し合いで片をつけるのがプロというものだ。闘えば怪我をする――たとえ指の関節だけでも――転げまわれば服も汚れる。アスファルトにはどれほどの汚物がこびりついているか、それは神のみぞ知る、だ。

ウェイトトレーニングはほとんどしない。せいぜいサンドバッグを叩く程度で、仕事に合わせて早朝か午後の遅い時間に、リヴァーサイド・パークをよく走る。広々としたハドソン川の景色と、対岸に見えるジャージーやジョージ・ワシントン橋の眺めが気に入っているのだ。

小さなキッチンにはいると、クローデットが起きたときにいれたコーヒーが少しだけ残っている。それをカップに注いで電子レンジで温める。

彼女はレノックス・アヴェニュー一三五丁目のハーレム病院――彼女のアパートメントから四ブロックと離れていない――でシフト勤務を連続して引き受けている。そのおかげで、クローデットの同僚の看護師は家族と一緒の時間を過ごしている。彼も運がよければ、今日の夜遅くか、明日の朝早くには彼女に会えるかもしれない。

コーヒーの香りがなくなり、まずくなってもマローンは気にしない。コーヒーの品質にも興味はない。カフェインの刺激でデキセドリンの効き目を早めたいだけだ。グルメコーヒーがどうのこうのというご託には耐えられない。自撮り写真を撮りたくて、世紀のアホが十分もかけて完璧なラテを注文するのを列のうしろで待つなどまっぴらだ。たいていのお巡りがそうするように、マローンもコーヒーの中にクリームと砂糖をぶち込む。クリームはコーヒーを飲みすぎた胃を守ってくれ、砂糖は元気を与えてくれる。

彼には要求どおりに処方箋を書いてくれる医者がアッパー・ウェストサイドにいる――興奮剤のデキセドリン、鎮痛剤のヴァイコディン、抗不安薬のザナックス、抗生物質、なんでも書いてくれる。何年かまえ、その親切な医者――なかなかハンサムな男で、妻と三人の子供がいる――にはひそかにつきあっていた女がいた。ところが、そのうち女は彼を強請《ゆす》る決心をし、彼のほうは別れる決心をした。

マローンはその女に会って話をつけたのだ。一万ドルのはいった封筒を渡し、これで終わりだと告げることで。今後一切、医者には接触しないこと。さもなければ留置所にぶちこまれ、ピーナッツバターをもうひとさじもらうためだけに、女の大事なところを捧げることになるぞ、と脅すことで。

そのことを恩に感じたその医者は以来、マローンの希望どおりの処方箋を書いてくれている。おまけにたいてい無料サンプルもまわしてくれる。これがささやかながら大いに助かる。生命保険の審査をパスしたければ、診療記録に興奮剤や鎮痛剤の履歴をでかでかと残すわけにはいかない。

電話だと仕事の邪魔になるので、マローンはクローデットにメールを送る。目覚ましでちゃんと起きられたことを伝え、彼女の仕事の様子を尋ねる。返事はすぐに返ってくる。

〝クリスマスだからクレイジーだけど、大丈夫〟

　クリスマスだからクレイジー。

　ニューヨークはいつだってクレイジーだ。マローンはそう思う。

　クリスマス・クレイジーがなくても、大晦日《おおみそか》クレイジー（みんなが酔っぱらう）があり、ヴァレンタイン・クレイジー（夫婦喧嘩が急増し、バーではゲイが喧嘩を始める）があり、聖パトリック祭クレイジー（お巡りが酔っぱらう）があり、独立記念日クレイジーがあり、労働者の日クレイジーがある。だから、われわれに必要なのは休日の休日だ。試しに一年休日をやめるのもひとつの手だ。もしかしたら効果があるかもしれない。

　たぶんないだろうが。

　なぜなら、〝年がら年じゅうクレイジー〟がまだ残っているからだ――アル中クレイジー、マリファナ・クレイジー、コカイン・クレイジー、メタンフェタミン・クレイジー、愛情クレイジー、憎悪クレイジー、それに個人的にはマローン好みの昔ながらのクレイジー・クレイジー。一般市民は気づいていないかもしれないが、今やこの市《まち》の刑務所は事実上、市営精神科病院か市営解毒センターと化している。入所者の四分の三は薬物反応が陽性か、精神障害者か、その両方かだからだ。

　本来は刑務所ではなく病院にいるべき人々だ。が、健康保険にはいっていないのだ。

マローンは寝室に行って着替えをする。デニムの黒いシャツに〈リーバイス〉のジーンズ、爪先が鋼鉄で補強された〈ドクターマーチン〉のブーツ（ドアを蹴破るのに重宝）に黒革のジャケット。この恰好は、ニューヨーク市スタッテン・アイランド地区のアイルランド系アメリカ人にとっては準公式の制服と言える。

マローンはスタッテン・アイランドで育った。彼の妻子もそこに住んでいる。スタッテン・アイランド出身のアイルランド系とイタリア系には、職業の選択は基本的に警官か消防士か悪党かしかない。で、マローン自身はひとつ目の職業を選び、彼の弟とふたりの従兄弟は消防士を選んだ。

正確に言うなら、彼の弟リアムは消防士だった。9・11までは。

マローンは今でも年に二回、シルヴァー・レイク墓地を訪ね、リアムの墓に花を手向け、アイリッシュ・ウィスキーのジェムソンを一本と、アイスホッケーのニューヨーク・レンジャーズの戦績をまとめたレポートを供えにいっている。

戦績はだいたい惨憺《さんたん》たるものだが。

昔はみんなでリアムのことをよくからかったものだ。お巡りではなく、〝ホース・モンキー〟——消防士——になった一家の面汚し《ブラック・シープ》と言って。あれだけホースを引きずりまわしていたら、さぞ腕も伸びたことだろうと、マローンはふざけて弟の腕の長さを測ったりしたものだ。リアムはリアムで、お巡りが何かを持って階段をのぼるとしたら、それはドーナッツのはいった袋ぐらいのものだ、とよく言い返した。また、どっちの仕事のほうがより多く盗めるかといった冗談半分の競争もした——一般家庭の火事で駆けつけた消防士と、押し込み強盗の通報を受けたお巡りとではどちらが稼げるか。

マローンは弟を愛していた。父親が不在の夜はいつも弟の面倒をみていた。また、チャンネル11で放映されるレンジャーズの試合をふたりでよく見たものだ。一九九四年にレンジャーズがスタンレー・カップの覇者となった夜は、マローンのこれまでの人生の中でも最高の部類と言える幸せな夜だった。リアムとふたりでテレビのまえにひざまずき、レンジャーズが辛くも一ゴールのリードで踏んばった試合最後の一分間は、まさに固唾《かたず》を飲んで見た。結果は、クレイグ・マクタビッシュ——神よ、クレイグ・マクタビッシュに祝福あれ——がバンクーバー・カナックスの敵陣奥深く何度もパックを打ち返し、ついには時間切れとなって、レンジャーズは四対三でシリーズ優勝。デニーとリアムは抱き合い、跳び上がって喜んだものだった。

そのリアムが死んだのだ。いともあっけなく。その知らせを母親に伝えたのはマローンだった。母はその日を境に人が変わってしまい、もとに戻ることはなく、そのちょうど一年後に他界した。医者には癌《がん》だと言われたが、マローンには母も9・11の犠牲者のひとりとしか思えない。

制式拳銃のＳＩＧザウアーのホルスターをベルトに取り付ける。

警官の多くはショルダー・ホルスターを好んで着けるが、マローンに言わせれば、手をそこまで持ち上げるのは無駄な動きでしかない。武器は常に手のそばに備えておくべきだ。

次に、制式ではないベレッタを腰のうしろの窪みに収まるように、ジーンズのベルトに差す。コンバットナイフは右のブーツの中に入れる。それが規則違反だけではなく、違法行為であるのは重々承知の上だ。しかし、どこかの犯罪者に万一銃を奪われた場合、何を握ればいい？　ちんぽこでも？　ゴミのように死ぬつもりはマローンにはない。切って、切り裂いて、刺しまくる。それだけだ。

いや、そもそも誰がおれを襲ったりする？

なんだ、そりゃ？　そんなやつはいくらもいる。近頃はお巡り全員が背中に標的を貼りつけて歩いているようなものだ。

今はニューヨーク市警にとって最悪のときだ。

まずはマイケル・ベネット射殺事件。

十四歳の黒人少年マイケル・ベネットがブルックリンのブラウンズヴィルで警官に撃た

れて死んだ事件だ。典型的な例だった。夜間、不審な少年を見つけた警官――ヘイズという名の新米――が少年に立ち止まるよう命じた。が、少年は立ち止まらず、振り向きながらズボンのベルトに差した何かを抜き出した。ヘイズはそれを銃だと思った。新米警官は少年に向かって弾倉が空《から》になるまで撃ちつづけた。しかし、少年が抜き出したのは銃ではなく携帯電話だった。

当然のことながら、黒人コミュニティは激怒した。抗議運動は暴動寸前にまで発展し、お馴染みの著名な聖職者や弁護士、社会活動家がカメラのまえでそれぞれのパフォーマンスを繰り広げた。ニューヨーク市も徹底的な調査をすることを約束した。調査結果が出るまでヘイズは休職を言い渡された。それでも、もともと良好とは言えない黒人と警察との関係はより険悪なものになった。

調査は今も継続中だ。

警官による黒人少年射殺事件はファーガソン、クリーヴランド、シカゴでも立て続けに起きており、ボルティモアでは黒人青年フレディ・グレイが逮捕直後に急死していた。さらにバトンルージュではアルトン・スターリング、ミネソタではフィランド・カスティールが警官に射殺され、このベネットの事件はそれらに追い打ちをかける恰好で起きたのだった。

もちろん、ニューヨーク市警に殺された丸腰の黒人はこれまでに何人もいる――ショーン・ベル、オスマン・ゾンゴ、ジョージ・ティルマン、アカイ・ガーリー、デイヴィッド・フェリックス、エリック・ガーナー、デルラン・スモール……この新米警官はマイケル・ベネット少年をそういった黒人の仲間に加えてしまったのだ。なんとも間《ま》の悪いときに。

かくしてマローンたちは、〝ブラック・ライヴズ・マター（黒人の命も大切だ）〟の大合唱の中――市民全員がジャーナリスト気取りで携帯電話のカメラを構え、世界じゅうから人種差別主義の殺人者と目《もく》される中――毎日仕事に出かける破目になったのだ。いや、市民全員というのは大げさかもしれない。それは認めよう。しかし、以前と異なるのはまぎれもない事実だった。

人々が警察に向ける視線がすっかり変わってしまったのだ。

今や人々は警察に銃を向けるようにさえなった。

まずダラスでは五人の警官がスナイパーに狙撃された。ラスヴェガスではレストランで昼食をとっていたふたりの警官が射殺された。昨年、アメリカで殺害された警察官の数は四十九人。そのうちのひとりはニューヨーク市警のポール・タオゾロ。そのまえの年には、市警はランディ・ホルダーとブライアン・ムーアのふたりを失った。それ以前も含めると、あまりにも多くの警察官が殉職しており、その統計データはマローンの頭にしっかりと叩き込まれている。射殺された人数は三百二十五人、刺殺されたのは二十一人、殴り殺されたのは三十二人、故意に車で轢《ひ》き殺されたのは二十一人、爆発で死亡したのは八人。9・11で命を落とした警官はこの中に含まれていない。

つまるところ、マローンはまさしくよけいな凶器を持ち歩いているということだ。違法な凶器を持ち歩いていることがわかれば、それだけで彼を絞首刑にしたがるやつなどごまんといる。その先頭にいるのがCCRBだ。フィル・ルッソが言うところの〝おまんこ《カント》・クソ野郎《コックサッカー》・ネズミ野郎《ラット》・タマつぶし《ボールバスター》〟委員会。実際には市民苦情審査委員会《シビリアン・コンプレイント・レヴュー・ボード》。市長が自分のスキャンダルを隠したいときに、警察を叩きのめして世間の眼をそらすのに絶好の道具となる組織だ。

このCCRBはマローンを処刑したがっており、IAB――いまいましい内務監査部――はやる気満々だ。彼の直属の上司すら喜んで彼の首に縄をかけるだろう。

マローンはなけなしの勇気を掻き集めてシーラに電話をかける。喧嘩はしたくない。なにより聞きたくないのは「どこからかけてるの？」という質問だが、案の定、別居中の妻の第一声はまさにそのことばとなる。「どこからかけてるの？」

「シティだ」とマローンは答える。

スタッテン・アイランドの人間にとって、マンハッタンは永遠に〝シティ〟だ。それ以上詳しくマローンは言わない。幸いなことにシーラもそれ以上は追及してこない。そのかわり彼女は言う。「まさか明日は来られない、なんて言うためにかけてきたんじゃないでしょうね。子供たちは――」

「いや、行くよ」

「プレゼントは？」

「早めに行くよ」とマローンは言う。「何時がいい？」

「七時半か八時、そのあたり」

「わかった」

「今日は深夜勤務？」若干の疑いを込めた声音でシーラが訊く。

「ああ」マローンは答える。確かに今夜マローンのチームは深夜勤務のシフトだ。が、それはあくまでも勤務規定上の話だ――彼らは自分たちが決めた時間に働く。すべては事件次第だ。ヤクの売人の仕事時間は規則的だが、それは自分たちがいつどこにいるかを客に知っておいてもらわないといけないからだ。一方、ヤクの運び屋は好きな時間に仕事をする。「おまえが思っているようなことじゃないよ」

「私が何を思ってるの？」どんなお巡りでも、知能指数が十以上あって、新米でなければ、クリスマス・イヴに休みを取れることをシーラは知っている。だから、この日に深夜勤務するというのは、仲間と酔っぱらうか、娼婦を買うか、その両方かということになる。

「邪推しないでくれ。今、ある事件を追ってる最中で、今夜そのけりがつくかもしれないんだ」

「そうでしょうとも」

あからさまな皮肉。プレゼントにしろ、子供たちの歯列矯正にしろ、おまえのスパにしろ、女友達とのおまえの外食にしろ、そのための金はいったいどこから出ていると思ってるんだ？　警察官が残業するのは生活のため、少しでも暮らしをよくするためだ。警察官の妻はそこのところを理解しなければいけない。それは別居中の妻も変わらない。警察官というのはいつだってがむしゃらに働いてるんだ。

「クリスマス・イヴはあの女と一緒なの？」とシーラは尋ねる。

もう少しで——とマローンは思う——切り抜けられるところだったのに。しかもシーラは〝ハー〟を〝はあ？〟みたいに発音する。クリスマス・イヴは〝はあ？〟と一緒なのといったふうに。

「彼女は仕事だ」マローンは犯罪者のように質問をはぐらかす。「おれも仕事だ」

「あなたはいつも仕事してるのね、デニー」

それはまったくもってそのとおりだ。妻のそのことばを別れの挨拶と解釈して、彼は電話を切る。そして思う。おれの墓石にはきっとこう彫られるだろう。〝デニー・マローン、彼はいつも仕事をしていた〟。まったく――仕事をして死ぬ。仕事と仕事のあいだのわずかの隙間だけでも人として暮らす。

そう心がけてもほとんどは仕事だ。

たいていのやつは、二十年間勤務して退職したあと年金をもらうために警察勤めを始める。マローンはこの仕事が好きだから警察にいる。

正直に認めたらどうだ、と彼はアパートメントを出ながら自分に言い聞かせる。人生を最初からやり直せたとしても、どうせおまえはニューヨーク市警の刑事になるくせに。なんと言っても、おまえにとっちゃ世界で一番いい仕事なんだから。

外は寒い。マローンは黒いニット帽をかぶってアパートメントの鍵をかけ、階段を降りて一三六丁目通りに出る。クローデットがこの部屋を選んだのは、職場まで歩いていけることと、〈ハンズボロー・レクリエーション・センター〉に近いからだ。そこの屋内プールで泳ぐのが好きなのだ。

「公共プールでよく泳ぐ気になるな」いつだったか、マローンは言ったことがある。「看護師のくせにあんな黴菌《ばいきん》だらけのところで」

彼女は笑った。「あなた、私の知らないところにプライヴェート・プールでも持ってるの？」

彼は一三六丁目通りを西に歩いて七番街――別名アダム・クレイトン・パウエル・ジュニア・ブルヴァード――に出ると、クリスチャン・サイエンス教会と〈テキサス・フライド・チキン〉と〈カフェ22〉のまえを通る。肥るのが心配だからと言って、クローデットはこの店では食べたがらないが、マローンが食べたくないのは、食べものの中に唾がはいっていそうだからだ。通りの反対側には、ふたりの休憩時間が偶然重なったときに静かに酒を飲む〈ジュディーズ〉という小さなバーがある。一三五丁目通りまで来ると、マローンはアダム・クレイトン・パウエル・ジュニア・ブルヴァードを渡り、〈サーグッド・マーシャル・アカデミー〉と〈アイホップ〉のまえを通り過ぎる。このパンケーキ屋の地下にはかつてナイトクラブ〈スモールズ・パラダイス〉があった。

この手のことに詳しいクローデットは、ビリー・ホリデイが初めてのオーディションを受けたのがそのクラブだったこと、第二次世界大戦中にはマルコムXがそこでウェイターをしていたことを教えてくれた。が、そんなことよりマローンの興味を惹いたのは、NBAの名選手ウィルト・チェンバレンが一時期オーナーをしていたということだ。

このあたりには思い出があふれている。マローンがまだ制服を着てパトカーに乗っていた頃、このブロックでハイチ人の少女がレイプされたことがあった。同じレイプ犯による四人目の犠牲者で、三二分署のお巡りの誰もが犯人を追っていた。

警察より早く現場に着いたハイチ人たちは、犯人がまだ屋根の上にいるのを見つけて追いつめ、裏通りに突き落とした。

マローンと当時の相棒が通報を受けて路地に駆けつけると、アニメの『空飛ぶロッキー君』ならぬ空を飛べないロッキー君が自分の血だまりの中に横たわっていた。全身の骨が折れていたのは、九階という高さを考えれば当然のことだった。

「そいつが犯人だよ」路地の端から地元の女がマローンに言った。「ちっちゃな女の子たちをレイプしたやつだよ」

救命士たちはすぐに事情を察知し、ひとりが彼に訊いてきた。「もう死んでるのか?」

マローンは首を振った。救命士たちはそれぞれ煙草《たばこ》に火をつけると、救急車にもたれて煙草をふかし、十分ほどしてからようやく担架を路地の奥に運び、路地から出てきたところで検死医の出動を要請した。

検死医は死因を〝広範囲に及ぶ鈍的外傷と出血多量によるもの〟という所見を書いた。

あとからやってきた殺人課の刑事たちも、犯人が自責の念に耐えかねて飛び降り自殺を図った、というマローンの説明をそのまま受け入れた。

刑事たちはこの一件を自殺として処理し、マローンはハイチ人コミュニティから感謝された。なにより意味があったのは少女たちが法廷で証言しなくてすんだことだ。被告人席のレイプ犯から睨みつけられ、人間のクズとしか言えない弁護士から嘘つき呼ばわりされる、そんな法廷に行かずにすんだことだ。

結果的にはあれでよかったとマローンは思っている。が、今同じことをしたら逮捕されて刑務所送りになるだろう。

マローンは歩きつづけ、セント・ニコラス団地の脇を通る。

別名〝ザ・ニッケル〟。

セント・ニコラス団地には十四階建てのアパートメントハウスが十三棟、アダム・クレイトン・パウエル・ジュニア・ブルヴァードとフレデリック・ダグラス・ブルヴァードにはさまれ、一二七丁目から一三一丁目にかけて建ち並んでいる。ここがマローンの仕事場のほとんどだと言っても過言ではない。

確かにハーレムは変貌を遂げて高級化したが、所詮ここは公営住宅だ。新たな繁栄という海に浮かぶ砂漠の島のようなもので、公営住宅の背景幕はどこも変わらない――貧困、失業、麻薬の売買、ギャング。もちろん、セント・ニコラス団地の住人の大半は善良な市民だ。まっとうに暮らし、困難にもめげず子供を育て、毎日必死で生きている人たちだ。誰よりマローンはそのことを知っている。同時に、筋金入りの悪党やギャングがいることも知っている。

実際、セント・ニコラス団地はふたつのギャングに支配されている――〈ゲット《G》・マネー《M》・ボーイズ《B》〉と〈ブラック・スペード〉。〈GMB〉は団地の南側、〈スペード〉は北側を支配し、両者のあいだは危うい均衡を保ちながら並存している。その均衡を守らせているのがウェスト・ハーレムの麻薬取引きをほぼすべて牛耳《ぎゅうじ》っているデヴォン・カーターだ。

ふたつのギャング団を隔てている境界線は一二九丁目通り。マローンはその通りの南側にあるバスケットボール・コートの横を通り過ぎる。

ギャングの姿はない。それほど今日はクソ寒い。

フレデリック・ダグラス・ブルヴァードを南下し、〈ハーレム・バー・B・Q〉とグレーター・ザイオン・ヒル・バプティスト教会のまえを過ぎる。かつてマローンが〝ヒーロー刑事〟と〝人種差別主義刑事〟の両極端のレッテルを貼られた場所がこの通りの先にある。そのレッテルは両方ともあたっていないと本人は思っているが。

あれはもう六年もまえのことか。三三分署の私服刑事だったマローンが〈マナズ〉で昼食をとっていると、外から叫び声が聞こえた。外に出ると、人々が通りの反対側のブロックの先にあるデリカテッセンを指差しているのが眼にはいった。

マローンは管区外にいることを無線で伝え、銃を手にデリカテッセンに飛び込んだ。

強盗は小さな女の子を抱え、その子の頭に銃を突きつけていた。

母親は泣き叫んでいた。

「銃を置け」強盗はマローンにそう怒鳴った。「さもないとこのガキを殺す。嘘じゃねえ！」

男は黒人のヤク中で、完全にいかれていた。

マローンは男に銃口を向けたまま言った。「おまえがその子を殺したからといって、それがなんなんだ？　おれにとっちゃ、ただの黒んぼのガキだ」

そのことばに男が一瞬たじろいだ隙に、マローンは男の頭部に弾丸《たま》を撃ち込んだ。

母親は女の子のもとに走り寄ってわが子を抱え上げると、胸にきつく抱いた。

マローンが人を殺したのはそのときが初めてだった。

そのときの発砲が銃器取扱審査委員会で問題になることはなかった。それでも、PTSD等の影響の有無に関して、部内の精神科医の診断を受けるまでは内勤を余儀なくされた。

診断結果に問題はなかった。

ただひとつ問題になったのは、デリの店員が一部始終を携帯電話のカメラで撮影していて、それが公になったことだ。〈デイリー・ニューズ〉は、〝おれにとっちゃ、ただの黒××のガキ〟という見出しに〝ヒーロー刑事は人種差別主義者〟というキャプション付きのマローンの写真を添えて事件を報じた。

マローンは当時の分署長と内務監査部に呼び出され、市警本部から来た広報係に問い質された。「〝黒んぼのガキ〟だと？」

「おれが本気だということを犯人に信じ込ませる必要があったからです」

「もう少しましなことばの選択はできなかったのか？」と広報係は言った。

「あいにくスピーチライターを同行してなかったもんで」とマローンは答えた。

「きみの活躍は武勇勲章に値する」と分署長は言った。「しかし……」

「もともと願い出るつもりはありません」

内務監査部の男がむしろマローンの功績を讃えてくれた。「マローン部長刑事がアフリカ系アメリカ人の命を救ったのはまぎれもない事実でしょうが」

「はずしていたらどうなっていたと思う？」と広報係は言った。

「おれははずさなかった」とマローンは言った。

しかし、実のところ、マローン自身も同じことを思っていた。精神科医には打ち明けなかったが、弾丸《たま》がそれてヤク中の犯人ではなく女の子にあたる悪夢にうなされていたのだ。

その夢は今でも見る。

そう、犯人を撃った夢も見るが。

そのときの映像は〈YouTube〉でも流され、地元のラップグループが『ただの黒んぼのガキ』という歌をつくって、数十万回も閲覧された。救いだったのは、女の子の母親がお手製のハラペーニョ・コーン・ブレッドに手書きのお礼のカードを添えたものを持って、マローンに会いに分署を訪ねてくれたことだ。

そのカードは今でも持っている。

セント・ニコラス・アヴェニューとコンヴェント・アヴェニューを渡り、一二六丁目通りが北西に曲がって合流するところまで、一二七丁目通りを進む。アムステルダム・アヴェニューを渡ると、マローンも常連客のひとりである〈アムステルダム・リカー・マート〉と、およそ常連とは言えないアンティオーク・バプティスト教会のまえを通り過ぎ、〈セント・メアリー・センター〉と〈トゥー・シックス・ハウス〉の先にある古いビルにはいる。マンハッタン・ノース特捜部《スペシャル・タスク・フォース》はそのビルの中にある。

街場ではただ〝ダ・フォース〟と呼ばれている特捜部だ。

2

マンハッタン・ノース特捜部はそもそもマローンが半分考えついたものだ。

この組織が担う任務をお役所ことばで説明すると、なんとも長ったらしいものになるだろうが、マローンを含めて〝ダ・フォース〟所属の警察官全員が理解している自分たちの〝特別な任務《スペシャル・タスク》〟とは——

現状維持だ。

このことはビッグ・モンティが少し異なることばで言い表わしたことがある。「おれたちは庭師だ。ジャングル状態に戻らないようにするのがおれたちの仕事だ」と。

「なんの話だ?」とそのときルッソが尋ねると——

モンティはこう説明した。「かつてマンハッタン・ノースを覆い尽くしていた都会のジャングルは切り拓かれて、商業的で洗練されたエデンの園になった。それでもところどころにジャングルがまだ残ってる——公営住宅だ。ジャングルがまた勢力を盛り返したりしないようにすること、それがおれたちの仕事だ」
その方程式はマローンにも理解できる――犯罪が減れば不動産価値が上がることぐらい――しかし、そんなことは知ったことではない。

暴力こそ彼の〝知ったこと〟だ。
マローンが警察にはいったのは、〝ジュリアーニ・ミラクル〟によってニューヨークが激変したときのことだった。市警本部長のレイ・ケリーとビル・ブラットンが〝割れ《ブロークン・》窓《ウインドウズ・》理論《セオリー》〟と〝犯罪取り締まりコンピューターシステム《コンプスタット》〟（ニューヨーク市警の犯罪の削減及び防止を目的とした戦略管理システム）を駆使して、路上犯罪を画期的なレヴェルにまで激減させたのだ。

9・11によって市警の重点施策は犯罪防止からテロ防止へとシフトしても、なぜか路上犯罪は減りつづけ、殺人の発生率も急落した。その結果、ハーレムやワシントン・ハイツ、インウッドに近いアッパー・マンハッタンの〝ゲットー〟が蘇生したのだ。

爆発的だったコカインの蔓延がピークを迎えて落ち着きを見せても、貧困と失業問題――麻薬中毒、アルコール中毒、家庭内暴力、それにギャング――が消滅することはなかった。

マローンの眼には、その一帯はふたつの地域、ふたつの文化がそれぞれの城のまわりに形成されているように映る――真新しいコンドミニアムのタワーと古びた高層公営住宅。

これまでとのちがいは権力の座にある者たちが本気で取り組んでいる点だ。

かつてハーレムはハーレムでしかなかった。富裕層の白人は決して足を踏み入れない場所だった。興味本位でスラムをのぞき見したり、安っぽいスリルを求めたりする以外は。殺人の発生率も高ければ、路上強盗や武装強盗をはじめ、麻薬に関わるあらゆる暴力の発生率も高かった。しかし、黒人同士が互いにレイプしたり強盗したり殺したりしているかぎりにおいて、そんなことといったい誰が気にかける？

マローン以外。

いや、それはほかの警察官も変わらない。

そこに警察の仕事の苦くて残酷な皮肉がある。

そこに警察と地域住民とのあいだに存在する愛と憎しみの根っこがある。

警察官は毎日毎晩それを眼にする。

負傷者と死者を。

人々は警察官が最初に眼にするのが被害者で、その次に眼にするのが犯人だということを忘れている。麻薬中毒の売春婦が浴槽に沈めた赤ん坊、母親の十八番目の内縁の夫に気を失うまで殴られた子供、バッグをひったくられて歩道に転倒し、腰の骨を折った老婆、街角で射殺されたヤクの売人志望の十五歳。

警察官は被害者に同情し、犯人を憎む。しかし、感情移入をしすぎると仕事はできない。憎みすぎると自分自身が犯罪者になってしまう。だから、数メートル先からでもわかるような〝おまえらみんな大嫌いだ〟というオーラを出してバリアを張る。そうでもしないかぎり、この仕事をしていれば肉体、精神、あるいはその両方を殺されてしまう。マローンはそう思っている。

被害者の老婆には同情し、ひったくり犯を憎悪する。盗みにはいられた店主には同情し、強盗犯を憎悪する。射殺された黒人少年を可哀そうに思い、撃った犯人を憎む。

ほんとうの問題は――とマローンは思う――被害者も憎むようになったときだ。が、やがてそうなる。お巡りというのはそれほど心を疲弊させる仕事なのだ。被害者の痛みはやがて自分の痛みになり、彼らの苦しみはやがて重い責任となって自分の肩にのしかかる――彼らを守りきれなかった、いるべきところに自分はいなかった、犯人を捕まえるのが遅すぎた、エトセトラ。

そうやって自分を責めるようになる。あるいは、被害者を責めるようになる――なんでそんなに無防備なんだ、なんでそんなに弱いんだ、なんでそんな暮らしをしてるんだ、なんでギャングの仲間にはいるんだ、なんでヤクの売人なんかになるんだ、なんで意味もなく互いに撃ち合うんだ……どうしてこうもクソ馬鹿なクソ野郎ばかりなんだ、エトセトラ、エトセトラ。

それでもマローンはそいつらのことを気にかける。

気にかけたくなどないのに。

それでも彼は気にかける。


テネリはご機嫌斜めだ。

「あの腐れちんぽ、なんでクリスマス・イヴなんかにみんなを召集するのよ?」マローンがドアからはいると彼女は言う。

「おまえはもう自分の質問に自分で答えてる」とマローンは言う。

実際、サイクス警部は掛け値なしの腐れちんぽ野郎だ。

ちんぽと言えば、ダ・フォースの中で一番でかいイチモツの持ち主はジャニス・テネリだ、というのがもっぱらの評判だ。彼女がサンドバッグをちょうど急所の高さで繰り返し蹴るのを見るたび、マローンのモノは縮み上がる。

あるいは膨らむ。テネリは豊かな黒髪と形のいい胸、イタリア映画からそのまま抜け出してきたような顔だちの女だ。ダ・フォースの男は誰もが彼女とファックしたいと思っているが、職場の人間とはそういう関係にならないことを彼女ははっきりと意志表示している。

テネリは結婚していてふたりも子供がいるのだが、そんな事実はおかまいなしに、おまえはレズビアンにちがいない、とルッソは言い張って譲らない。

「それはあんたと一発やらないから?」と彼女はルッソに訊いたことがある。

「それがおれの揺るぎない幻想だからだよ。おまえとフリンはそうだってのが」とルッソはそのとき答えた。

「確かにフリンはレズビアンだけど」

「だから言ってるんだよ」

「勝手にしてれば」とテネリはルッソに拳を突き出して言ったものだ。

「まだひとつもプレゼントを包んでないのよ」とテネリはマローンに言う。「明日、亭主の親が来るのに。なのになんであいつの演説をおとなしく坐って聞かなきゃいけないの?デニー、頼むからあいつをなんとかしてよ」

彼女だけでなくみんなも知っている――マローンはサイクスが来るまえからここにいて、サイクスがいなくなってもここにいるだろう。マローンが警部補の昇進試験を受けないのは給料が減るのが嫌だからだ。真偽はともあれ、それがジョークめかしてみんなが言っていることだ。

「いい子だからおとなしく聞いてやれよ」とマローンは言う。「終わったら家に帰って……何をつくるんだ?」

「さあ。料理はジャックがするから。プライム・リブかな。あんたは毎年恒例のターキー・ランを今年もするの?」

「〝毎年恒例〟だからな」

「なるほど」

みんなが次々に会議室にはいってくる。マローンはケヴィン・キャラハンの姿をちらっと見かける。その囮捜査官――痩せて背が高く、赤毛の長髪、それに顎ひげ――はマリファナですっかりイッてしまったような顔をしている。

囮捜査官であれなんであれ、警察官は麻薬をやってはいけないことになっている。しかし、麻薬を買っておきながら正体がばれないようにするには、ほかにどうすればいい? そのせいで常習者になる者もいる。囮捜査から抜けると、そのあとリハビリ施設に直行するケースも少なくない。そうなると、そこでもうそいつのキャリアは断たれたようなものだ。

職業病。

マローンはキャラハンに近づいて腕をつかんで部屋から出る。「サイクスに見つかったら、すぐに尿検査だぞ」

「でも、出席しないと」

「おれが張り込みを頼んだことにしておいてやる」とマローンは言う。「誰かに訊かれたら、おれに言われてマンハッタンヴィル団地にいたと言えばいい」

特捜部はちょうどふたつの公営住宅のあいだにある――一二六丁目通りの北側のマンハッタンヴィル団地と一二五丁目通りの南側のグラント団地のあいだに。

住宅開発がさらに進むと、完全に囲まれてしまう。

「ありがと、デニー」

「さっさとしろ。早いとこ団地に行け。キャラハン、今度そんな状態で現われたら、しょんべん検査はやめにして、おれがしょんべんをひっかけるぞ」

マローンは部屋に戻り、ルッソの隣りの折りたたみ椅子に坐る。

まえに坐っているビッグ・モンティが振り返り、ふたりの顔をまじまじと見る。火のついていない葉巻を口の端にくわえ、湯気の立つカップから紅茶を飲んでいる。「今日の午後の仕事に関しては正式に抗議する。以上」

「了解」とマローンは言う。

モンティは体の向きをもとに戻す。

ルッソはにやりとする。「あいつ、機嫌が悪いな」

確かに嬉しそうじゃないな、とマローンのほうは嬉しそうに思う。いつも冷静沈着なこの大男が感情的になっているところを見るのもたまには悪くない。

おかげでこっちも気分がリフレッシュされる。

ラフ・トーレスが自分のチームを引き連れて部屋にはいってくる——ガリーナ、オーティス、そしてテネリ。マローンはテネリがトーレスのチームにいるのが気に入らない。テネリのことは買っているが、トーレスのことは役立たずだと思っているからだ。トーレスというのはただ図体がでかいだけのくそったれだ。マローンにはあばた面《づら》した茶色い巨大なプエルトリコ系ガマガエルにしか見えない。

トーレスはマローンに気づいて軽くうなずく。ただの挨拶ながら、その仕種には同時に敬意と対抗意識が混ざり合っている。

入室して演台をまえにして立ったサイクスはまるで大学教授だ。警部にしては若い。それもそのはず、彼にはニューヨーク市警本部に庇護者が何人もいて、気にかけてくれるお偉方がほかにもいるのだ。

それにサイクスは黒人だ。

次なる大物。サイクスがそう目されていることはマローンも承知している。出世の階段をのぼるサイクスにとって、このマンハッタン・ノース特捜部が重要な通過点のひとつであることも。

マローンの眼にはそんなサイクスは早くも共和党上院議員候補として映っている——短髪で清潔感があって、いつもびしっと決めている。もちろんタトゥーなどあるわけがない。万一あったとしても、ケツの穴の近くに〝脳みそはここ〟とでも書かれた文字と矢印ぐらいのものだろう。

いや、それはフェアじゃないな、とマローンは自分を戒《いまし》める。サイクスの実績は申し分ない。重犯罪に関してクイーンズ地区で挙げた功績の大きさから、サイクスは警察管区の管理人を任されたのだ——最悪の掃き溜めだった第一〇管区と第七六管区を掃除して、そして今度はここに送り込まれてきたのだ。

ステップアップのための通過点のひとつとして？

おれたちを掃除するために？

いずれにしろ、サイクスはここにクイーンズの流儀を持ち込んできている。

整理整頓、規則遵守。

軍隊なみの規律重視。

特捜部長として着任した初日、サイクスは特捜部の全員——五十四人の刑事、囮捜査官、防犯係、制服警官——を集めて席につかせると、そのまえで演説を始めた。

「ここにいるみんながエリートだということはわかっている」とサイクスは言った。「最高の中でも最高のメンバーだ。と同時に、汚れた者がこの中にいることもわかっている。それは本人が一番よく知っているはずだが、いずれ私の知るところとなるだろう。だからこれだけは頭に叩き込んでおいてほしい——たった一杯のコーヒー、たったひとつのサンドウィッチでも、賄賂《わいろ》を受け取ったことが私の耳にはいれば、その者のバッジと拳銃は私が預かることになる。年金もだ。以上。さあ、仕事にかかれ」

この演説のおかげでサイクスに友人ができるということはないだろう。それでも、彼は友人をつくるためにここに来たわけではないということだけははっきりさせた。さらに〝警察の暴力〟に断固として反対する立場を表明し、威嚇や暴力や人種差別的なプロファイリングや過剰な職務質問と身体検査《ストップ・アンド・フリスク》を許さないことも一方的に通告したのだ。部下の反感を買わないわけがない。

この男の頭のどこをどう叩いたら、たとえ見せかけだけの秩序でも保てるなどという考えが浮かんでくるのか。サイクスを見ながらマローンはつくづく思う。

警部は今、〈ニューヨーク・タイムズ〉を高く掲げてから記事を読み上げる。

「〝ホワイト・クリスマス——祝日のニューヨークは真っ白なヘロインの波に呑み込まれ

るだろう〟。〈ニューヨーク・タイムズ〉のマーク・ルーベンスタイン記者がそう書いている。しかもこれは単発の記事じゃない。連載記事だ。いいかね、諸君、〈ニューヨーク・タイムズ〉がそう言っているのだ」

サイクスは間《ま》を置いて、そのことばがみんなに浸み込むのを待つ。

しかし、浸み込むことはない。

〈ニューヨーク・タイムズ〉を読むお巡りなどまずいない。読むのはもっぱら〈デイリー・ニューズ〉か〈ニューヨーク・ポスト〉だ。それもスポーツ欄か六面のお色気記事。中には資産運用のために〈ウォールストリート・ジャーナル〉を読む者もいるが、少数派だ。〈ニューヨーク・タイムズ〉を読むのは市警本部のお高くとまったスーツ組か、市長のオフィスで雑役をこなしているやつらぐらいのものだ。

そんな〈ニューヨーク・タイムズ〉が〝ヘロイン蔓延《まんえん》〟とわめいている。

それはつまり白人がヘロインで死んでいるということだ。

白人たちがアヘンを主成分とした錠剤を医者から処方してもらうようになったのが、そもそもの始まりだった。オキシコドンやヴァイコディンといった類《たぐ》いの薬だ。しかし、それらの処方薬は高額で、医者のほうも薬物依存のおそれを懸念してあまり処方したがらなかった。そこで白人たちは自由市場へと流れ、それらの薬はストリート・ドラッグになった。それでも最初の頃は特に問題もなく秩序もあったのだが、それもメキシコから〈シナロア・カルテル〉が参入してくるまでのことだった。彼らはヘロインを大量生産して価格を抑えることで、アメリカの巨大製薬会社より安く売れるという企業判断をくだしたのだ。

さらに〈カルテル〉は市場参入の勢いをつけるために薬効を強めた。

すでにヤク中となっていた白人のアメリカ人は、錠剤の薬より安価で効き目の強いメキシコの〝シナモン〟ヘロインを静脈に注射するようになり、さらにのめり込むようになった。

マローンはその過程を目《ま》のあたりにしてきた。

近郊の町から橋やトンネル経由でマンハッタンにかよっているヤク中、郊外の主婦、アッパー・イーストサイドの聖母たち。マローンのチームはそういった人々を数えきれないほど逮捕した。それと同時に、路地裏に転がる死体のうち白人が占める比率もどんどん上がっていった。

マスコミによれば、それは悲劇なのだそうだ。

ヘロインのこの新たな蔓延には、多額の献金をしてくれる金持ちにしっぽを振ってケツを舐《な》めるのに忙しい下院議員や上院議員でさえ気づき、〝なんとかせねば〟と声高に訴えはじめた。

「ヘロイン関連の逮捕件数を上げるように」とサイクスは言う。「コカインに関しては満足のいく数字が出ているが、ヘロインのほうは期待以下だ」

スーツ組はとにかく数字が大好きだ。この新種の〝管理志向〟の警察官は、〝セイバーメトリクス〟という数学的手法で野球を管理しようとするやつらに似ている――数字だけがすべてだと思い込んでいるのだ。そして、数字から期待どおりの答が得られないと、数字をこねくりまわす。八番街の韓国マッサージ店さながら。ハッピーエンドになるまで。

見栄えをよくしたいのか？　暴力犯罪の発生率は低下してるじゃないか。

予算が欲しいのか？　増額されてるじゃないか。

ただ単に逮捕件数を上げたいのか？　それなら有罪にはならない小者を大勢逮捕すればいい。知ったことか。有罪にするかどうかは地区検事の仕事だ。欲しいのが逮捕件数だけなのならそうすればいい。

受け持ち地区で薬物が減少していることを証明したいのか？　それなら薬物がそもそも存在しない場所を家宅捜索させればそれですむ。

しかし、それはまだからくりの半分だ。数字を操作する別の方法は、容疑内容を重罪から軽犯罪に格下げするよう捜査官に周知徹底することだ。それで正真正銘の強盗罪が〝軽窃盗罪〟に、盗難が〝遺失〟に、レイプが〝性的暴行〟になる。

数字の魔術──それで犯罪は激減する。

これぞマネーボール。

「ヘロインが蔓延している」とサイクスは続ける。「その最前線に立っているのがわれわれだ」

〈コンプスタット〉の会議でマクギヴァン警視は怒り心頭に発したのだろう。その矛先がサイクスに向けられたのだ。

それがそのままこっちに振り向けられる。

その矛先は次に社会の底辺にいる売人や、自分でもヘロインを売っているヤク中に向けられ、逮捕人数の数字が上げられる。そいつらジャンキーのおかげで留置所はゲロまみれになり、少しでも減刑を願う負け犬たちで訴訟件数は膨れ上がる。刑務所に戻ったやつらはヘロイン中毒のまま出所し、負のサイクルはそうして振り出しに戻る。

それでも、そうしていれば、イーヴン・パーを維持できる。

ノルマなど存在しない。市警本部のスーツ組はお気楽にそんなことを言っているが、マローンたち現場の者はノルマが厳然とあることを知っている。割れ窓理論の時代、警察はありとあらゆる召喚状を書いたものだ──徘徊《はいかい》、ぽい捨て、地下鉄のゲートの飛び越え、二重駐車。理屈はこうだ──小さなことに警察が眼をつぶると、市民は大きなこともやっていと思い込む。

その理屈に従い、警察はどうでもいいような召喚状をこれでもかと書きまくり、貧しい市民は休めない仕事を休んでまで払えない罰金を払うために裁判所に足を運んだのだ。中には裁判所に行くことができずに〝不出頭〟の罪を負わされ、もともとはガムの包み紙を路上に捨てただけの軽犯罪だったのが重罪に格上げされて、刑務所送りになるケースさえあった。

それが世間の怒りを警察に向かわせた。

その怒りの炎に油を注いだのがＵＦ‐２５０（不審尋問及び所持品検査に関する報告書の書式名）だ。

不審者を呼び止めて身体検査をする〝ストップ・アンド・フリスク〟。

これは要するに、街中をうろついている黒人の若者を呼び止めて脅しつけることだった。

これもかなりの反感を買い、マスコミからもさんざん叩かれた。だから今ではもうやっていない。

ただ、ほんとうはまだやっている。

ないことになっているノルマ。ヘロイン関連の検挙率。

「協力と」とサイクスは続ける。「協調があって初めてわれわれは単に同じ場所にいる別々の組織ではなく、ひとつのタスク・フォースとなる。諸君、一丸となって使命を果たしてくれ」

クソ団結心。

サイクスは自分が矛盾する指示を部下に出していることに気づいていない——ヘロインに関しては情報源から情報を得て逮捕しろ——情報源から情報を引き出すにはヤクを与える必要がある。しかし、だからと言って当然そいつらは逮捕できない。そんな麻薬捜査のABCすらわかっていない。

情報をくれる相手にはフリーパスを与えてやる。

魚心あれば水心。

売人というのは、善良な市民になりたくて、あるわけもない良心に従って自ら進んで話してくれる人種とでも、サイクスは思っているのだろうか？　売人が話す理由は、金かヤクが欲しいか、免罪されたいか、商売敵《がたき》を蹴落としたいか、そのどれかだ。場合によっては、そう、自分の女を寝取られた恨みなどというのもあるかもしれない。

およそそんなところだ。

ダ・フォースのメンバーはお巡りらしく見えない。むしろ犯罪者に見える。マローンはまわりを見まわしながらつくづく思う。

囮捜査官はまるでヤク中か売人だ——フード付きパーカ、バギーパンツかよれよれのジーンズ、それにスニーカー。マローンの個人的なお気に入りは、ベビーフェイスという渾《あだ》名《な》の黒人の若者だ。分厚いフードで顔を隠し、大きなおしゃぶりをくわえてサイクスを見上げている。しかし、彼がサイクスに文句を言われる心配はない。なぜなら大いに成果を挙げているからだ。

私服刑事は都会の海賊だ。黒い革ジャケットか紺色のピーコートかダウン・ヴェストの下にいまだに錫《すず》――金《きん》ではなく――のバッジをつけている。それでも、彼らは洗いざらしでもくたびれていないジーンズを穿《は》き、テニス・シューズより踝《くるぶし》丈のチェルシー・ブーツを好む。

ただひとり〝カウボーイ〟・ボブ・バートレットを除くと。彼は、黒人のケツを蹴るには持ってこいの爪先のとがった野暮ったいブーツを履いている。ジャージーシティより西には行ったことがないくせに、なぜかゆったりとした田舎訛《なま》りで話し、ロッカールームではカントリー・ウェスタンの音楽をかけてマローンを苛立たせる。

制服警官もよく見る普通のお巡りさんとは異なる。着ているものがちがうのではなく、顔つきがちがうのだ。みな強面《こわもて》なのに胸のバッジと同じくらいしっかりと、うすら笑いを顔にピン留めしている。大した理由はなくても常に突っ込み、跳ねまわる準備ができているやつらだ。

女性もまた一癖も二癖もある。人数こそ多くはないが、ダ・フォースにいる女には情け容赦がない。まずテネリ。それに大酒飲み（アイルランド系なので当然ながら）で、パーティ好きで、ローマ帝国の女帝のように絶倫のエマ・フリン。誰もがタフで、健全な憎しみを胸に抱いている。

それでも金《きん》バッジの刑事たち、マローンやルッソやモンタギュー、トーレス、ガリーナ、オーティス、それにテネリは別格の存在であり、〝最高の中の最高〟であり、数えきれないほどの逮捕を成し遂げてきた勲章持ちだ。

つまるところ、特捜部の刑事たちは制服警官でも私服警官でも囮捜査官でもないということだ。

彼らは王なのだ。

原野と城ではない、市街地と高層公営住宅をその王国とし、トニー・アッパー・ウェストサイド地区にハーレム公営住宅、ブロードウェイ、ウェスト・エンド、アムステルダム、レノックス、セント・ニコラス、アダム・クレイトン・パウエル、ジャマイカ人の乳母が若い成功者の子供を乗せたベビーカーを押し、起業したばかりのビジネスマンがジョギングをし、非行グループがヤクを売ったり性器に打ったりするセントラル・パークとリヴァーサイドを統治している。

マローンは思う。統治は有無を言わさず、徹底的にやらなければならない。なにしろ相手は黒人に白人、プエルトリコ人にドミニカ人にハイチ人にジャマイカ人、イタリア人にアイルランド人、中国人にヴェトナム人、それに韓国人なのだから。彼らは互いに憎み合っている。だから王の統治がなければ、今以上に殺し合うだろう。

そう、おれたちはギャングを統治してるのだ――〈クリスプ〉、〈ブラッズ〉、〈トリニタリオ〉、〈ラテン・ローズ〉、〈ドミニカンズ・ドント・プレイ〉、〈ブロード・デイ・シューターズ〉、〈ガン・クラッピン・グーニーズ〉、〈グーンズ・オン・デック（何かのテーマらしい）〉、〈フロム・ダ・ズー〉、〈マネー・スタッキン・ハイ〉、〈マック・バーラー・ブリムズ〉、〈フォーク・ネーション〉、〈インセイン・ギャングスター・クリップス〉、〈アディクテッド・トゥー・キャッシュ〉、〈ホット・ボーイズ〉、〈ゲット・マネー・ボーイズ〉。さらにイタリア系もいる――ジェノヴェーゼ・ファミリー、ルケーゼ・ファミリー、ガンビーノ・ファミリー、チミーノ・ファミリー――みな王が統治しているあいだはいつでも首を刎《は》ねられることを知っている。だから、なんとか制御不能にならずにすんでいるのだ。

おれたちはダ・フォースをも統治している。サイクスは自分が支配していると思い込んでいるが。あるいはそのふりをしているが。しかし、実際に支配しているのは刑事の王たちだ。囮捜査官はわれわれのスパイで、制服組はわれわれの歩兵、私服組はわれわれの騎士だ。

王とはいえ、おれたちは世襲で王になったのではない――自らの力で腕ずくで王冠をもぎ取ったのだ。昔の戦士が剣と鎧《よろい》で闘い、満身創痍《まんしんそうい》になって玉座に這《は》い上がったように。われわれは拳銃と警棒と拳と根性と肝っ玉と頭脳と男気を携え、この街に乗り出したのだ。苦労して手に入れた現場の知識と勝ち取った敬意と勝利によって、ときには敗北によって、のし上がってきたのだ。その結果、世評を得たのだ。タフで強くてフェアな統治者、荒っぽい正義を慈悲の心で施す統治者、といった世評を。

しかし、それこそ王のなすべきことだろう。

正義をなしてこその王ではないか。

王は王らしく見えなければならない。臣民は自分の王に期待するものだ。粋で隙がないことを。服にも靴にもいくらかは金をかけ、洒落たものを身に着けていることを。モンタギューがそのいい例だ。ビッグ・モンティはアイヴィ・リーグの大学教授のような服――ツイードのジャケットにヴェストにニットのタイ――に赤い小羽根を挿した中折れ帽。典型的な警官像とはあまりにもかけ離れているので、犯罪者はモンティとどう接すればいいのかわからず戸惑う。取調室では自分は天才に尋問されているのだと思う。

実際、モンティは天才なのだろう。

マローンはモンティがモーニングサイド・パークにはいっていくのを見かけたことが一度あるのだが、その公園では黒人の老人たちがチェスをよくしている。モンティはそこで五人と同時に対戦し、その全員に勝った。

そして、手にした賭け金はその場で全員に返した。

それまた王のすることだ。

ルッソは保守派だ。一九八〇年代の復刻版の丈の長い赤茶色の革コートを小粋に着こなす。もっとも、ルッソはなんでもうまく粋に着こなすのだが。レトロなコートも、特別誂《あつら》えのイタリア製のスーツも、イニシャル入りのシャツも、〈ブルーノ・マリ〉の高級靴も。

毎週金曜に散髪し、日に二回はひげを剃る。

マフィア・シック。ルッソは彼の出自でありながら絶対になりたくなかったマフィアをそう皮肉る。反対の道に進み、お巡りになった彼は今でもこんなジョークを言うのが好きだ。自分は〝一家の白い羊〟だと。

マローンはいつも黒を着る。

トレードマークだ。

ダ・フォースの刑事はみな王だ。が、マローンは――主にして救世主たるイエス・キリストに対する不敬の念は微塵もないが――王の中の王だ。

つまるところ、マンハッタン・ノースはマローンの王国なのだ。

だから、どの国の王もみなそうであるように、マローンもまた臣下から愛され、怖れられ、崇められ、忌《い》み嫌われ、賞賛され、罵倒され、忠誠を尽くされ、敵対され、へつらわれ、批判され、冗談を言って笑わせられ、助言を与えられている。しかし、真の友はひとりもいない。

チームのメンバー以外には。

ルッソとモンティ。

兄弟の王たち以外には。

彼らのためなら死ねる。

「マローン、ちょっといいかな?」

サイクスがそんなマローンに声をかける。

3

「きみには見抜かれていると思うが」とサイクスは自分のオフィスでマローンに言う。

「私がさっき言ったことは全部でたらめだ」

「そうですね」とマローンは応じる。「ただ、あなた自身そのことがわかっているのかどうか。そこまではわからなかったけれど」

サイクスの硬い笑みがさらに硬くなる。そんな芸当ができるものなのか。マローンは知らなかった。

警部はマローンを傲慢な男だと思っている。

それにはマローンも異論はない。

この市《まち》でお巡りであろうとすれば、傲慢でなければならない。この市《まち》のお巡りは自分に絶対の自信を持っていなければならない。なぜなら、この市《まち》のお巡りは少しでも弱みを見せれば殺されるからだ。意のままにされ、とことん痛めつけられるからだ。マローンは思う、サイクスにはぜひとも現場に出てほしい。ドアを蹴破って悪いやつらをぜひとも逮捕してほしい。

しかし、サイクスはそういうことが嫌いな男だ。そもそもデニス・マローン部長刑事のことが大嫌いなのだ――彼のユーモアのセンスも嫌いなら腕のタトゥーも。ヒップホップの歌詞に対する造詣《ぞうけい》の深さも。中でもことさら気に入らないのがマローンの態度だ。マンハッタン・ノースは自分の王国であり、上司は通りすがりの観光客だとでも言いたげなその横柄な態度だ。

マローンはマローンで思っている。サイクスなどクソ食らえと。

しかし、サイクスには何もできない。なぜならこの七月、マローンのチームはニューヨーク市警史上最大のヘロイン摘発をやってのけたからだ。ドミニカ人麻薬組織の親玉ディエゴ・ペーナに奇襲をかけ、五十キロものヘロインを押収したのだ。この市《まち》に住むすべての老若男女に行き渡るほどのヘロインを。

加えて二百万ドルの現金も。

市警本部のスーツ組はマローンたちが独断でガサ入れしたこと、ほかの部門を無視したことを快く思っていない。麻薬課も麻薬取締局も激怒した。マローンとしては痛くも痒《かゆ》くもなかった。

マスコミにはめちゃくちゃ受けた。〈デイリー・ニューズ〉も〈ニューヨーク・ポスト〉もフルカラーの大見出しで報じ、テレビ各局もことごとくトップニュースとして扱った。あの〈ニューヨーク・タイムズ〉でさえローカル欄で記事にした。

そうなると、スーツ組としてもつくり笑いをしてやり過ごすしかない。

山と積まれた押収ヘロインのまえでポーズを取って。

九月にはさらにメディアをにぎわす事件が起きた。ダ・フォースがグラント団地とマンハッタンヴィル団地の大がかりな公営住宅の強制捜索をおこない、〈3スタックス〉や〈マネー・アヴェニュー・クルー〉、〈メイク・イット・ハプン・ボーイズ〉のギャング団から百人を超える逮捕者を出したのだ。発端は〈メイク・イット・ハプン・ボーイズ〉のメンバーの非行少年たちが自分たちの仲間のひとりが撃たれた報復に、高校バスケットボールのスター選手の十八歳の少女を撃ったことだった。少女は階段でひざまずき、奨学金が約束されている進学予定の大学に行かせてくれと命乞いをした。が、彼女がその奨学金を受けることは叶わなかった。

犯人たちは彼女をそのまま放置した。階段を伝い落ちる血で小さな赤い滝ができた。

新聞各紙はマローンのチームとそのほかの特捜部メンバーが犯人たちを連行する写真で

あふれた。公営住宅を出たそのギャングたちが連れられていく先で待っていたのは、巷《ちまた》で〝恐怖のドーム〟と呼ばれるアッティカ刑務所での仮釈放なしの終身刑だった。

マローンは内心思う。あんたの指揮下での主だった逮捕は四分の三がおれのチームの手柄だ――長期刑判決につながる重罪犯の逮捕。数字には出なくても麻薬がからんだ殺人事件の摘発――結果はすべて有罪――におれのチームが力を貸していることはあんたもよく知っているはずだ。ヤク中や売人による各種強盗、家庭内暴力、レイプに関する逮捕は言うに及ばず。

マローンは思う。おれは癌より多くの悪人を街角から一掃してきた。この肥溜めが爆発しないようおれのチームが蓋をかぶせてるんだ。あんたもよく知ってるとおり。

だから、おれに脅されようと、ダ・フォースを牛耳っているのは自分じゃなくてマローンだと思い知らされようと、おれをよそに飛ばすことはできないんだよ。手柄を挙げるにはどうしたっておれが要るんだから。

それはあんたもよく知ってるはずだ。

いくらエース選手が気に入らなくても、その選手をトレードに出すことはできない。得点掲示板の点数を挙げるのはそのエースなんだから。

だからあんたはおれに手出しはできないんだよ。

警部が言っている。「さっきのはスーツ組に文句を言わせないための茶番だ。ヘロインはトップニュースになる。われわれとしてもそういう要望には応えなきゃならない」

黒人のあいだではヘロインの使用は増加するどころか減少している。黒人ギャングのヘロインの販売量も減少している。若いギャングは携帯電話窃盗やインターネット犯罪――なりすまし犯罪やクレジットカード詐欺――へとシフトしているのが現状だ。

ブルックリン、ブロンクス、マンハッタン・ノースのお巡りなら誰でも暴力事件がヘロインではなく、マリファナに関係していることを知っている。街角に屯《たむろ》しているチンピラどもは誰がどこでマリファナを売るかで争っている。

「ヘロイン工場は」とサイクスは続ける。「なんとしてでも叩きつぶすが、一番の問題は銃だ。愚かな若造が私の管轄圏内で殺し合ったり、関係のない市民を巻き添えにしたりすることだけはなんとしても防がなきゃならない」

この国の犯罪社会では、銃と麻薬はスープとサンドウィッチのように切り離せないものであり、ニューヨーク市警はヘロイン以上に市《まち》から銃を一掃することにこだわっている。当然だ――銃による殺人や負傷事件を処理するのがお巡りなら、被害者の家族に訃報を伝えにいくのも、少しでも正義が実現されるよう努力するのも、お巡りだからだ。

そして、そんなお巡りを殺すのが市《まち》にあふれる銃だからだ。言うまでもない。

全米ライフル協会《NRA》の馬鹿どもは言う。「銃が人を殺すのではない。人が人を殺すのだ」ああ、そのとおりだ、とマローンは思う。銃を持った人間が殺すのだ。

確かに刺殺もあれば撲殺もある。それでも、銃がなければ殺人の件数は無視できるレヴエルにまで減るだろう。いいにおいをさせ、フリルのついた服でＮＲＡの会合に出かける娼婦同然の議員たちは、射殺死体など言うに及ばず、銃で撃たれた人間すら見たことがないのだろう。

お巡りは見ている。毎日のように見ている。

決して美しいものではない。映画で見るような、あるいは聞くような（あるいは、におうような）ものとはまるでちがう。解決策は誰もが武装することだなどと思い込んでいる馬鹿——それこそ映画のように、解決するまでみんなで撃ち合えばいいなどと思い込んでいる馬鹿——は実際に銃を向けられたことのないやつらだ。そういう目にあったら、震え上がって真っ先にくそを洩らすやつらだ。

そういうやつらはやれ憲法修正第二条だの、やれ基本的人権だのと口をそろえて言う。が、要は金《かね》の問題だ。ＮＲＡの大口資金源である銃器製造会社にしてみれば、ただ銃が売れればいいだけのことだ。ただ会社が儲かればいいだけのことだ。

これがこのクソ馬鹿げたクソ話のクソ結論だ。

ニューヨーク市はそんなこの国の中では最も銃規制が厳しい市だが、だからと言って事情は何も変わらない。なぜなら、銃は市外から〝鉄のパイプライン〟を通ってはいってくるからだ。銃のディーラーは銃規制のゆるい州――テキサス、アリゾナ、アラバマ、サウス・カロライナとノース・カロライナ――で違法に銃を購入すると、インターステイト九五号線を通って北東部、及びニューイングランドの市《まち》に持ち込む。

田舎者は大都会で起きている犯罪を話題にするのが好きだが、その犯罪を惹き起こしている銃が自分たちの州から運び出されていることを知らないか、あるいは気にもとめていない。

今日までに少なくとも四人の市警官が〝鉄のパイプライン〟で持ち込まれた銃で殺されている。

街角に屯するチンピラや巻き添えを食った市民についてはその数知れず、だ。

市長も市警も街場から銃を一掃しようと躍起になっている。警察は銃の買い取りまでしている――細かいことは一切訊かず、現金にギフトカードまで添えて。銃を持ち込んでくれるだけで、いつでもにこにこ現金払い。拳銃やアサルトライフルなら二百ドル、普通のライフルや散弾銃やBB空気銃なら二十五ドル。

アダム・クレイトン・パウエル・ジュニア・ブルヴァード一二九丁目の教会でおこなわ

れた警察の直近の買い取りは、リヴォルヴァー四十八挺、セミオートマティックの拳銃十七挺、ライフル三挺、ショットガンとAR15自動小銃が一挺ずつ。

マローンとしても文句はない。市《まち》から銃がなくなるということは、お巡りにとって第一の仕事が達成できる――勤務を終えたら家に帰る、という仕事だ。マローンがお巡りになってまもない頃、古株のひとりが教えてくれた――まず最初に果たさなくちゃいけない仕事は、勤務が終わったら家に帰ることだと。

サイクスが訊いている。「デヴォン・カーターの件の進捗状況は？」

デヴォン・カーターというのは、マンハッタン・ノースの麻薬王で、別名〝ソウル・サヴァイヴァー〟。バンピー・ジョンソン、フランク・ルーカス、ニッキー・バーンズの流れをくむハーレムの大物の最後の顔だ。

カーターの儲けの大半はヘロイン工場からのもので、その工場がニューイングランドへの流通拠点になっている。それらの工場から北はハドソン川をさかのぼった小さな町や、南はフィラデルフィア、ボルティモア、ワシントンへ出荷している。

まさにヘロインの〈アマゾン〉。

カーターは切れ者で、なかなかの戦略家だ。決して麻薬そのものにもその売買の場にも近づかない。連絡、その他のやりとりは一握りの手下と直接会って話すだけで、電話や電子メールの類いは一切使わない。

ダ・フォースはカーターの組織内に情報屋をまぎれ込ませることができないでいる。カーターの組織には古くからの友人や身内だけしかその中心にはいれないのだ。そういう者は逮捕されても、裏切るより服役することを選ぶ。そうしなければ命がないからだ。

なんとも苛立たしいことに、末端の売人をいくら検挙しても、囮捜査官がどんなに隠密捜査をしても、ライカーズ島の刑務所に何人送り込んでも、回転ドアさながらお次のやつがまたぞろ取って代わるだけのことなのだ。

カーターはいまだに手の届かないところにいる。

「情報屋はあちこちにいるんで」とマローンは言う。「その二十人からカーターの情報を得ようとしたこともありますが、収穫なしです。盗聴器を仕込まなきゃ、なんの意味もない」

カーターは十数軒のクラブや雑貨店《ボデーガ》やアパートメントハウス、それに船、ほかにもまだわかっていない不動産を持っており、そのどこかでおこなわれる会合に盗聴器を仕込むことができれば、カーターを追いつめることもできなくはない。

昔ながらの悪循環。それ相当の理由がなければ令状は取れない。令状がなければそれ相当の理由は手にはいらない。

そのことをあえて口にしようとはマローンは思わない。サイクスもそんなことは百も承知だからだ。

「情報筋によると」とサイクスは言う。「カーターは大規模な武器購入の交渉を進めているらしい。殺傷力の高い武器だ――アサルトライフル、オートマティックの拳銃、それにロケット・ランチャーもだ」

「その情報はどこから？」

「きみの意見には反するかもしれないが、この建物で警察の仕事をしているのは何もきみだけじゃないんだよ。いずれにしろ、そういう類いの武器を手に入れようとしているのがほんとうだとすれば、カーターはドミニカ人相手に戦争を始めるつもりだということになる」

「同感です」

「よろしい」そう言って、サイクスは続ける。「私の管轄内で戦争を起こされては困る。そういった規模の流血は見たくない。武器の流入はなんとしてでも阻止したい」

マローンは内心思う――武器の流入は止めたい。しかし、あんたの流儀で止めたいんだろ？〝荒っぽいカウボーイ流は認めない。違法な盗聴も認めない。自作自演のタレ込みも認めない〟。どこかで聞いた台詞《せりふ》だ。

「私はブルックリンで育った」とサイクスは言う。「マーシー公営住宅だ」

マローンもその話はよく知っている——新聞にも載ったし、市警のホームページでも特集が組まれた。〝公営住宅から警察管区のトップへ——ギャングになってもおかしくない環境から這い上がり、努力の末、ニューヨーク市警上層部に挙用された黒人警官〟。どのようにサイクスが逆境を撥《は》ね返し、奨学金を得てブラウン大学に進学し、生まれ育った場所を〝よりよいところに変える〟ために戻ってきたか。

だからと言って、マローンが感涙にむせぶことはないが。

それでも、黒人警官が高い地位にいつづけるというのはきついことだとは思う。誰からも自分とは異なる人種と見られてしまうからだ。管区の市民からは本物の黒人とは見られず、市警のほかの警察官からも本物のお巡りとは見られない。サイクスは自分自身をどっちだと思っているのだろう？　そもそも本人には自分がどっちかということがわかっているのだろうか。いずれにしてもきついにちがいない。人種差別があちこちで問題になっている昨今は特に。

「きみが私のことをどう思っているかはわかっている」とサイクスは言う。「中身の空っぽなスーツ組のひとり。形ばかりのキャリア志向の黒人。〝上に行くためにだけ通過していくだけのやつ〟。ちがうか？」

「ほぼそのとおりです。本音を言えば」

「市警本部のスーツ組はマンハッタン・ノースを白人がビジネスをするのに安全な場所にしたがっている」とサイクスは続けて言う。「私は黒人にとっても安全な場所にしたい。これが私の本音だ。今のことばはきみの耳にも充分正直に聞こえただろうか？」

「まあ、そうですね」

「きみはペーナの手入れやそのほかの武勇伝、あるいはマクギヴァン警視や本部のアイリッシュ・イタリアン・クラブに守られていると思っている。だけど、ひとつ言わせてくれ。マローン、それはつまりきみにはそれだけ敵がいるということだ。きみがバナナの皮を踏んですっ転んだら、きみを踏みつけようと狙っているやつがな」

「あなたはそうは思ってないんですね」

「今のところ、私にはきみが必要だからな。デヴォン・カーターに私の市《まち》を大虐殺の場にさせないためには、きみときみのチームが必要だ。私の期待どおりの働きをしてくれれば、そう、私は上に行くためにここを通過していける。そのあとのこの小さな王国はきみのものだ。一方、期待どおりの働きをしてもらえないようなら、きみはただの厄介者でしかない。マンハッタン・ノースからできるだけ遠くへ飛ばしてやる。そのときはソンブレロでもかぶって仕事に行ってくれ」

マローンは内心思う――やれるものならやってみろ、この鼻クソ野郎。

そんなことをしたら、どうなるか。

ただ、苛立たしいのは互いに望んでいることが同じだということだ。お互い市《まち》に銃が出まわることは阻止したい。

それに、とマローンは思う――ここはおれの市《まち》だ。あんたの市《まち》じゃない。

マローンは言う。「銃の取引きは阻止できます。ただ、規則に従ってできるかどうかはわからない」

さあ、どこまで真剣に取引きを止めたいんだ、サイクス鼻クソ警部さんよ？

マローンは椅子に腰かけたまま、サイクスが頭の中で悪魔と取引きをしているのを見守る。

やがてサイクスは口を開く。「報告書は必要だ、部長刑事。その報告書の中身は一字たりとも規則に反した内容であってはならない。どこにいて何をしたか、逐一知っておきたい。それでお互い理解できただろうか？」

完璧に。

おれたちはみな腐敗している。

ただ、腐敗のしかたがちがうだけだ。

それにこれは平和条約締結の申し出でもある——この手入れが成功すれば、あんたにも脚光を浴びさせてやろう。映画の主役にしてやろう。〈ニューヨーク・ポスト〉にあんたの写真が載るように。それであんたは出世街道まっしぐらだ。ただし、あんたがここのトップであるかぎり、マンハッタン・ノースのノルマについてはとやかく言わせない。

「メリー・クリスマス、警部」とマローンは言う。

「メリー・クリスマス、マローン」

4

マローンは思い出す。〝ターキー・ラン〟を始めたのは、そう、五年くらいまえだっただろうか。特捜部が結成されたばかりの頃で、近隣の市民への良好なイメージづくりが必要だと思ったのだ。

このあたりの人間は誰もがダ・フォースの刑事を知っている。人類に多少の愛と善意を示して悪いことはない。それに、クリスマスに腹をすかせるかわりにターキーにありつけた子供がつい心を許して、情報を提供してくれないともかぎらないではないか。

マローンがターキーに自腹を切るのはプライドのためだ。ルー・サヴィーノやプレザント・アヴェニューのギャングの幹部も不法に入手したターキーぐらい、喜んで供出するだろう。しかし、そういう噂はあっというまに世間に広まる。そのことをマローンはよく知っている。だから、トラックの二重駐車の違反切符を切らないかわりに、食品卸売業者にターキーを値引きしてもらうことはあるかもしれないが、それ以外はすべて自分で負担することにしている。

それなりの手入れを一回すれば、それぐらい充分お釣りがくる。ターキーを受け取るまさに同じ人々が明後日には彼に〝航空便〟——瓶や缶や汚れたおむつ——を公営住宅の上階から投げつけてくるかもしれないことをマローンは否定しない。十九階から落とされたエアコンが一度危うくマローンの頭を直撃しかけたこともある。ターキー・ランが一時的な休戦でしかないことはマローンも重々承知だ。

ロッカールームにはいると、ちょうどビッグ・モンティがサンタクロースの衣裳に着替えている。

「なかなか似合ってるじゃないか」と言ってマローンは笑う。

実際には馬鹿げている。いつもは寡黙で凛々《りり》しい大柄な黒人が赤いサンタの帽子をかぶり、白いひげをつけるというのは。「黒いサンタなんだぜ」

「これぞ多様化《ダイヴァーシティ》だ」とマローンは言う。「市警のウェブサイトにそんなことが書いてあった」

「なんであれ」とルッソがモンティに言う。「あんたはサンタクロースじゃなくて、コカイン・クロースだ。だったら黒くても問題ない。それにその立派な腹なら文句なしだ」

ビッグ・モンティが言う。「この腹はおれのせいじゃない。おまえのカミさんと一発やるたびにサンドウィッチを食わされるせいだ」

ルッソは笑って言う。「だったら、少なくともおれよりたくさん食ってるのは確かだな」

以前はビリー・オーがサンタの担当だった。がりがりに痩せていたのでサンタの服の下に枕を押し込んで、子供たちとふざけ合いながらターキーを配っていた。それがモンティに引き継がれたのだ。黒人であれなんであれ。

モンティはひげのつけ具合を調整しながらマローンを見やる。「ターキーをもらってもみんなそれを転売してるのは知ってるよな？　いっそ仲介業者を抜かして直接ヤクを渡してやったほうがいいんじゃないか？」

マローンもターキーのすべてが食卓までたどり着かないことは知っている。中には、そのままパイプや腕の注射や鼻の粘膜に行き着く場合もある。ターキーは麻薬ディーラーに渡り、それが食料品店に売られ、最終的には棚に並べられて利益を生む。それでもほとんどのターキーは家に持ち帰られる。人生は宝くじに似ている。ターキーのおかげでクリスマス・ディナーにありつける子供もいれば、ありつけない子供もいる。そういうことだ。

しかし、それで充分ではないか。

デヴォン・カーターはそれで充分とは思っていない。実際、マローンはこのクリスマス・ターキー・ランをカーターに笑われた。

ひと月くらいまえのことだ。

マローン、ルッソ、モンティの三人は、〈シルヴィアズ〉で昼食にターキーの手羽肉の煮込みを食べていた。モンティが顔を上げて言った。「あいつが来てる」

マローンはバーカウンターのほうを見やった。すると、そこにデヴォン・カーターがいた。

ルッソが言った。「勘定をすませて出ようか？」

「礼儀を欠くには及ばない」とマローンは言った。「ちょっと挨拶してこよう」

マローンが席を立つと、カーターの手下ふたりが行く手をさえぎろうとした。が、カーターは手を振って手下をさがらせた。マローンはカーターの隣りのストゥールに腰かけて言った。「デニー・マローンだ」

「知ってるよ」とカーターは言った。「何か問題でも？」

「ないよ、そっちに問題がなければ。せっかく同じ店にいるんだ、挨拶でもしておこうと思ってな」

カーターはいつもどおりの洒落た着こなしだった。〈ブリオーニ〉のグレーのカシミアのタートルネックのセーターに〈ラルフ・ローレン〉のチャコールのズボン、〈グッチ〉の大きめの眼鏡。

店内は静まり返った。ハーレムで一番の大物麻薬ディーラーと、そのディーラーを逮捕しようとしている警察官がふたり並んで坐ったのだ。カーターが言った。「実を言うと、今おまえさんのことを笑ってたところだ」

「ほう？　おれのどこが面白い？」

「ターキー・ランだ」とカーターは言った。「おまえさんはターキーをばら撒く。おれは金とヤクをばら撒く。どっちの勝ちだと思う？」

「肝心なのは」とマローンは言った。「あんたとドミニカ人のどっちが勝つか。そっちじゃないか？」

ペーナの手入れでドミニカ人の勢力はいくらか削《そ》がれたものの、それは一時的なもので、カーターの配下にはドミニカ人につくのも選択肢のひとつと考えはじめている者もいた。ドミニカ人のほうが人数でも銃の数でも勝《まさ》っており、いずれマリファナの商売も奪われるのではないかと不安になっているのだ。

カーターはいわば多種類麻薬業者だが、それはそうせざるをえないからだ。大半はニューヨークの外に持ち出されるか、市中に残って白人の客の手に渡るかするヘロインに加えて、彼はコカインとマリファナも売りさばいている。なぜなら、金儲けの主体となるヘロインの商売をするには兵隊が要るからだ。警備する者に運び屋に連絡係――要するにギャングが。

ギャングも金を稼がなければならない。食っていかなくてはならない。

だから、カーターとしても手下がマリファナを扱うのを許すしかないのだ――そうしなければ、ドミニカ人にマリファナの商売どころかおおもとの商売までも奪われかねない。ドミニカ人のほうの選択肢は、カーターのギャングを公然と買い取るか、地図上から完全に抹殺するか。マリファナで稼げなければ武器は買えない。武器を持たないギャングは無力だ。

ドミニカ人の支配が進めば、カーターのピラミッドは土台から崩れることになる。マローンにしてみればマリファナの売買などどうでもいいことだ。ただ、問題はマンハッタン・ノースの殺人の七割が麻薬がらみだということだ。ラテン系ギャング同士の抗争、黒人ギャング同士の抗争、そして今は黒人ギャング対ラテン系ギャングの抗争が増えている。大金のからむヘロイン売買を牛耳るボス同士の抗争が激化しているのだ。

「おまえさんがペーナをやってくれたお陰でひとり商売敵が減った」とカーターは言った。

「マフィンの差し入れ程度のことだがね。それでもお役に立ててなによりだ」とマローンは言った。

「あの手入れじゃ、かなりの見返りがあったそうだな」

思いがけないことばに背骨をがつんとやられた気分になったが、マローンはおくびにも出さなかった。「でかい手入れがあると、そのたびにお巡りが上前をはねてるなんて噂が飛び交うものさ」

「それはそれが事実だからだよ」

「あんたにはどうしても理解できないことがあるようだな」とマローンは言った。「その昔、若い黒人は綿花を摘んでいた——今じゃあんたがその綿花だ。機械送りになる原材料だ。毎日何千人とな」

「〝刑務所産業複合体〟だ」とカーターは言った。「おまえさんの給料はおれが払ってるようなもんだ」

「おれが誰にも感謝してないなんて思わないでくれ」とマローンは言った。「だけど、払ってるのはあんたじゃない。別の誰かだ。なんであんたが〝ソウル・サヴァイヴァー〟なんて呼ばれてるのか知ってるか？　それは、あんたが黒人で、孤立していて、あんたみたいな輩《やから》の最後の生き残り《サヴァイヴァー》だからだ。昔は白人の政治家があんたらのケツを舐めにきてた。あんたらの票が欲しいがためにな。だけど、近頃はそれもめっきり減ったんじゃないか？　なぜって、もうあんたらは必要ないからさ。今、政治家が舐めてるのはラテン系やアジア人やインド人のケツだ。今じゃイスラム教徒のほうがあんたらより儲けてるんじゃないか？　要するに、あんたはもう終わってるんだよ」

カーターは笑みを浮かべて言った。「そういうだぼらを聞かされるたびに小銭でも貯めていたら、おれは今頃大金持ちに――」

「最近、プレザント・アヴェニューに行ったか？　中国人だらけだ。インウッドとワシントン・ハイツは？　日を追うごとにラテン系が増えている。マンハッタンヴィル団地やグラント団地にいるあんたの手下は最近じゃドミニカ人からヤクを買ってる。セント・ニコラス団地も近いうちに失いそうだな。ドミニカ人、メキシコ人、プエルトリコ人――やつらはみんな同じことばを話して、同じものを食って、同じ音楽を聞く。あんたにもヤクは売ってくれるかもしれない。だけど、あんたと組む？　それはないよ。メキシコ人は同郷の売人にはあんたには売らない破格値で売るんだよ。だからあんたに勝ち目はないな。あんたへの忠誠心がヤク中にあると思うか？　やつらにとってクスリ以上に大切なものがあると思うか？」

「つまりおまえさんはドミ公に賭けてるわけだ」とカーターは言った。

「おれはおれに賭けてるのさ。なんでかわかるか？　機械というのはまわりつづけるものだからだ」

その日の午後、マンハッタン・ノースのマローンのもとにマフィンを詰めたバスケットが届けられた。添えてあったのは四十九ドル九十五セントというマフィンの値段が書かれたメモだった。警察官が受け取ることのできる贈りものの上限額を五セント下まわっていた。

サイクス警部が渋い顔をしたのは言うまでもない。

マローンたちを乗せたヴァンはレノックス・アヴェニューをゆっくりと北上する。モンティが「ホー、ホー、ホー！」とサンタクロースを真似た笑い声をあげる中、マローンは窓を全開にした後部座席からターキーを配る。〝ダ・フォースがともにあらんことを！（映画『スター・ウォーズ』でよく使われることば）〟という祝福のことばを添えて。

彼らの班の非公式のモットーだ。

サイクス警部はこのモットーが気に入らない。〝不真面目〟だからだ。このあたりでお巡りでいることにはショービジネス的一面もあることを警部は理解していない。もちろん、彼らは囮捜査官ではない。囮捜査官と一緒に仕事をすることはあっても、囮捜査官が手入れに加わることは決してない。

手入れをおこなうのはおれたちだ。マローンはそう思う。手入れの記事はおれたちの笑顔とともに新聞に載る。ここではそうやって存在感を示さなくてはならない。サイクスにはそれが理解できない。イメージの重要さが。ダ・フォースはおまえたちとともにいる、味方であって敵ではないというイメージだ。

ただし、おれたちがおまえたちの味方になるのは、おまえたちがヤクを売らない、暴行しない、レイプしない、車から発砲しない場合にかぎる。さもなければ、ダ・フォースはどこまでもおまえたちを追いつめ、捕まえる。

なんらかの形で。

いずれにしろ、このあたりの住民はおれたちのことをよく知っている。

だからこんなふうに呼ばわり返してくる――「ダ・フォースなんぞクソ食らえだ」「早くターキーを寄こせってんだ、このクソ野郎」「おい、豚ども、なんでポークを配らないんだ？」それでもマローンはただ笑うだけだ。そういうやつらはただ強がっているだけだからだ。大半は何も言わないか、小さな声で「ありがとう」と言うだけだ。ここの住人も多くは善良な市民で、ほかの人々と同じように懸命に生きて、懸命に子供を育てている。

モンタギュー――ビッグ・モンティー――のように。

この大男はその両肩に多くを背負いすぎている。〈サヴォイ・アパートメンツ〉に住んで、妻と三人の息子を養っている。一番上の息子は、そのままいい子に育って家に残るか、不良になって街に消えていくか、今はその分かれ道の年頃だ――だから、息子たちとあまり一緒にいられないことがモンティの心配事になっている。たとえば今夜のように。本来ならクリスマス・イヴは家にいて、家族と一緒に過ごしたいところだ。しかし、これもまた子供たちを大学に進ませる金を稼ぐための仕事の一部なのだ。子供のために父親としてできる最善のこと――それはクソみたいな自分の仕事を日々こつこつとこなすことだ。

それにしても、とマローンは思う。あの子たち、モンタギューの息子たちはほんとうにいい子だ。賢くて、礼儀正しくて、大人に対する敬意というものを持っている。

〝デニーおじさん〟。それがそんな彼らにとってのマローンだ。

また、正式に指名された法定後見人でもある。万が一の事態に備え、マローンとシーラはモンティの子供たちとルッソの子供たちの後見人になっている。モンタギューの家族とルッソの家族はよく一緒に外食をするのだが、マローンはそんなとき、頼むから同じ車に乗らないでくれ、と冗談まじりに言う。一気に六人も子供が増えるのは勘弁してくれ、と。フィル・ルッソとダナ・ルッソはマローンの子供たちの法定後見人だ。デニーとシーラが飛行機事故か何かで死ねば――一緒に出かけることはもはやないので、そんなことはまずないだろうが――ジョンとケイトリンはルッソ一家と暮らすことになる。

だからと言って、このことはマローンがモンタギューを信用していないことを意味しない。モンティはマローンが知る中で一番いい父親で、彼の子供たちも父親を愛している——それでもフィル・ルッソはマローンの兄弟なのだ。同じスタッテン・アイランドで育ったフィル・ルッソはマローンにとって、相棒というだけでなく親友なのだ。彼らは一緒に大きくなり、一緒にポリス・アカデミーにも行った仲なのだ。如才のないこのイタリア系アメリカ人は、数えきれないくらいマローンの命を救い、マローンも同じくらい恩を返してきた。

ルッソのためなら銃弾を受ける覚悟がマローンにはある。

それはモンティのためでも変わらない。

そんなモンティを八歳くらいの小さな子供が困らせている。「サンタさんはそんなクソくっさいクソ葉巻なんか吸わないんですけど」

「このサンタは吸うんだよ。それから、ことばづかいには気をつけろ、坊主」

「なんで?」

「ターキーが欲しくないのか?」とモンティは尋ねる。「欲しかったら、クソ生意気なことは言うんじゃない」

「サンタさんはクソなんて言わないんですけど」

「サンタさんを困らせるのはそれぐらいにして、さあ、ターキーをもらって帰りなさい」

コーネリアス・ハンプトン師がヴァンに近づくと、師がよく説教に引く故事のように――

「わが民を解放せよ」とモーゼが紅海をふたつに割ったように――群らがっていた人々が左右に分かれる。

マローンは有名なその顔、縮れを伸ばした白髪、おだやかな表情を見やる。ハンプトン師は地域社会活動家であり、公民権運動の指導者だ。CNNやMSNBCなどのテレビのトークショーにもよく出演している。

カメラに映るのが好きなのだろう、とマローンは思う。ハンプトン師がテレビに映っている時間は人気裁判番組のジュディ判事より長い。

モンティがターキーを師に渡す。「教会のために」

「そのターキーじゃない」とマローンはモンティに言う。「こっちだ」

マローンは車のうしろに手を伸ばし、ターキーを選んでハンプトン師に渡す。「こっちのほうが大きい」

それに重い。詰めもののせいだ。

二万ドルの現金がターキーのケツの穴から腹に詰め込まれている。チミーノ・ファミリーとプレザント・アヴェニューのギャングたちを仕切るハーレムの幹部、ルー・サヴィーノからの〝差し入れ〟だ。

「ありがとう、マローン部長刑事」とハンプトン師は言う。「貧しい者たちと家のない者たちの糧になります」

ああ、そうかもしれない、とマローンは内心思う、そのほんの一部は。

「メリー・クリスマス」とハンプトン師は言う。

「メリー・クリスマス」

マローンはナスティ・アス――汚れたケツと呼ばれるジャンキーの姿を見つける。人の群れの端のほうにいる落ち着きのないその男は、細い首を〈ノース・フェイス〉のダウンジャケットの襟の中に縮めている。そのダウンジャケットは道端で凍え死にしないようにとマローンが買ってやったものだ。

ナスティ・アスはマローンが抱える犯罪情報提供者のひとりで、その情報を記録に残したことはないが、マローンにとっては特別なタレ込み屋だ。底辺の売人で、本人もヤク中だが、この男が持ってくる情報は案外役に立つものが多いのだ。ナスティ・アスというあだ名は、いつもケツの穴からクソが出かかっているような悪臭がすることからついたものだ。ナスティ・アスと話をするなら、できれば屋外でするのが賢明だ。

ヴァンのうしろにやってきたナスティの細い体は震えている。寒さのせいか、禁断症状のせいか。マローンはナスティにターキーを渡すが、どこで料理するつもりなのかは謎だ。ナスティはだいたいヘロイン密売所で寝泊まりしているので。

そんなナスティが言う。「一八四丁目通り二一八番地、十一時」

「そんなところでやつは何をするんだ？」とマローンは訊く。

「女としけ込む」

「確かな情報か？」

「ああ。本人から聞いた」

「これがガセじゃなきゃ、謝礼ははずむよ」とマローンは言う。「それから、なあ、早く便所を見つけろよ、なあ？」

「メリー・クリスマス」

そう言って、ナスティ・アスはターキーを手に去っていく。ターキーを売れば、麻薬一回分くらいの金にはなるのだろう。

歩道にいる男が叫ぶ。「お巡りのターキーなんか要るもんか！　マイケル・ベネットにはもうターキーは食べられない、ちがうか！」

そのとおりだ、とマローンは思う。

それが冷酷な現実だ、と。

そのとき、マーカス・セイヤーが眼にはいる。ターキーをもらおうとしているその少年の顔は紫色に腫れ上がり、下唇がぱっくりと割れている。

だらしなく肥った、見るからに頭の悪そうなマーカスの母親がドアを開け、金バッジに視線を向ける。

「中に入れてくれ、ラヴェル」とマローンは言う。「ターキーを持ってきた」

そのことばに嘘はない。確かにマローンはターキーを抱え、八歳のマーカスと手をつないでいる。

彼女はドアのチェーン錠をはずしてドアを開ける。「この子が何か問題を起こしたのかい？　マーカス、いったい何をしたんだい？」

マローンはマーカスを軽く押して先に行かせ、自分も中にはいって、ターキーをキッチン・カウンターの上に置く。そこはカウンターと呼べるかどうか疑わしいほど空き瓶や灰皿やそのほかのゴミで覆われている。

「ダンテはどこだ？」とマローンは訊く。

「寝てるよ」

マローンはマーカスの上着とチェックのシャツをめくり上げ、背中のみみず腫れを母親に見せる。「ダンテがやったのか？」

「マーカスが何か言ったのかい？」

「この子は何も言ってない」とマローンは言う。

ダンテが寝室から出てくる。ラヴェルの新しい男は、身の丈二メートルはあろうかという、いかにも卑《いや》しいクソ筋肉男だ。酔っぱらっているその眼は黄色く、血走っていて、マローンを見下ろしている。「何か用か？」

「今度この子に手荒な真似をしたらどうなるか、おれがなんて言ったか覚えてるか？」

「おれの手首を折るとかってことだったっけ」

マローンは取り出した警棒をバトンのようにまわすと、ダンテの右手首に振りおろす。手首がアイスキャンディのようにぽきっと折れる。ダンテは吠え、左腕で殴りかかる。マローンは屈み込んで姿勢を低くし、今度はダンテのむこうずねに警棒の一撃を加える。大男は伐採された大木のように倒れる。

「言っただろ？」とマローンは言う。

「警察がこんなことしていいのか！」

マローンはダンテの首を踏みつけ、もう一方の足で思いきり三回尻を蹴る。「ここに人権派のアル・シャープトン師がいるか？ テレビ局のクルーがいるか？ ラヴェルが携帯電話で動画を撮ってるか？ カメラのまわっていないところには警察の暴力なんてものは存在しないんだよ」

「このガキがおれを馬鹿にしやがるから」とダンテがうめき声をあげる。「だから躾《しつ》けただけだ」

マーカスは眼をまんまるにしてそこに立っている。大きなダンテがやり込められるのを見るのは初めてのようだが、なかなか気に入ったらしい。一方、ラヴェルはこのお巡りが帰ったら自分も痛めつけられると覚悟している。

マローンはさらに強く踏みつける。「またマーカスに痣《あざ》を見つけたら、みみず腫れを見つけたら、今度はおれがおまえを躾けてやる。この警棒をおまえのケツに突っ込んで、口から抜き出してやる。でもって、おれとビッグ・モンティでおまえの足をセメントの中に埋めて、ジャマイカ湾に投げ込んでやる。さあ、今すぐここから出ていけ。おまえはもうこの家の住人じゃない」

「おれがどこに住むか、おまえに指図されるすじあいはない！」

「それがあるんだよ」マローンはダンテの首を踏みつけていた足を持ち上げる。「いつまでそんなところに寝てるつもりだ、このクソ」

ダンテは立ち上がり、折れた手首を抱えて顔を歪める。

マローンはダンテの上着を見て、それをつかむとダンテに放る。

「靴は？　寝室にあるんだよ」

「裸足で行け。雪の中を裸足で歩いて救急病院に行け。病院に着いたらみんなに教えてやれ、大の大人が小さな子に暴行するとどうなるか」

ダンテはよろけながら出ていく。

今夜にはこのことを誰もが話している。マローンにはそれがわかる。この噂はあっというまに伝わる——小さな子供が殴られるというのはブルックリンやクイーンズでは日常茶飯のことかもしれないが、ここマンハンタン・ノースでは、マローンの王国では、許されない。

マローンはラヴェルに言う。「あんた、どうしちまったんだ？」

「あたしには愛は要らないっていうの？」

「息子を愛せばいいだろうが。今度またこんなことになったら、あんたは監獄行き、この子は施設行きだ。それが望みか？」

「ちがうけど」

「じゃあ、しっかりしろよ」そう言って、マローンはポケットから二十ドル札を取り出す。

「これは酒を買う金じゃないからな。まだ時間があるから買いものに行って、ツリーの下に何か置いてやれ」

「クリスマス・ツリーなんかないよ」

「ことばのあやだ」

まったく。

マローンはマーカスのまえにしゃがんで言う。「誰かにひどいことされたり、ひどいことをすると脅されたりしたら——おれのところに来るんだ。モンティでもルッソでも、ダ・フォースなら誰でもいい。わかったか？」

マーカスはこくりとうなずく。

もしかしたら、とマローンは思う。もしかしたら、この子は警察と聞いただけで顔を歪めるような人間にはならないかもしれない。

マローンも馬鹿ではない——マンハッタン・ノースから子供の虐待を完全に、あるいはその大半をなくせるなどとは思っていない。それはほかの犯罪についても同じだ。だからこそ気になるのだ——自分の担当地区が、自分の責任が。マンハッタン・ノースで起きることはすべておれの責任だ。それが現実的な考えでないことは自分でもわかっている。でも、どうしてもそう思ってしまう。

王国で起きることはすべて王の責任なのだから。

マローンはルー・サヴィーノに会いにいく。一一六丁目の〈ダモーレ〉はかつてスパニッシュ・ハーレムと呼ばれた地区にある。そのまえはイタリアン・ハーレムと呼ばれた。それが今はアジアン・ハーレムになりつつある。

マローンはゆっくりと奥のバーに行く。

サヴィーノはチミーノ・ファミリーの幹部で、手下を率いて古い通り、プレザント・アヴェニューをシマにしている。手がけているのは建設業、労働組合運動、高利貸し、ギャンブル――いかにもマフィアといった商売――だが、サヴィーノが麻薬にも手を出しているのをマローンは知っている。

ただし、マンハッタン・ノースでは売らない。

万にひとつ、サヴィーノのブツがマンハッタン・ノースにはいり込むようなことがあれば、すべての取り決めは反故《ほご》になる。マローンはそのことを念押ししている――ほかの商売も打撃を受けることになるぞと。それは昔から警察とマフィアのあいだで交わされてきた取り決めだ。マフィアの幹部は売春やギャンブル――カードゲームや裏カジノ、それに数当て賭博。今では州が宝くじ《ロッテリー》と呼び名を変えて、市民の健全な娯楽にしてしまった——を見逃してもらうかわりに警察に封筒を渡してきた。

いわゆる〝袖の下《バッド》〟だ。

たいていは一管区ごとひとりの警察官が取り立て屋になった——ひとりが賄賂を集めてまわり、それを仲間のお巡りに配った。その上納金は巡査から部長刑事へ、部長刑事から警部補へ、警部補から警部へ、警部から警視へ、警視から警視正へと納められた。

誰もがそうして旨味を享受した。

そして、たいていのお巡りがそれを〝きれいな金〟だと思っていた。

あの時代のお巡りは（いや、今の時代のお巡りも変わらない）〝きれいな金〟と〝汚い金〟を明確に区別していた。〝きれいな金〟とはおもにギャンブルからのもので、〝汚い金〟とは麻薬や凶悪犯罪からのものだ。そう、まれなケースながら、マフィアの幹部が殺人や武装強盗、レイプや暴行の罪から免れようとする場合もあるのだ。〝きれいな金〟はたいていのお巡りが受け取った。が、麻薬と血で汚れた〝汚い金〟を受け取るお巡りはあまりいなかった。

マフィアもそのちがいを心得ていて、火曜日にはギャンブルの金を自分たちから受け取った同じお巡りが、木曜日には麻薬売買や殺人の罪で自分たちを逮捕することがあることを承知していた。

そのルールを知らない者はいなかった。

ルー・サヴィーノというのは、通夜に出席していても自分だけは結婚式に出席していると思っているようなマフィアのひとりだ。

死んだ邪教の祭壇に祈りを捧げるマフィアだ。

かつて存在したと信じるイメージに今でもしがみついている。そんなものが映画のスクリーン以外で現実に存在したことなど一度もないのに。にもかかわらず、このどうしようもない男は、存在すらしたこともない、今や真っ黒な闇の中に消えようとしている幻になりたがっている。

サヴィーノと同じ世代のマフィアはみな、映画の中に出てきた登場人物にあこがれ、自分たちもそうなりたいと願っていた。だから、サヴィーノも現実のマフィアの殺し屋、ベンジャミン・〝レフティ〟・ルッジェーロになろうとはしていない。『フェイク』でルッジエーロを演じたアル・パチーノになろうとしている。トーマス・デシモーネ本人ではなく、『グッドフェローズ』でデシモーネを演じたジョー・ペシになろうとしているのだ。あるいは、『ザ・ソプラノズ』でジャコモ・〝ジェイク〟・アマリを演じたジェイムズ・ガンドルフィーニに。

確かに、いい映画だったし、いいドラマだった、とマローンも思う。だけど、なあ、ルー、あれは映画だ。ドラマだ。しかし、それはサヴィーノにかぎったことではない。一般市民も、ここから数ブロック先のある地点を指差し、あそこがソニー・コルレオーネがゴミ容器の蓋でカルロ・リッツィを叩きのめした場所だ、などとまるで現実の出来事だったかのように言う。フランシス・フォード・コッポラ監督が『ゴッドファーザー』でジェイムズ・カーンにジャンニ・ルッソを殴る演技をさせた撮影現場ではなく。

まあ、どんな組織も独自の神話の中で生き延びていくものなのだろう。ニューヨーク市警も含めて。

サヴィーノはパールグレーの〈アルマーニ〉のジャケットの下に黒い絹のシャツを着て、ハイボールを飲んでいる。どうして上等のウィスキーにソーダなんか入れるのか、マローンには謎でしかないが、人は人それぞれだ。

「これはこれは、刑事の中の刑事さん！」サヴィーノは立ち上がってマローンをハグする。封筒が音もなくするりと、サヴィーノのジャケットからマローンのジャケットへすべり込む。「メリー・クリスマス、デニー」

マフィアの幹部にとってクリスマスというのは重要な季節だ――ときに何万ドルにもなるボーナスを手下に配らなければならず、封筒の重さが組織の中での地位を測る目安となる――地位が高ければ高いほど、当然、封筒は重くなる。

ただ、マローンが今受け取った封筒はそれとは異なる。

取立て屋の報酬だ。

要はあぶく銭。人にあちこちで――バーで、レストランで、リヴァーサイド・パークの遊技場で――会ってそれぞれに封筒を渡す。受け取る側にはすべて話が通っている。お膳立てはすべてできている。マローンは単なる配達係だ。なぜなら、顔の知られた犯罪組織の幹部と一緒にいるところを目撃されたがる善良な市民などいるわけがないからだ。

市の役人――契約する入札業者を決定できる者たち――はとりわけ。

そこにチミーノ・ファミリーのシノギの要《かなめ》がある。

チミーノ・ファミリーはあらゆるところから少しずつかすめ取る――契約できた業者からのキックバックに始まり、コンクリート、鉄筋、電気工事、配管工事業者からもかすめ取る。それができなければ、労働組合になんらかの問題を見つけさせ、プロジェクトを止めさせる。

威力脅迫および腐敗組織に関する連邦法《RICO》、ジュリアーニ市長の大改革、マフィア・コミッション裁判、住宅公社の不正窓工事裁判を経て、誰もがマフィアの時代はもう終わったと思った。

実際、そうだった。

そんなときにツイン・タワーが崩壊したのだ。

FBIは一夜にして人員の四分の三をテロ対策に投入し、その結果、マフィアは息を吹き返した。それどころか、グラウンド・ゼロからの瓦礫《がれき》撤去に法外な費用を吹っかけて大儲けした。六千三百万ドルは稼いだ、とサヴィーノは得意げによく言ったものだ。

要するに9・11がマフィアを救ったのだ。

現在、誰がチミーノ・ファミリーのドンなのかは明らかではない。が、スティーヴィ・ブルーノだろうというのがもっぱらの噂だ。ブルーノはRICO法関連の犯罪で十年服役したのち、出所してまだ三年と経っていないのに早くも上昇機運にある。まるで隠居したかのようにジャージーシティに住み、ニューヨークにはめったに出てこない。食事をしにくることとすらない。

それでもマフィアは復活した。かつてのようになることはもうないとしても。

マローンに飲みものを出すよう、サヴィーノはバーテンダーに合図する。バーテンダーはマローンの飲みものがアイリッシュ・ウィスキーのジェムソンのストレートだということを心得ている。

ふたりは腰をおろし、お決まりの儀式を始める――家族はどうしてる？　元気だ。あんたのほうは？　みんな元気だ。商売は？　相変わらずだ、といった類いのいつものたわごと。

「善良な師にはもう会ったか？」とサヴィーノが訊く。

「ターキーは渡した」とマローンは言う。「こないだの夜、あんたの手下がレノックス・アヴェニューにあるバーの店主、オズボーンに怪我をさせた」

「黒人をぼこぼこにするのはあんたらだけの専売特許だって言いたいのか？」

「そうだ」とマローンは答える。

「あいつは利息の支払いが遅れたんだよ。二週続けてな」

「おれに赤っ恥をかかせないでくれ。誰もが見てるような道端ではやめてくれ」とマローンは言う。「ただでさえ緊張が高まってるときはなおさらだ」

「なあ、あんたらの仲間がガキを殺《や》っちまったからって、おれたちは何をするにもいちいち許可証がなくちゃできないのか？　あの店の馬鹿おやじ、ニックスなんかに賭けやがってさ。ニューヨーク・ニックスにだぜ、マローン。挙句、金を払わない。どうしろってんだ？」

「おれのシマではやるな」

「ああ、わかったよ。メリー・クリスマス、よく来てくれたよ。ほかに何か問題は？」

「いや、それだけだ」

「それはありがたいことで、聖アントニウスさま」

「あんた自身の封筒の中身はどうだった？」

サヴィーノは肩をすくめる。「教えてやるよ……ここだけの話だ。今の時代のボスはドケチのカス野郎ばかりだ。ジャージーにいる親分さんなんかテニスコート付きの家に住んでる。川が見下ろせるいいところにな……今じゃめったに市《まち》にも出てこない。十年食らったんだからな。そりゃわかるよ……それでも豪勢な暮らしができて当然だと思ってやがる。そういう暮らしをしてもとやかく言うやつは誰もいないってな。だけど、そりゃ大きなまちがいだ。少なくともおれは文句がある」

「ルー、ここにあるのはおれの耳だけじゃないんだぜ」

「かまうかよ」とサヴィーノは言って飲みものを注文する。「それよりちょっと面白い話を聞いたよ。なんだと思う？　あんたを一躍スターにしたペーナの手入れのことだ。押収したヤクはその全部が証拠品のロッカーにたどり着いたわけじゃない。そんな話だ」

まったく。どいつもこいつもどこへ行ってもこの話だ。「たわごとだよ」

「ああ、そうかもな。だって噂がほんとなら今頃出まわっててもいいはずだものな。でも、そうはなってないんだからな。それでもだ。『フレンチ・コネクション』ってこともあるだろ？　ほとぼりが冷めるまでじっと待つってやつだ」

「変な勘ぐりはやめておくことだ」

「今夜はやけにぴりぴりしてるじゃねえか。おれはただ言ってるだけだよ。誰かがヘロインの上にじっと坐って、処分の潮時を待ってるんじゃねえかって……」

マローンはグラスを置いて言う。「そろそろ行くよ」

「相変わらず忙しいんだな。ブオン・ナターレ《メリー・クリスマス》、マローン」

「ああ、あんたもな」

マローンは店を出て思う。サヴィーノはペーナの手入れについてどんな噂を耳にしたのか。ただ探りを入れているだけなのか。それとも何かを知っているのか。これはよくない。なんとか手を打たないと。

それでも、これで少なくともレノックス・アヴェニューでは借金を踏み倒す黒人をイタリア人が半殺しにする心配はなくなった。

それでよしとしよう。

次の仕事だ。


ビリー・オーが殉職したとき、デビー・フィリップスは妊娠三ヵ月だった。

ふたりはまだ結婚していなかった(けじめをつけろとモンティとルッソがしつこく言ったので、ビリーもようやくその気になっていたのだが）。だから、市警が彼女に救いの手を差し伸べてくれることはなかった。ビリーの葬儀でも彼女はその場にいない存在として扱われた――カソリックに凝り固まった市警は未婚の母に、たたんだ国旗を手渡すことも、慰めのことばをかけることも、もちろん遺族扶助料と医療保障を付与することもなかった。彼女は実父確定検査を受け、市警を訴えようとした。マローンはそんな彼女を説き伏せた。

市警を相手に裁判をしちゃいけないと。

「なぜなら、それはおれたちお巡りがすることじゃないからだ」とマローンは言った。「あんたと子供の面倒はおれたちがみる」

「どうやって？」とデビーは尋ねた。

「きみはそういう心配はしないでいい。必要なものがあれば、おれに言ってくれ。男にはわからないことなら――シーラやダナ・ルッソやヨランダ・モンタギューに相談してくれればいい」

しかし、デビーのほうから助けを求めてくることはなかった。

彼女はもともと自立したタイプで、それほどビリーと深い結びつきがあったわけではなかった。彼の拡大家族のようなマローンたちについては言うに及ばず。ビリーとも一夜だけの関係がそのまま続いたということだった。マローンはビリーには口を酸っぱくして、コンドームは二重につけろと言っていたのだが。

「直前に引き抜いたんだけどな」デビーから妊娠を知らされたとき、ビリーはマローンにそう言った。

「馬鹿か、おまえは？　高校生か？」とマローンはあきれて言った。

モンティはビリーの頭をはたいて言った。「まぬけ」

「結婚するのか？」とルッソは尋ねた。

「彼女は結婚したがってない」

「おまえや彼女がどうしたいかなんて問題じゃない」とモンティは言った。「問題なのは子供にとって何が必要かってことだ――子供には両親が必要だってことだ」

ただ、デビーは赤ん坊を育てるのに男は必要ないという今どきの女の考えの持ち主だった。自分たちの関係がどう発展するか見定められるまで待つべきだ。彼女はビリーにそう言った。

そういう機会はふたりには与えられなかった。

マローンはそんなデビーを訪ねる。彼女本人がドアを開ける。妊娠八ヵ月のはずで、まさにそのように見える。ペンシルヴェニア西部にいる家族から援助を受けているわけでもなければ、ニューヨークに頼れる人がいるわけでもない。一番近くに住んでいるヨランダが時々様子を見にきたり、食料品を届けたり、デビーがいいと言えば通院に付き添ったりしているが、ふたりが金の話をすることはない。

お巡りの妻は金のことには関わらない。

「メリー・クリスマス、デビー」とマローンは言う。

「どうぞ」

彼女はマローンを招き入れる。

小柄の美形。それがデビーだ。そんな彼女の膨らんだ腹は彼女には大きすぎるように見える。ブロンドの髪は汚れてくしゃくしゃで、アパートメントの中も散らかっている。彼女は古びたソファに腰をおろす。テレビは夜のニュースをやっている。

アパートメントの中は蒸し暑いが、こういう古いアパートメントはいつも暑すぎるか寒すぎるかのどちらかだ——スチームの調節法を誰も知らないのだろうか。そんなスチームが今もしゅーしゅーという音をたてている。気に入らないならとっとと帰ってくれ、とマローンに言っている。

マローンはコーヒーテーブルに封筒をそっと置く。

五千ドル。

その金に議論の余地はない――ビリーの分けまえだからだ。ヘロインを処分することになれば、ビリーはその分けまえも受け取る。そうした差配はマローンがする。彼女に必要な額、彼女に扱える額を見きわめ、残りはビリーの子供の大学進学資金に充てる。

ビリーの息子に不自由はさせない。

そういう金があれば、息子の母親は家にいられる。家にいて、息子の世話ができる。

最初、デビーは抵抗した。「保育園の費用だけ出してくれればいい。わたしは働かないと」

「いや、働く必要はないよ」

「お金の問題じゃないの。一日じゅうひとりっきりで子供とここにいたら、わたし、気が狂っちゃう」

「子供が生まれれば、考え方も変わるさ」

「みんなそう言うけど」

彼女は封筒に視線を落とし、その視線をマローンに向ける。「善意の寄付?」

「寄付じゃない。これはビリーの金だ」

「だったらわたしに全部ちょうだい。社会福祉の補助金みたいに小出しになんかしないで」

「おれたちにはおれたちのやり方がある」マローンはそう言って狭いアパートメントを見まわす。「赤ん坊を迎える準備はできてるのか？　たとえば、よくわからないが、ベビーカーとか、おむつとか、おむつを替えるための台とか」

「あなたには関係のないことよ」

「ヨランダに一緒に買いにいってもらうといい。それが嫌なら、こっちで適当にそろえて届けてもいい」

「ヨランダが一緒に買いものに行ったら、ウェストサイドの金持ちの女が婆やを連れているみたいに見えるかも。彼女にはジャマイカ訛りで話してもらってもいいわね。それとも最近はみんなハイチ人？」

デビーは辛辣だ。

無理もない、とマローンは思う。

お巡りと羽目をはずしたら、そのお巡りの子を身ごもってしまい、挙句にそのお巡りが殺されてしまったのだから。頼れる者は誰もおらず、人生がめちゃめちゃになってしまったのだから。お巡りとその妻に、ああしろこうしろと指図され、子供扱いされ、ただこづかいを渡されているのだから。しかし、彼女はまだ子供だ、とマローンは思う。ビリーの子分けまえを一度に渡せば、あっというまに使ってしまうだろう。そうなったらビリーの子はどうなる？

「明日、何か予定は？」とマローンは尋ねる。

「それはもうすばらしい人生よ！　モンタギューの家に誘われたし、ルッツの家にも誘われたわ。でも、邪魔したくない」

「彼らはほんとうに歓迎してるんだよ」

「わかってる」彼女は小さな足をコーヒーテーブルにのせる。「ビリーが恋しい、マローン。わたしっておかしい？」

「いや。ちっとも」

おれも恋しいよ、マローンは胸につぶやく。

おれもビリーを愛してた。


〈ダブリン・ハウス〉。ブロードウェイ七九丁目。

クリスマス・イヴのアイリッシュ・バーにいるのは、酔っぱらったアイルランド人か、アイルランド人のお巡りか、酔っぱらったアイルランド人のお巡りだ。

ビル・マクギヴァンが混み合ったバーカウンターについている。酒を一気に呷《あお》っている。

「警視」

「やあ、マローン」とマクギヴァンは言う。「今夜は会えるんじゃないかと思って来たんだ。何を飲んでる?」

「あなたと同じものです」

「ジェムソンをもう一杯」とマクギヴァンはバーテンに言う。警視の頬は紅潮し、豊かな白髪の白さを際立たせている。血色のいい丸顔に人なつっこい笑みが広がる典型的なアイルランド人。それがマクギヴァンだ。〈エメラルド・ソサイエティ〉と〈カソリック・ガーディアンズ〉の重鎮でもある。警察にはいっていなければ、政治家として派閥の長ぐらいにはなっていただろう、それもトップクラスの。

「ブース席にします?」飲みものが来ると、マローンは尋ねる。そして、奥のほうに席を見つける。ふたりは腰をおろす。

「メリー・クリスマス、マローン」

「メリー・クリスマス、警視」

ふたりはグラスを合わせる。

マクギヴァンはマローンの心強い〝留め金《フック》〟だ――指導者であり、庇護者であり、保証人でもある。ある程度の実績のある警察官なら誰にでもいる――邪魔者を排除してくれたり、いい仕事に就けてくれたり、面倒をみてくれたりする上司。

庇護者としてのマクギヴァンは最強だ。ニューヨーク市警の警視の地位は警部の二ランク上、警視正のすぐ下に位置する。まわりから信頼されている警視――まさにマクギヴァンがそうだ――なら警部のキャリアぐらいどうとでもできる。そのことはサイクスにもわかっている。

マローンのほうは少年の頃からマクギヴァンを知っていた。警視とマローンの父親はその昔、制服警官としてともに六分署に勤務した仲なのだ。父親が死んで何年か経った頃のこと、マローンに父親の話をしてくれたのもマクギヴァンだった。

「ジョン・マローンはいいお巡りだった」とマクギヴァンは言った。

「飲んだくれでした」とマローンは言った。十六歳だったマローンはもうなんでも知っていた。

「ああ、そうだな。おまえさんの親父さんと私は六分署にいた頃、たった二週間のあいだに八人もの子供が殺された事件に出くわした。全員が四歳以下だった」

ひとりの子供の体には小さな火傷《やけど》の痕が無数にあった。初めのうちはそれがどういう火傷なのか、マクギヴァンとマローンの父親にはわからなかった。が、そのうちその火傷の痕がコカインを吸うときのパイプの先とぴたりと一致するのに気づいた。

その子は拷問され、あまりの痛さに舌を噛み切ったのだ。

「ああ、そうとも。おまえさんの親父さんは酒好きだった」

マローンはジャケットから封筒を取り出すと、テーブルの上に置いて押し出す。マクギヴァンは封筒の重さを確かめて言う。「メリー・クリスマスだな、まさに」

「いい一年でした」

マクギヴァンは封筒をウールの上着の中にしまう。「仕事のほうはどうだ?」

マローンはウィスキーに口をつけて言う。「サイクスには困ってます」

「やつの異動は簡単にはできない。あいつは司令部《パズル・パレス》のお気に入りだからな」

パレス——ワン・ポリス・プラザ。

ニューヨーク市警本部。

本部は本部で今、問題を抱えている。

便宜を図った見返りに賄賂を受け取ったとして、警察の高官たちがＦＢＩの捜査対象になっているのだ。

交通違反切符を見逃したり、建築法違反を揉み消したり、海外からダイヤモンドを持ち込むやつらを護衛したりするかわりに、旅行やスーパー・ボウルのチケット、流行りのレストランでの豪勢な食事といったけちな賄賂を受け取ったのだ。ロングアイランドに友人を連れていくのに、海兵隊の司令官に警察の船を操舵《そうだ》させたり、高級リゾート地ハンプトンズのパーティに客を招待するのに、空軍のパイロットに警察のヘリコプターを操縦させた馬鹿な金持ちもいたという話だ。

さらに銃免許の件もある。

銃器の携帯許可、特に隠して携帯する許可をニューヨークで得るのはむずかしく、通常は詳しい身元調査をされ、面談も受けなければならない。ただし、ブローカーに二万ドルほど握らせることができる金持ちとなると話は別だ。そのブローカーが警察の高官を買収して、そういう手順をすっ飛ばしてくれる。

ＦＢＩはそんなブローカーのひとりの急所をつかんでおり、そいつがゲロして名前を列挙しているのだ。

名前の挙がった者たちの起訴はもう時間の問題になっている。

実際、五人の局長がすでに解任された。

そのうちのひとりは自ら命を絶った。

ロングアイランドの自宅からほど近いゴルフ場のそばを通る道まで運転していき、そこで拳銃自殺したのだ。

遺書はなかった。

本物の悲しみと衝撃がニューヨーク市警上層部を襲い、マクギヴァンも例外ではなかった。

次が誰なのかはわからない——逮捕されるのは誰なのか、銃を口にくわえるのは誰なのか。

マスコミはこの件を躍起になって取り上げている。そして、そのことには市長と警察本部長が現在交戦状態にあることが大きく関わっている。

戦争というのは大げさかもしれない。沈没しかけている船に乗っていたふたりが救命ボートの最後の席を争っている、と言ったほうがあたっている。市長も警察本部長もそれぞれが大きなスキャンダルを抱えているのだ。自分が生き延びるためには、相手をマスコミというサメの群れのど真ん中に投げ込み、サメが餌の奪い合いをしている隙に櫂《かい》を漕《こ》いで逃げるしかないのだ。

しかし、市長閣下の身にどれほどの災難が降りかかろうと、マローンがそれだけで満足することはないだろう。それは男女を問わず、市警の警察官大半の気持ちだ。というのも、あのクソ市長はチャンスさえあれば、走っているバスのまえに警察官を放り出して生贄《いけにえ》にしようとしているからだ。ガーナー事件のときも、ガーリー事件のときも、そしてベネット事件のときも、あの男は警察を一切擁護しなかった。票というものはどこから来るのかをよく心得ており、なりふりかまわずマイノリティ・コミュニティに迎合する。そういう男なのだ。あの市長がまだやっていないことはと言えば、〝黒人の命も大切だ〟と呼びかけている連中のケツを舐めることくらいだろう。

そんな市長が今、窮地に立たされている。

政治資金の大口献金者に市長陣営が便宜を図っていたことが明るみに出たのだ。世の中にはショッキングなこともあるものだ。マローンはわざと皮肉にそう思う。前代未聞ということもあるものだと。ただ、今回ばかりは市長とその取り巻きにしてもいささか度を越していた。献金しなかった連中の支持を取りつけるため、彼らを脅したのだ。不利益がその身に及ぶかもしれないと言って。これでこの件を担当するニューヨーク州の捜査官の醜いキーワードが決まった――恐喝だ。

いわゆる〝みかじめ料〟の法律用語。ニューヨークの古くからの伝統。

マフィアが何世代にもわたってやってきたことだ――彼らがまだ支配下に置いている地区では今でも続けられている――盗難や破壊行為から守ってやるかわりに、商店やバーの店主から毎週金を巻き上げる。

市警もやっていた。その昔、商売をする者たちは、毎週金曜日にその地区を担当する警察官に封筒を用意するのが、自分たちの身のためであることを知っていた。封筒が用意できないときには、サンドウィッチやコーヒーや酒を無料で振る舞うのが。ついでに言えば、娼婦たちもただでフェラチオをやった。警察官はそれらの見返りに自分の担当する地区を守った――夜には、店舗に鍵がちゃんとかかっているか確かめ、街角に屯するチンピラどもを追い払った。

そのしくみはそれはそれでなかなかうまく機能していた。

選挙運動の資金集めのために独自の〝恐喝〟をおこなった市長閣下は今、笑止千万の防衛作戦に出ている。自分が便宜を図らなかった大口献金者のリストを公開するというのだ。いずれにしろ、今回の件に関して起訴の話が現実味を帯びてくると、市警三万八千の警察官のうち、三万七千九百九十九人が関係者逮捕に自発的に協力することを申し出た。

当然のことながら、市長閣下としてはそんな市警を指揮している男など即刻馘《くび》にしたいところだろう。しかし、今それをやったのでは魂胆が見え透いてしまう。だから口実が欲しい。市警に浴びせられるクソがどこかに落ちていれば、今の市長は両手ですくってでも投げつけるだろう。

一方、市警本部長は本部長で、市長との闘いを有利に進めながらも、お膝元の市警本部がスキャンダルにまみれている。だから、いいニュースが欲しいのだ。新聞の第一面の見出しをでかでかと飾るようなビッグニュースが。

ヘロインの摘発に犯罪発生率の減少。見出しとしてこのふたつは鉄板だ。

「マンハッタン・ノース特捜部の使命は変わっちゃいない」とマクギヴァンは言う。「サイクスがきみに何を言おうと気にするな。きみは好きなように特捜部を動かせばいい。もっとも、私がそんなことを言ったというのは、オフレコにしておいてもらいたいが。もちろん」

マローンが銃と暴力を同時に扱う特捜部の創設を初めてマクギヴァンに提案したとき、マクギヴァンはマローンが思ったほどには反対しなかった。

殺人と麻薬は別々の組織が扱う。麻薬課は本部直属の単独の部門で、ほかの組織と混ざることはほぼない。が、殺人の四分の三が麻薬がらみである現状からすると、それは理に適ったこととは言えない。マローンはそのときそう主張したのだ。それは、犯罪組織部門についても言えることで、麻薬がらみの暴力はどれも犯罪組織と深く関わっている。ここは新たな組織をつくってどの犯罪についても同時に対応すべきだ――それがマローンの主張だった。

麻薬、殺人、犯罪組織をそれぞれ専門に扱う部署は、腸《はらわた》を切り裂かれた豚のような叫び声をあげて抗議した。それはつまり、ニューヨーク市警のエリート集団にはうしろ暗いところがあるからだ。

彼らには昔から腐敗と過剰暴力の傾向がある。

市警の腐敗を弾劾するナップ委員会が設立されたのはそのためだ。一九六〇年代から七〇年代にかけての私服刑事部は市警自体を崩壊寸前まで追いやった。内部告発をし、そのとき委員会で証言したのがフランク・セルピコだ。マローンはセルピコのことをこう思っている、単細胞の馬鹿だと。私服刑事が賄賂を受け取ることを知らない者などいないのに。セルピコも知りながらその一員になったのに。何が自分を待ち受けているか知っていたはずなのに。

あの男には自分を救世主とでも思い込むイエス・コンプレックスがあったのだろう。

彼が銃で撃たれたとき、市警の警察官は誰ひとり献血しなかった。当然だろう。あの男は市《まち》そのものを崩壊させかけたのだから。その後二十年、市警は犯罪のかわりに内部の腐敗を相手に戦った。

お次はSIU——特別捜査班。彼らには市《まち》全体を自由に取り締まる権限が与えられ、大規模な手入れにも成功した。そして、ディーラーの上前をはねて大金を手にし、逮捕された、もちろん。それでも、それで市警はしばらく浄化された。

その次に現われたのがエリート集団SCU——路上犯罪班——だ。ナップ委員会のせいで出まわることになった銃を街角から一掃するのがおもな仕事だった。その班には百三十八人の白人警察官が配属され、誰もが職務を完璧に遂行した。そのため市警は班の人員を四倍に増員する。が、それがあまりにも性急すぎた。

その結果起きたのがアマドゥ・ディアロ事件だ。一九九九年二月四日の夜のサウス・ブロンクス。四人のＳＣＵの警官がパトロールしていた。一番年上の警官でも在任期間は二年、あとの三人はたったの三ヵ月。四人を監督する上官もおらず、彼らは互いのこともよく知らず、パトロールしている地区のことも知らなかった。

そんな彼らにはアマドゥ・ディアロが拳銃を抜いたように見えたのだろう。ひとりが突然発砲し、あとの三人もそれに加わった。

〝射撃の伝染性〟――専門家はそう呼ぶ。

忌まわしき四十一発。

これでＳＣＵは解散する。

四人の警官は起訴されたものの、全員が無罪になった。マイケル・ベネットが射殺されたとき、世間はまちがいなくこの一件を思い出したことだろう。

しかし、ことはそう単純ではない――市《まち》から銃を締め出すことに関するかぎり、ＳＣＵは効力を発揮した。だから、ＳＣＵが解散した結果、市中に出まわった銃で、警察に射殺されるよりはるかに多くの黒人が殺されたはずだ。

十年前にはダ・フォースの前身と呼べる組織ＮＭＩ――北マンハッタン班――があり、

四十一人の刑事がハーレムとワシントン・ハイツで麻薬の取り締まりをした。そのうちのひとりがディーラーから八十万ドル以上を略奪し、その相棒も七十四万ドルを手にした。が、結局、そのふたりはFBIによるマネー・ロンダリング捜査の巻き添えを食らって逮捕され、ひとりには七年、もうひとりには六年の刑が宣告された。彼らの上司もおこぼれに与《あずか》ったということで、一年とちょっとの刑を宣せられた。

お巡りが手錠をかけられて逮捕されるのを見ると、誰もがぞっとする。

それでも一向になくならない。

腐敗のスキャンダルはほぼ二十年ごとに起こり、そのたびに新たな委員会が設立されているように見える。

だから、特捜部を新たにつくるというのは、今度の場合もハードルの高い提案だった。

時間とコネと陳情が必要だった。それでも、〈マンハッタン・ノース・スペシャル・タスク・フォース〉は発足した。

その使命は単純明快だ――市《まち》を取り戻す。

マローンは暗黙の規約をこう理解している――どんなことをどんなふうにやってもかまわない（新聞沙汰にならないかぎり）。とにもかくにも野獣は檻《おり》に閉じ込めておく。

「何か頼みごとでもあるのか、マローン？」とマクギヴァンは尋ねる。

「囮捜査官でキャラハンというやつがいます。優秀なやつなんですが、もうかなり長いことやってるんで、そろそろ限界かと思うんです」

マクギヴァンは上着のポケットからペンを取り出し、ナプキンに円を描く。

次に円の中にふたつの点を描く。

「このふたつの点は私ときみだ、デニー。円の中にいる。きみ自身のための頼みごとなら、それは円の中だ。しかし、キャラハンは……」そう言って、円の外に点を描く。「この点がキャラハンだ。何が言いたいか、わかるか？」

「どうしておれは円の外にいる誰かのための頼みごとをしているのか」

「今回だけだ、デニー。だけど、これだけはわかっておいてほしい。私に何か撥ね返ってくるようなことがあれば、そのときはそれを私はそのままきみに向けるからな」

「わかっています」

「二五分署の防犯課に欠員が出た。ジョニーに連絡しておく。やつには貸しがあるから、きみのところの坊やはそっちで引き受けてくれるだろう」

「ありがとうございます」

「ヘロインでもっと検挙が欲しい」そう言ってマクギヴァンは立ち上がる。「麻薬課の課長がうるさくてな。雪を降らせてくれ、マローン。ホワイト・クリスマスにしてくれ」

マクギヴァンは握手を交わしたり肩を叩いたりしながら混雑するバーから出ていく。

マローンは急に悲しさを覚える。

アドレナリンが急に減少してしまったような。

もしかしたら、これがクリスマスの憂鬱《ゆううつ》か。

マローンは立ち上がると、ジュークボックスまで行き、コインを入れてめあての曲を探す。

ザ・ポーグスの『ニューヨークの夢』。

マローンのクリスマス・イヴの定番だ。

あれはクリスマス・イヴだった、酔っぱらいの留置所で
年老いた男がおれに言った、「これで最後かもな」と
市警本部ではサイクスは溌剌《はつらつ》とした若手なのだろう。それはマローンにもわかる。が、誰とどこまで深く関わっているのかはわからない。ただ、マローンを痛めつけようとしている。それは明らかだ。

それでもおれはヒーローだ、とマローンは自嘲して思う。

歌のサビの部分になると、バーの中のお巡りの少なくとも半分が一緒に歌いだす。彼らも本来なら家族と――まだ家族がいるなら――一緒にいるべきなのにここにいる。酒と、思い出と、仲間たちとともにいる。

ニューヨーク市警の合唱隊が『ゴールウェイ・ベイ』を歌ってる

教会の鐘がクリスマスを迎えようと鳴っている

今夜、ハーレムは凍えるような寒さだ。

死ぬほど寒い。

靴で踏むと汚れた雪が乾いた音をたて、自分の息が見える、そんな寒さだ。夜の十時を過ぎて、通りには人影もまばらだ。ほとんどの酒屋は閉店していて、落書きだらけの重いシャッターも、窓の鉄格子も閉じられている。数台のタクシーが客を求めてうろつき、何人かのヤク中が亡霊のようにさまよっている。

覆面パトカーのフォード・クラウン・ヴィクトリアが一台、北に向かってアムステルダム・アヴェニューを進んでいる。これから彼らが与えようとしているのは、ターキーではなくちょっとした〝痛み〟だ。しかし、このあたりの人間にとって痛みは目新しいものでもなんでもない。生活の一部だ。

今夜はクリスマス・イヴ。寒くて、きれいで、静かだ。

何かが起こるとは誰も思っていない。

それがマローンの狙いだ。ファット・テディ・ベイリーにはハッピーで無防備なでぶでいてもらわないと。ナスティ・アスの助けを得て、マローンはここ何週間か、この中堅どころのヤクの売人の不意を突いて仕留めようとしていた。

ルッソが歌っている。

大声を出さないほうがいい、泣かないほうがいい
ふてくされないほうがいい、それはなんでか教えてあげよう
ヘロイン・サンタが町にやってくるから

一八四丁目通りを左に曲がる。ファット・テディが一発やりにやってくるとナスティ・アスが言っていた場所だ。

「見張り番にしてもこの寒さはきつかったか」とマローンは言う。いつも見かける手下もいなければ、ダ・フォースが来たことを知らせる口笛を吹くやつもいない。

「黒人は寒さが苦手なんだよ」とモンティが言う。「スキー場で黒人を最後に見たのはいつだ？」

ファット・テディのキャディラックが二一八番地の建物のまえに停まっている。

「ナスティ・アス、でかした」とマローンは言う。

サンタはきみが寝てればわかる

きみが起きてても

ヤクでもうろうとしていても……

「今すぐしょっぴくか？」とモンティが言う。

「最後までやらせてやろう」とマローンは言う。「クリスマスだからな」

「クリスマス・イヴだ」車の中で待機する中、ルッソが言う。「ラム酒入りのエッグ・ノッグ、ツリーの下に置かれたプレゼント、おまんこ《ラ・フィーカ》を差し出してくるほろ酔い気分の女房。なのに、今おれたちはこのジャングルの中でケツを凍らせて坐ってる」

マローンは上着のポケットからフラスクを取り出して、ルッソに手渡す。

「仕事中だ」と言いながら、ルッソは一口ゆっくりと咽喉に流し込み、それから後部座席にフラスクをまわす。ビッグ・モンティも一口飲んでマローンに返す。

そして待ちつづける。

「あのでぶ、どれだけやるつもりだ？」とルッソが言う。「バイアグラか？　心臓発作を起こしてなきゃいいけどな」

マローンは車の外に出る。

そして、ルッソに見張ってもらいながら、ファット・テディのキャディラックの横にしゃがみ込んで左の後輪から空気を抜く。ふたりはクラウン・ヴィクトリアに戻ると、さらに五十分ほど寒さに耐えて待つ。

ファット・テディは身長二メートル、体重百三十キロの大男だ。ようやく出てくる。〈ノース・フェイス〉のロングコートを着ている。そのせいで〈ミシュラン〉のシンボル、ミシュランマンみたいに肥って見える。二千六百ドルはする〈ナイキ・エアフォース・ワン〉のレブロン・ジェイムズ・モデルのバスケットシューズを履き、一発抜いてきたばかりの男そのままにふんぞり返って歩きだす。

そこでタイヤに気づいて毒づく。「くそったれ！」

しかたなく、トランクを開けてジャッキを取り出し、屈み込んで耳つきナットをはずしはじめる。

近づいてくる音に気づかない。

マローンは銃身をファット・テディの耳のうしろに押しつける。「メリー・クリスマス、テディ。はははのは、だ、このクソ」

そう言って、キャディラックの中を探しはじめる。マローンにかわってルッソがテディに銃を突きつける。

「おまえら、どこまで飢えてんだ」とファット・テディは言う。「たまには休みを取ったらどうだ？」

「癌は休みを取るか？」マローンはファット・テディを車に押しつけると、分厚いコートの中を調べ、二五口径のコルトのオートマティックを取り上げる。ヤクの売人はこういう奇妙な口径の銃が好きだ。

「おやおや」とマローンは言う。「有罪判決を受けたことのある重罪犯が銃を隠して携帯しているとはな。それだけで一ポンドは確実だな」

五年以上ということだ。

「おれのじゃねえよ。だいたいなんなんだ、これは？　ただ黒人が歩いてたからか？」

「いや、〝テディが歩いてた〟からだ」とマローンは言う。「おまえのジャケットに拳銃みたいなふくらみがはっきりと見えたんだよ」

「そんなにおれのふくらみが気になるのか？　おれに惚《ほ》れてホモになったか、ええ？」

マローンは返事がわりにファット・テディの携帯電話を見つけて歩道に放り投げ、踏みつける。

「おい、そりゃｉＰｈｏｎｅ６だ。いくらなんでもやりすぎだ」

「おまえ、こいつを二十台は持ってるんだろ？　手をうしろにまわせ」

「まさかしょっぴくんじゃないだろうな」ファット・テディは疲れた声でそう言いながらも指示には従う。「今日みたいな日にまさか調書を取るんじゃないだろうな。おい、今日はクリスマス・イヴなんだぜ。アイルランド人のくせして飲まなくていいのかよ。アカホールがおまえらを待ってんじゃないのかよ」

マローンはモンティに言う。「なんでおまえの兄弟たちは〝アルコール〟ってちゃんと発音できないんだ？」

「おれにちくなよ」モンティは助手席の下を手で探り、ヘロイン――十個ずつにまとめられた半透明のグラシンペーパーの包み百個――を引っぱり出す。「おやおや？　これはなんだろう？　ライカーズ刑務所のクリスマス・パーティの招待券だ。手土産《てみやげ》にヤドリギを忘れるなよ、テディ。熱いキスがもらえるといいな（英米ではクリスマス・シーズンにヤドリギの下にいる相手にはキスをしてもいいという風習がある）」

「仕込みやがって」

「おまえのケツを叩いただけだ」とマローンが言う。「これはデヴォン・カーターのヘロインじゃないのか？　なくしたと知ったら、あいつ、怒るだろうなあ」

「そういうことならおまえらも仲間と話をつけなきゃならないんじゃないのか？」とファット・テディは言う。

「仲間？」マローンはテディの顔を平手打ちする。「誰のことだ？」

ファット・テディは口をつぐむ。

「留置所じゃ〝密告者〟って書かれたラベルを貼ってやるよ。そうなると、たぶんライカーズ刑務所までもたないだろうな」

「そんなことをおれにやるってのか、ええ？」とファット・テディは言う。

「おれのバスに乗るか、轢かれるか、どっちがいい？」

「おれが知ってるのは、マンハッタン・ノースには味方がいるってカーターが言ってたってことだけだ。おれはてっきりおまえらのことかと思ってたよ」

「どうやらそうじゃないようだな」

マローンは苛立ちを覚える。テディが出まかせを言っているのか、マンハッタン・ノースにはカーターに鼻薬を利かせられているやつがほんとうにいるのか。「ほかには何がある？」

マローンはファット・テディのコートのポケットに手を入れると、輪ゴムでとめた札束を取り出す。「何も？　三万ドルはありそうだな。大金じゃないか。お得意さまということで〈マクドナルド〉からリベートでももらったのか？」

「おれは〈ファイブ・ガイズ〉のバーガーしか食わねえんだよ」

「今夜の晩飯はボローニャになるがな」

「勘弁してくれよ、マローン」

「よし、それじゃ、こうしよう。今回は禁制品を押収するだけで赦してやろう。クリスマス・プレゼントってところだ」

それは提案ではない。脅しだ。

テディは言う。「ブツを取り上げるってことなら、おれをちゃんと逮捕してくれよな。調書もきちんと取ってくれよな」

ファット・テディにはカーターに逮捕記録を見せる必要がある。ヘロインは警察に押収されたのであって、自分が盗んだのではないという証明だ。ＳＯＰ――標準作業手順。さらに逮捕されたとなると、調書もなければならない。さもないと、指を何本か切り落とされることになる。

カーターには実績がある。

カーターはオフィスにあるような紙の裁断機を持っているというのがもっぱらの噂だ。カーターのヤクや金を失ったのに調書がない売人は、裁断機の上に手を置かされて、すとん――それで指はなくなる。

これはただの噂ではない。

ある夜のこと、マローン自身、歩道に血を撒き散らしながら歩いている男を見つけたことがあるのだ。カーターはそいつの親指だけ残していた。誰のせいでこんなことになったのか、男が指したくても自分しか指せないように。

キャディラックにもたれてしゃがみ込んでいるテディを残して、マローンたちは自分たちの車に戻る。そして、奪った金を五等分する。三人それぞれの分、経費、それにビリー・オーの分。三人はその金をいつも持ち歩いている自分宛の封筒に入れる。

そのあとまたファット・テディのところに戻る。

「おれの車はどうなる?」無理やり立たせられながらファット・テディが尋ねる。「こいつまで持っていくのか?」

「おまえ、馬鹿か? この中からヘロインが見つかったんだぜ」とルッソが言う。「これはもうニューヨーク市警のものだ」

「それはおまえのものってことなんだろ?」とファット・テディは言う。「だけど、おれのキャディラックに乗ってジャージー海岸なんか走るなよな。イタ公が好きなくせえ魚なんか積み込んだりしないでくれよな」

「こんな黒んぼ車に乗ってるところを見られたら殺されちまうよ」とルッソは言い返す。

「こいつは車両押収所送りだ」

「なあ、今日はクリスマスじゃないか!」とファット・テディは泣きごとを言う。

マローンが建物のほうを顎で示して言う。「女の番号は?」

ファット・テディが番号を伝えると、マローンは番号を打ち込み、ファット・テディの口元に携帯電話を近づける。

「おれだ。下まで降りてきてくれ。車を頼む。おれが帰ってくるまでにここに戻しておいてくれ。ちゃんと修理してきれいにしてな」

ルッソはファット・テディの鍵の束をボンネットの上に置き、自分たちの車に彼を引っぱっていく。

「誰がチクった?」とファット・テディは尋ねる。「あの薄汚ねえナスティ・アスか?」

「クリスマス・イヴに自殺するやつらの仲間入りがしたいのか?」とマローンは言う。

「ジョージ・ワシントン橋から身投げしたいのか? だったら手伝ってやってもいいが」

ファット・テディはモンティに矛先を向ける。「こいつらの下で働いてるのか、兄弟？あんた、こいつのお抱えニガーか？」

モンティはテディの顔を平手打ちする。大男の頭はテザーボールのように撥ね返る。

「おれは黒人《ブラック・マン》だ。おまえはグレープ・ソーダを飲んじゃ女を殴ってる貧民窟あがりの売人の猿だ。そこのところよくわきまえとけ」

「クソ野郎、この手錠がなけりゃ――」

「ここでやりたいのか？」モンティはそう言うと、葉巻を地面に落とし、踵で踏みつぶす。

「さあ、来いよ、おれとおまえだけの勝負だ」

ファット・テディは何も言わない。

「だろうな」とモンティは言う。

三二分署までの途中、彼らは封筒を郵便ポストに入れる。そして、ファット・テディを分署まで連行すると、拳銃とヘロインの不法所持で調書を取る。内勤の巡査部長はあまりいい顔をしない。「まったく、今日はクリスマス・イヴなんだぜ。この特捜馬鹿が」

「ダ・フォースがともにあらんことを」とマローンは言う。

ホワイト・クリスマスを夢見ている

昔、知っていたようなクリスマスを……

ブロードウェイをアッパー・ウェストサイド方面に車を走らせながらルッソが言う。

「ファット・テディが言っていたのは誰だろう？　やつは口からでまかせを言っていたのか、それともカーターから賄賂をもらってるやつがほんとうにいるのか？」

「ほんとうだとしたら、トーレスだろう」

トーレスは下衆《げす》の中の下衆だ。

押収品はくすねる。事件の情報も売る。娼婦や底辺のヤク中や家出人を手下として抱えている刑事だ。おまけにそいつらをこき使い、言うことを聞かせるのにカー・ラジオのアンテナを使う――実際、マローンはそいつらのみみず腫れを見たことがある。

トーレスは掛け値なしの暴力野郎で、その残忍性はことさらよく知られている。マンハッタン・ノースの基準に照らしてもひどすぎるほどに。それでも、マローンはそんなトーレスにさえ機嫌を損ねないように気をつけている。そんなやつでも特捜部の一員だからだ。うまくやっていく必要がある。

とはいえ、ファット・テディ・ベイリーのような下衆が自分は守ってもらっているなどとほざくようでは、見過ごせない。なんとか手を打たなければならない。

テディの話がほんとうなら。

それがほんとうにトーレスなら。

ルッソは八七丁目通りで車を歩道に寄せ、三四九番地のブラウンストーン造りの建物の向かいに駐車できるスペースを見つける。

彼らが守ってやっている不動産屋から借りているアパートメントだ。

ただで。

小さなアパートメントだが、彼らの目的には適っている。ひとりで泊まったり、女を連れ込んだりするための寝室に居間に小さなキッチン。それにシャワールーム。

そこはまたヘロインを隠すための部屋でもある。シャワー室の床に細工がしてあり、タイルが剥《は》がせるようになっている。誰にも惜しまれることなく死んでいったディエゴ・ペーナから奪い取った五十キロのヘロインがその下に隠してある。

マローンたちは処分する潮時を待っている。五十キロものヘロインが街場に出まわれば、その影響は少なくない。市場の混乱、価格低下を招きかねない。ペーナの件のほとぼりが冷めるまでは処分できない。奪ったヘロインの末端価格は五百万ドルにはなるが、お巡りがそれを処分しようとすれば、信用できる闇の買い付け人に大幅に値引きして売るしかない。それでも四等分してもまだ大金だということに変わりはない。

ブツを寝かせることにはなんの問題もない。

これまでで最大、おそらくこれからも最大となるだろうこの戦利品は彼らの担保だ。彼らの年金であり、彼らの未来だ。子供たちを大学に行かせるための資金であり、大病を患《わずら》った場合の高額医療費の備えであり、引退してからトゥーソンのトレーラー・パークで余生を送るか、あるいはウェスト・パームビーチのコンドミニアムで過ごすかを左右する鍵だ。現金の三百万ドルはあのあとすぐに等分した。ただし調子に乗って財布のひもをゆるめたりしないようにとマローンはふたりに釘を刺した――新車を買ったり、女房に宝石を買ったり、船を買ったり、バハマ旅行をしたりしないようにと。

内務監査部の連中が眼をつけるのはそういうところだ――生活スタイルの変化、働き方の変化、態度の変化。金はしまっておけ、とマローンはふたりに言った。万一、内務監査部から慌てて逃げなければならなくなった場合に備えて、最低でも五万ドルは一時間以内に手にできるところに置いておく。もう五万は逃げきれなかった場合の保釈金だ。少しだけ使ったらあとはしまっておき、定年まで真面目に働いて退職したら、あとは好きに生きればいい。

三人はすぐに退職することも話し合った。数ヵ月じっとしていて、問題が出てくるまえに市警からおさらばするのだ。今そうすべきなのかもしれない。マローンはそうも思う。

しかし、ペーナの手入れからまだあまりに近すぎる。今はまだ疑惑を招きかねない。新聞の見出しが眼に浮かぶ――〝刑事のヒーロー、最大の手入れ直後に退職〟。内務監査部が見逃すわけがない。

マローンはルッソと居間にはいると、小さなバーカウンターの奥からジェムソンのボトルを取り出し、ふたつのずんぐりとしたウィスキーグラスにダブルで注ぐ。

赤毛で背が高くて細身のルッソは、マヨネーズ入りハムサンドがイタリア人に見えないのと同じくらいイタリア人には見えない。どちらかと言うと、マローンのほうがイタリア人っぽい。ふたりは子供の頃、病院で取りちがえられたんじゃないかとよく冗談を言い合ったものだ。

実際、マローンは自分のこと以上にルッソのことを知っているかもしれない。それはマローンがすべてを内に秘めるのに対して、ルッソはその正反対だからだ。ルッソは頭に浮かんだことはすぐに口に出す――誰にでもというわけではないが、兄弟のように思っているお巡りには。

ルッソが初めてダナとセックスしたとき、それはよくあるプロムの夜の出来事だったのだが、次の日にルッソはそのことを打ち明ける必要はなかった。そのまぬけ面に彼が心の中で思っていることが何もかも書かれていたからだ。

「彼女を愛してるんだ、デニー」とルッソは言った。「彼女と結婚する」

「おまえ、馬鹿か？　おまえ、アイルランド人なのか？　やったからって、結婚しなくちゃいけないなんてことはないんだからな」

「いや、結婚したいんだ」

ルッソは昔から自分のことをよく理解していた。スタッテン・アイランド出身者の多くは島から飛び出し、それまでの自分とは異なる何者かになりたがる。が、ルッソはちがった。彼はダナと結婚し、子供をつくり、生まれ育った地域に住み、典型的なスタッテン・アイランド・イーストショアの人生を歩むことに満足していた。寝室が三つ——バスルーム付きの寝室とシャワーだけの寝室と何もない寝室——の家に妻と子供と住み、週末には庭でバーベキューをする。市《まち》のそんなお巡りでいることに。

マローンとルッソは一緒に試験を受け、一緒に市警にはいり、一緒にポリス・アカデミーに行った仲だ。その頃、マローンは最低体重制限をクリアできるようルッソに協力したものだ——ミルクセーキやビールやホーギー・サンドウィッチを無理やり口に押し込んで体重を増やしてやったのだ。

そこまでしてもルッソはマローンなしでは卒業できなかっただろう。彼には目標範囲にパンチを繰り出すことはできても、死にもの狂いで闘うことができなかった。昔からそうだった。アイスホッケーでもネットにパックを叩き込む柔らかい手首を持ちながら、乱闘になると悲惨だった。せっかく長いリーチを持っているのに。マローンはいつもルッソを救い出さなければならなかった。アカデミーでの接近戦の訓練のときも、マローンはルッソとペアを組めるように画策し、わざとルッソに投げられて関節技や裸絞めをかけさせてやったのだった。

卒業の日――卒業したあの日のことをマローンが忘れることは終生ないだろう――ルッソは消しても消しても浮かんでくる笑みを満面に浮かべていた。顔を見合わせれば、それだけで今後どんな人生が待っているのか互いにわかった。

結婚まえにシーラが妊娠したことがわかったときも、真っ先にマローンが相談したのはルッソだった。ルッソの答は〝考える余地なんかない、正しい道はひとつだけだ。おれが付添人になる〟だった。もちろん。

「古臭いことを言うなよ」とマローンは言ったものだ。「おまえが今言ったのはおれたちの親父たち、祖父《じい》さんたちの時代の話だ。今はもうそんなことは関係ない」

「おまえこそ馬鹿なことを言うな。おれたちはその古臭い保守派なんだよ、デニー。ここはイーストショアだ。スタッテン・アイランドだ。おまえは自分のことを新しい人間と思ってるのかもしれないが、それはちがう。シーラだってそうだ。なあ、おまえは彼女を愛してないのか？」

「わからない」

「愛してるからヤッたんだろうが」とルッソは言った。「おれはおまえのことをよく知ってる。デニー、おまえは精子だけぶち込んでやり逃げするような卑怯な父親なんかじゃないはずだ。ちがうか？」

ルッソはマローンの結婚式の付添人になった。

マローンはシーラを愛することを学んだ。

それはそれほどむずかしいことではなかった——彼女はきれいで、面白くて、彼女なりに賢かった。彼らの幸せは長く続いた。

ツイン・タワーが倒壊したとき、マローンとルッソはまだ制服を着ていた。あのときルッソはタワーに向かって走った。タワーから逃げようとはしなかった。それがルッソという男だ。マローンの弟のリアムがタワー２の下敷きになっていることがわかったあの夜、朝までマローンに寄り添ってくれたのもルッソだった。

ダナが流産したときにはマローンがルッソに寄り添った。

ルッソは泣いた。

ルッソの娘のソフィアが千グラムにも満たない未熟児で生まれ、医者からも予断を許さないと言われたときも、マローンはひと晩じゅう病院でルッソの隣りに坐っていた。何も言わずただ坐り、予断を許さない状況が過ぎるまで寄り添った。

マローンが愚かにも撃たれてしまったあの夜も――マローンが不法侵入の犯人を取り押さえようとして深追いしてしまったあの夜も――ルッソがいなければ、市警はマローンの公葬を執りおこない、シーラに折りたたまれた国旗を贈っていたことだろう。バグパイプが演奏され、通夜が開かれ、シーラは別居中の妻ではなく、未亡人になっていただろう。もしあのときルッソが犯人を射殺していなければ。すぐに救急病院まで車を走らせていなければ。マローンは体内で大出血していた。

ルッソは犯人の胸に二発、頭に一発撃った。それが掟《おきて》なのだ――お巡りを撃った犯人はその場で死ぬか、やむをえず病院まで迂回したり、道路の穴をよけたりしてゆっくり走る救急車の中で死ぬしかない。

医者は倫理綱領に宣誓をしなければならないが、救急救命士はしなくてもいい。救急救命士が警官を撃った犯人の命を救おうとして特別な処置などしようものなら、そのあと警官に援護を要請してもすぐには駆けつけてくれないだろう。

あの晩、ルッソは救急車を呼ばなかった。マローンを車に乗せ、赤ん坊のように抱えて病院に運び込んだ。

そして、マローンの命を救った。

それがルッソという男だ。

まっすぐな昔気質《かたぎ》の男。バーベキューが大好きで、ニルヴァーナとパール・ジャムとナイン・インチ・ネイルズが好きという不可解な趣味を持ち、とことん賢くて、度胸があり、犬のように忠実で、呼べばいつでも来てくれる。それがフィル・ルッソだ。

お巡りの中のお巡り。

そして兄弟。

「やめるべきだと思うか?」とマローンはそんなルッソに尋ねる。

「警察を?」

マローンは首を振る。「いや、副業のほうだ。つまるところ、あとどれくらい稼げばいいんだ?」

「おれは子供が三人」とルッソは言う。「おまえのところはふたり、モンティは三人。みんな頭がいい。近頃じゃ大学がどれくらいかかるか知ってるか? ガンビーノ・ファミリーよりふんだくる。ひどいもんだ。おまえはどうか知らないが、おれはもう少し稼がなきゃならない」

おれも同じだ、とマローンは自分に言い聞かせる。

金は要る。現金というのは生活必需品だ。しかし、それだけではない。マローンはまた自分に言い聞かせる――認めろよ。このゲームが好きなくせに。あのスリル、悪いやつらから奪い取る快感、危険が好きなくせに。捕まるかもしれないという恐怖さえ。

マローンはさらに自分に言い聞かせる――おまえは病気だ。頭のいかれたクソ野郎だ。

「そろそろペーナのヘロインをさばいたほうがいいかもな」とルッソが言う。

「金が要るのか？」

「いや、おれは大丈夫だ。でも、もうほとぼりも冷めてきてるし、あそこに眠らせてるだけじゃ増えない。あれは引退したときのための金だ、デニー。〝もううんざりだ、おれはもう抜ける〟ってときのための金だ。生き残るための金だ。何が起こるかわからないんだから」

「何か起きそうな予感がするのか、フィル？」とマローンは尋ねる。「おれの知らないことを知ってるのか？」

「いや」

「これは大きな一歩だった。金はこれまでもくすねてきたが、ヤクには手を出さなかった」

「売る気がないのなら、なんで盗《と》った？」

「あれを売ったら、おれたちもヤクの売人になっちまう」とマローンは言う。「この仕事に就いてからずっと、そういうやつらと闘ってきたのに、今度はおれたちも同じ穴の貉《むじな》になっちまう」

「あれを全部押収品として届けていたら」とルッソは言う。「別の誰かが自分のものにしてただろうよ」

「わかってる」

「じゃあ、なんでおれたちじゃ駄目なんだ？　なんでほかのやつらばっかり金持ちにさせなきゃならない？　マフィアやヤクのディーラーや政治家とかを。どうしてたまにはおれたちじゃいけない？　いつになったらおれたちの番になるんだ？」

「わかった。もういい」とマローンは言う。

ふたりは無言のまま坐ってウィスキーを飲む。

「ほかにも気になることがあるのか？」とルッソはマローンに尋ねる。

「わからない。もしかしたら、クリスマスだからかもな」

「家には帰るのか？」

「朝にな。プレゼントを開けに」

「ああ、それはいいことだ」

「ああ、それはいいことだよな」

「来られたら、うちに寄ってくれ。ダナがご馳走をつくるからさ――グレイヴィのマカロニに干し鱈《だら》料理、そしてターキーだ」

「ありがとう。行けたら行くよ」

マローンはマンハッタン・ノースに戻り、内勤の巡査部長に尋ねる。「ファット・テディはもう連れていかれたか？」

「クリスマス・イヴだぜ、マローン」と巡査部長は言う。「いろんな部署が渋滞してる」

留置房に行くと、テディがベンチに坐っている。留置房ほどクリスマス・イヴにいたくない場所もないだろう。マローンに気づいてファット・テディは顔を上げる。「なんとかしてくれよ、兄弟」

「おまえは何をしてくれる？」

「たとえば？」

「カーターが賄賂を渡してるお巡りの名前とか」

テディは声をあげて笑う。「知らないみたいなふりをするなよ」

「トーレスか？」

「おれは何も知らねえ」

そうだろうな、とマローンは思う。ファット・テディにしてもお巡りをチクるのはさすがに怖いのだろう。

「わかったよ、テディ、おまえも馬鹿じゃない。街場じゃ馬鹿なふりをしてるけどな。だけど、二回も有罪になってりゃ、銃の違法所持だけで五年は確実だ。それぐらいおまえにもわかってるはずだ。それにグレート・バリントンのダウンタウンでのマリファナ売買まででさかのぼったら、判事が怒りまくって刑期を倍にするかもしれない。十年は長いよな。でも、安心しろ。面会には行ってやるよ。〈スイート・ママ〉のリブを手土産にしてな」

「ジョークはいいから、マローン」

「おれはいたって真面目だ。もしおまえを無罪放免にしてやると言ったら、どうする?」

「もしおまえが今とは大ちがいの立派なイチモツが手に入れられるとしたら、どうする?」

「真面目な話をしたがったのはそっちだろうが、テディ」とマローンは言う。「そうでないなら……」

「何が訊きたい?」

「カーターが大量の武器を買う交渉を始めてるって噂がある。おれが知りたいのはその相手だ」

「おまえ、おれのことを馬鹿だと思ってるのか？」

「いや、全然」

「いや、馬鹿だと思ってるんだよ、マローン」とテディは言う。「おれが無罪放免になって、おまえがその銃を押収したら、カーターはそのふたつを結びつけるだろうよ。それでおれはもう一巻の終わりだ」

「おまえ、おれのことを馬鹿だと思ってるのか、テディ？　おまえの無罪放免を無理のない形に見せるくらい造作もないことだ」

ファット・テディは躊躇《ちゅうちょ》する。

「おまえ、ほんとに馬鹿だな」とマローンは言う。「いいか、おれはいい女を待たせてるんだよ。なのにこうやっておまえみたいな汚いでぶを相手にしてるんだぜ」

「マンテルだ」

「マンテル？」

「〈ECMF〉に銃を調達してる南部の白人だ」

マローンが知るかぎり、〈イースト《E》・コースト《C》・マザー《M》・ファッカーズ《F》〉というのは麻薬と武器の売買に精を出しているバイカー・ギャングで、ジョージア州とサウス・カロライナ州とノース・カロライナ州に支部がある。しかし、〈ECMF〉は人種差別主義者、白人至上主義者だ。「〈ECMF〉が黒人と取引きをするか？」

「黒人の金だろうと誰の金だろうと金は金ってことなんだろうよ」ファット・テディは肩をすくめる。「むしろ黒人同士がいくら殺し合いをしようと痛くも痒くもないんだろうよ」

それ以上にマローンが驚いたのはカーターが白人相手にビジネスをするということだ。それほどせっぱつまっているということなのか。「バイク野郎には何が調達できるんだ？」

「AK自動小銃、AR自動小銃、MAC‐10マシン・ピストル、なんでもだ」とテディは言う。「おれが知ってるのはそれだけだ」

「カーターは弁護士を手配してくれなかったのか？」

「捕まらないんだよ。カーターは今、バハマにいるんだ」

「だったらここに電話しろ」と言ってマローンは名刺を渡す。「マーク・ピッコーネだ。うまく片づけてくれるだろう」

テディは名刺を受け取る。

マローンは立ち上がる。「何かまちがってると思わないか、ええ、テディ？　おれとおまえはこんなところでケツを凍らせてるっていうのに、カーターはビーチでピニャコラーダとはな」

これこそ真実《トゥルー》で現実《リアル》だ。

言えてるどころじゃない。

「言えてる《トリル》」

マローンは覆面パトカーを走らせる。

あのタレ込み屋がいそうな場所はかぎられている。ナスティ・アスのお気に入りはコロンビア大学の北から一二五丁目通りまでのあいだだ。マローンは、ブロードウェイの東側をジャンキー・バップを踊るみたいにふらふらと歩いているナスティ・アスを見つける。

車を停め、助手席の窓を開けて言う。「乗れ」

おどおどとまわりを見まわしながら、ナスティ・アスはマローンの車に乗り込み、意外に思う。普段はくさいと言って、マローンは決して車に乗せてくれないのに。もっとも、ナスティには自分がにおっているという自覚はないのだが。

ナスティは見るからにひどい禁断症状を呈している。

鼻水を垂らし、震える手で自分の体を抱いて前後に揺れている。ナスティは言う。「苦しくってさ。誰もいなくてさ。助けてくれよ、旦那」

細い顔はやつれ、茶色い肌は黄みがかってくすんでいる。凡庸な漫画に出てくるリスのように上の前歯二本が突き出ている。とんでもないにおいがなければ、ナスティ・マウスと呼ばれていたかもしれない。

ナスティ・アスは明らかに病気だ。「頼むよ、マローン」

マローンはダッシュボードの下に手を伸ばし、マグネットでとめてある金属の箱を引っぱり出すと、蓋を開け、ナスティに封筒を渡す。禁断症状を抑える程度の量だ。

ナスティは車のドアを開ける。

「いや、出るな」とマローンは言う。

「ここでやってもいいのか?」

「ああ、いいよ。クリスマスだからな」

マローンは左折してブロードウェイを南に走る。その間、ナスティ・アスはスプーンの上にヘロインを落とし、ライターを使って調理してから注射器に吸い込む。

「きれいなのか、それ?」とマローンは尋ねる。

「生まれたての赤ん坊みたいにな」

ナスティ・アスは針を血管に刺し、プランジャーを押す。彼の頭がうしろに撥ね返り、ため息が洩れる。

すっかり回復した顔でナスティ・アスは言う。「どこへ行く?」

「ポート・オーソリティだ。しばらく市《まち》を離れるんだ」

ナスティは怖がっている。警戒している。「なんでだよ⁉」

「おまえのためだ」腹を立てたファット・テディがその気になれば、捕まえて殺しかねない。

「よそには行けないよ。知り合いなんかどこにもいないよ」

「それでも行くんだ」

「頼むから追い出さないでくれよ」ナスティ・アスは泣きごとを言う。いや、ほんとうに泣きだす。「よそでヤクが切れたら死んじゃうよ」

「だったらライカーズ刑務所で禁断症状を味わいたいか？　残ってる選択肢はそこだけだ」

「なんでそんな意地悪言うんだよ、マローン？」

「これがおれの性分だ」

「いつもはそうじゃないじゃないか」とナスティ・アスは言う。

「そうさ。今日は〝いつも〟じゃない」

「どこに行けばいい？」

「知るかよ。フィラデルフィアとか、ボルティモアとか」

「ボルティモアなら、いとこがいる」

「じゃあ、そこに行け」マローンはそう言うと、百ドル札を五枚抜き取ってナスティ・アスに渡す。「全部ヤクには使うなよ。すぐにニューヨークから出て、しばらくそこにいるんだ」

「どれぐらいいりゃいいんだ?」必死の形相になっている。心底怯《おび》えている。市《まち》の外はおろか、イーストサイドにさえ行ったことがないのではないかとマローンは思う。

「一週間くらい経ったら電話しろ。そのときに教える」マローンはそう言って、ポート・オーソリティのバスターミナルのまえに車を停めてナスティを降ろす。「ニューヨークでおまえを見かけたら、ただじゃおかないからな、ナスティ・アス」

「友達だって思ってたのに、マローン」

「いや、おれたちは友達じゃない」とマローンは言う。「友達になんかなれるわけがないだろうが。おまえはおれの情報屋なんだから。タレ込み屋なんだから。ただそれだけだ」

アップタウンへ戻るあいだ、マローンは窓を開けたまま車を走らせる。

クローデットがドアを開けて言う。

「メリー・クリスマス、ベイビー」

この声がマローンは好きだ。最初に彼女に惹かれたきっかけも、きれいな顔だちというより低音でソフトなこの声だった。

約束と安心感にあふれた声。

癒してあげる。

歓びもあげる。

わたしの腕の中で、私の口の中で、私のプッシーの中で。

マローンは中にはいり、小さなソファ——彼女は別の言い方で呼んでいるが、マローンにはどうしてもその名が覚えられない——に腰をおろして言う。「すまん、遅くなって」

「わたしも今帰ったばかり」

もう白いキモノを着て、天国を思わせるような香水をつけている。

帰るなり、すぐおれを迎える準備をしたのだ。

クローデットはマローンの隣りに腰をおろすと、コーヒーテーブルに置かれた木彫りの箱から細いマリファナ煙草を取り出す。そして、それに火をつけて一服すると、マローンに手渡す。

マローンは深く吸い込んでから言う。「四時から零時までの勤務だと思ってた」

「わたしもそのつもりだった」

「大変だった？」

「喧嘩、自殺未遂、薬物の過剰摂取」とクローデットは言ってマリファナをマローンから受け取る。「裸足の男が手首を折って病院に来たんだけど、あなたのことを知ってるって言ってた」

彼女は救急救命室の看護師として夜間と深夜に多く勤務しており、あれやこれや多くを見てきたのだろう。実際のところ、マローンがクローデットに出会ったのもヤク中のタレ込み屋が誤って足を半分吹き飛ばし、マローンが直接病院に運び込んだときのことだった。

「どうして救急車を呼ばなかったの？」とクローデットはそのときマローンに尋ねた。

「ハーレムで？」とマローンは訊き返した。「救急隊が〈スターバックス〉に寄ってるあいだに出血多量で死ぬのがおちだ。おかげで、おれの車の中は血だらけだよ。きれいに掃除したばっかりだったのに」

「あなた、警察官よね」

「そう、有罪を認めるよ」

クローデットはうしろに倒れると、マローンの上に脚を伸ばす。キモノの裾がめくれて太腿《ふともも》があらわになる。彼女のプッシーのすぐ下にマローンがこの世で一番柔らかいと思う場所がある。

「今日の夜」と彼女は言う。「ヤク中の赤ちゃんが捨てられてた。正面玄関の階段のところに置き去りにされてた」

「イエス・キリストのように産着《うぶぎ》にくるまれてた？」

「そう言いたい気持ちはよくわかるわ」と彼女は言う。「あなたのほうはどんな一日だったの？」

「ああ、悪くはなかった」

彼女はいつもそれ以上踏み込んではこない。マローンはそこのところが――マローンが話すことだけで満足してくれるところが――気に入っている。ほとんどの女はそうではない。たとえ彼が忘れたいと思っていることであっても、その詳細まで〝シェア〟したがる。クローデットはそういうことを理解している――彼女自身、自分の恐怖を抱えているからだ。

マローンは彼女の柔らかな場所を指で撫でる。「疲れてるんだろ？　もう寝たいんじゃないのか？」

「いいえ、ベイビー。ファックしたい」

飲みものを飲み干してふたりは寝室に行く。

マローンの服を脱がせながら、クローデットは彼の肌にキスをする。ひざまずき、マローンを口の中にふくむ。通りからの光が射し込むだけの暗い寝室の中でも、彼は自分をくわえる彼女の豊かな赤い唇を美しいと思う。

今夜、彼女はハイになってはいない。マリファナだけだ。質のいいマリファナで、マローンも気に入っているやつだ。彼は手を下に伸ばして彼女の髪に触れ、その手をキモノの中にすべらせて胸に触れる。揉みしだくと彼女はうめき声をあげる。

マローンはクローデットの肩に手を置き、動くのをやめさせる。「きみの中にはいりたい」

彼女は立ち上がると、ベッドまで行って横たわる。招くように膝を立て、実際に声で招く。「さあ、来て、ベイビー」

彼女はすでに濡れていて温かい。

マローンはクローデットの上で体を前後にすべらせる。豊かな胸と深い褐色の肌。腕を伸ばして、あの柔らかな場所を愛撫する。外ではサイレンが鳴り響いている。人々の叫び声も聞こえる。が、彼は気にもとめない。今は気にとめる必要がない。ただ、彼女の中にはいったり出たりしながら、彼女の声を聞く。「ああ、いいわ、ベイビー、いいわ」

頂点に達しそうになり、マローンは彼女の尻――クローデットによれば、黒人っぽいお尻じゃないそうだ——小さくて固いその尻をつかんで引き寄せ、できるかぎり深く深く彼女の中にはいり込む。彼女の中の小さな窪みが感じられるまではいり込むと、マローンの肩をつかむ彼女の手に力がこもる。動きが速くなり、マローンが果てる直前にクローデットも絶頂を迎える。

クローデットとのときにはいつもそうだが、快感が爪先から頭のてっぺんまで突き抜ける。もしかしたらマリファナのせいかもしれない。が、彼女がそうさせるんだ、とマローンは思っている。ソフトで低い声。彼女の汗とマローンの汗が交じり合って濡れたすべらかで温もりのある褐色の肌。一分経ってからなのか、それとも一時間経ってからなのか、クローデットの声が聞こえる。「ああ、ベイビー、とっても疲れたわ」

「ああ、おれもだ」

マローンは彼女の上から体をすべらせて降りる。

クローデットは眠そうにマローンの手を握ったまま眠りに落ちる。

マローンは仰向けに横たわる。通りの向かいにある酒屋の店主が電灯を消すのを忘れたのだろう、赤い光がクローデットの部屋の天井に映って点滅している。

このジャングルも今はクリスマス。ほんのわずかな時間にしろ、マローンは今、安らぎの中にいる。

5

マローンは一時間だけ寝て起きる。子供たちが眼を覚ましてツリーの下のプレゼントを開けはじめるまえに、スタッテン・アイランドに行っていたい。

クローデットを起こさないように気をつける。

服を着て、狭いキッチンに行き、インスタントコーヒーをいれる。そして、ジャケットからクローデットへのプレゼントを取り出す。

ティファニーのダイヤモンドのイヤリング。

クローデットはオードリー・ヘップバーンの映画が大好きなのだ。

プレゼントの箱をコーヒーテーブルの上に置いて、マローンはアパートメントを出る。

彼女はきっと昼まで寝て、それから姉の家にクリスマス・ディナーを食べにいくのだろう。

「そのあとセント・メアリー監督教会の薬物依存症患者のミーティングに出るつもり」彼女はそう言っていた。

「クリスマスなのに?」とマローンは尋ねた。

「クリスマスだからこそよ」

彼女はがんばっている。もう半年もヘロインをやっていない。ヘロイン中毒者にとって薬物が豊富にある病院で働くのはきついだろうに。

マローンは、ブロードウェイとウェスト・エンド・アヴェニューにはさまれた一〇四丁目通りにある自分のアパートメントまで車を走らせる。

一年ほどまえ、シーラと別居したときにマローンは自分が担当する管区の中に住むことにしたのだ。そういうお巡りは少ない。ハーレムとまではいかなかったが、アッパー・ウエストサイドのはずれに決めた。職場まで地下鉄で行けるし、歩いていけないこともない。

それにコロンビア大学の近辺が気に入っている。

大学生の若者特有の横柄さと自信満々の態度には辟易《へきえき》するが、同時にそれが少し気に入ってもいる。大学の近くのコーヒーハウスやバーにはいって、彼らの会話に耳を傾ける。ぶらぶら歩いて、自分が眼を光らせていることをディーラーやヤク中に知らしめる。

マローンのアパートメントは階段を上がった三階にある──小さな居間、もっと小さなキッチン、バスルーム付きのさらに小さな寝室。居間にはサンドバッグが天井から鎖で吊り下げられている。必要なものはその程度しかない。そもそもほとんどここにはいないのだ。死んだように眠り、シャワーを浴び、朝のコーヒーをいれて飲むだけの部屋。マローンはアパートメントにはいり、シャワーを浴びて着替えをする。同じ服でシーラの家に帰るわけにはいかない。そんなことをすればシーラは瞬時に嗅ぎつけ、〝はあ？〟と一緒だったの？　と訊いてくるに決まっている。

どうしてそこまで気に障《さわ》るのかマローンには理解できない。第一、気に障ること自体おかしな話だ――クローデットと初めて会ったのはシーラと別れて三ヵ月も経ってからのことなのだから――それでも、「誰かとつきあってるの？」というシーラの質問に馬鹿正直に答えてしまったのは、マローンとしても一生の不覚だった。

「お巡りのくせに、おまえ、まぬけだね」シーラが激怒したことを話すと、ルッソにそう言われた。「正直に答えちゃ駄目だよ。絶対に」

そもそも答えるな、ともルッソに言われた。〝弁護士を呼んでくれ。代理人を呼んでくれ〟以外の答は金輪際しては駄目だと。

実際、シーラは怒り心頭だった。「クローデット？　何それ？　フランス人？」

「いや、その、彼女は黒人だ。アフリカ系アメリカ人」

シーラは笑いだした。げらげらと大笑いした。「馬鹿じゃないの、デニー。感謝祭のとき、こんがり焼けた肉《ダーク・ミート》がいいって言ってたけど、てっきりモモ肉のことだと思ったわ」

「手厳しいな」

「自分は人種差別主義者じゃないなんて顔はしないで。あなたはいつだって、黒んぼ《ムーリー》がどうした、ナス野郎《ディッツネ》がこうしたって言ってたじゃないの。ねえ、ひとつだけ教えて。彼女のこと〝ニガー〟って呼ぶの？」

「いや」

シーラは笑いが止まらなかった。「ねえ、その黒い〝シスター〟には、あなたが昔どれだけ黒い〝ブラザー〟たちを警棒でお仕置きしたのかもう話したの？」

「そういう話は省略したかもしれない」

彼女はまた笑い声をあげた。が、そのあと何が来るのか、マローンにはわかりきっていた。少しアルコールもはいっていたので、そのハイテンションの上機嫌に怒りと自己憐憫《れんびん》が取って代わるのは時間の問題だった。案の定、そのときが来た。「デニー、正直に言って。わたしより彼女のほうがセックスは上手？」

「いい加減にしてくれ、シーラ」

「嫌よ。知りたいの。わたしよりセックスが上手なの？　世間でどう言われているか知ってるわよね？　黒人と一度でもやったら、もうあと戻りはできないって」

「こんな話はもうやめよう」

いの」

シーラは引かなかった。「だって、今までの浮気相手はいつも白人の娼婦だったじゃない
まあ、それはそのとおりだが、とマローンは思ったものだ。「これは浮気じゃないよ。おれたちはもう別れてるんだから」

そのときのシーラには正論など通じなかった。「そんなこと、別居するまえだって気にしたことなんかなかったくせに。ちがう、デニー？　あなたもあなたの仲間もおまんこがついてりゃ誰だってやっちゃうんでしょ？　ちがうの？　ねえ、みんなは知ってるの？　ルッソやビッグ・モンティはあなたがその棍棒で真っ黒なタールをこねくりまわしてることを知ってるの？」

マローンとしてもなんとか怒りを抑えようとはした。が、無理だった。「いい加減にしろ、シーラ」

「どうしたの？　殴るの？」

「おまえに手を上げたことが一度でもあったか？」生まれてこの方、悪いことは片っ端からやってきたが、マローンは女を殴ることだけは一度もしたことがなかった。

「そうよ、そのとおりよ。わたしにはもう指一本触れなくなったのよね」

問題はそれが事実だということだ。

マローンは注意しながらひげを剃る。まずはひげの生えている向きに合わせて剃り、次に向きに逆らって剃る。できるだけ清潔にさわやかに見せたい。

グッドラック。自分にそうつぶやく。

洗面台の薬戸棚を開け、五ミリグラムのデキセドリンを二錠、口に放り込んで気持ちを高揚させる。

清潔なジーンズに白いドレスシャツ、それにウールの黒いスポーツジャケット。見た目はどう見ても一般市民だ。マローンは夏でもシーラの家に帰るときには長袖のシャツを着る。タトゥーを見ると、シーラが怒るのだ。

シーラにとってタトゥーは、スタッテン・アイランドから出ていくというマローンの意思表示、流行の最先端をいく〝シティ・ヒップスター〟になるという気持ちの表われでしかないのだろう。

「スタッテン・アイランドに住んでるやつはみんなタトゥーなしか？」とマローンは彼女に言ったことがある。冗談じゃない。タトゥー・パーラーは今では二ブロックに一軒の割りで店を構えている。スタッテン・アイランドを歩いている男の半分は、なんらかのタトゥーを入れている。ついでに言えば、女の半分も。

マローンは自分の腕に入れたタトゥーが気に入っている。ただ単に気に入っているということもあるが、犯罪者を震え上がらせるのに効果を発揮するのだ。タトゥーを入れたお巡りはめったにいない。袖をまくり上げながらマローンが近づくと、犯罪者はただではすまないと覚悟する。

しかし、シーラの嫌悪は偽善的であり、矛盾もしている。というのも、彼女自身右の足首に緑色の小さなシャムロックのタトゥーを入れているのだ。彼女は赤毛と緑の眼とそばかすという見た目だけでは、自分がアイルランド系とは誰にもわからないとでも思っているのだろうか？　一時間二百ドルは取る精神科医ではなくても、クローデットはもうすぐ〝元妻〟になるシーラとは正反対の女だと言うだろう。マローンは個人用の銃をベルトに差しながら、そんなことを思う。

要するにこういうことだ。

シーラはこれまでマローンが生まれ育ってきた世界そのものなのだ。だから驚きがない。すべてが知っていることばかりなのだ。それに比べて、クローデットはまったく異なる世界の住人だ。いつも新しい発見がある、お互いに。人種の問題だけではない。とはいえ、やはりそれも大きいのかもしれない。

シーラがスタッテン・アイランドなら、クローデットはマンハッタン。クローデットはマローンにとって市《まち》そのものだ。

通り、音、におい、洗練されたもの、セクシーなもの、エキゾティックなもの、そのすべてだ。

初めてのデートのときのクローデットは、一九四〇年代風のレトロなワンピースに、髪にはビリー・ホリデイを真似て真っ白なクチナシの花を挿し、唇は鮮やかな赤に染め、そして狂おしいばかりの香水をつけていた。

マローンは彼女をブリーカー・ストリートから少しはずれたグリニッチ・ヴィレッジの〈ブヴェット〉に連れていった。フランス風の名前からして、フランス料理が好みではないかと勝手に推測したのだが、どのみちマンハッタン・ノースの店には連れていきたくなかった。

クローデットはすぐに感づいた。

「シスターと一緒にいるのを自分の管区で見られたくないのね」テーブルにつくなり、彼女は言った。

「そんなんじゃないよ」とマローンは言ったが、半分は真実だった。「あっちにいると、仕事の気分が抜けないからだ。ヴィレッジは好きじゃないのか？」

「大好きよ。もし職場から離れてなければ、住みたいくらいよ」

その夜のデートでも、その次のデートでも、その次の次のデートでも、彼女はマローンと寝なかった。やっと初めて結ばれたとき、マローンにとってそれは啓示のようなセックスだった。想像したこともない激しさで彼は恋に落ちた。実際にはそのときにはもうすでに恋していたのだろうが。いずれにしろ、彼が彼女に恋したのは、彼女が常に彼に挑んでくるからだ。シーラは憤慨しながらもマローンに従うか、赤毛のアイルランド人らしく徹底的に喧嘩するか、そのどちらかだった。一方、クローデットは、彼の思い込みに風穴をあけ、物事を新しい観点から見せてくれる。マローンはもともと本を読まないほうだったが、彼女に無理やり読まされるうち、詩まで少しは読むようになり、ラングストン・ヒューズのような好きな詩人まで現われるようになった。土曜日にはたまにふたりで朝寝坊をし、コーヒーを飲みに外に出たついでに本屋をぶらつくこともある。これまたマローンとしては自分には縁がないと思っていたことだ。彼女はアート関連の本を彼に見せては、ひとりでパリを旅行したときの話を聞かせ、もう一度行ってみたいとよく話す。

シーラはひとりではマンハッタンにさえ来ない。

もちろん、マローンがクローデットを愛しているのはシーラと正反対だからというだけではないが。

彼女の知性、ユーモアのセンス、人間としての温かさ。

クローデットほどやさしい人間にマローンはこれまで会ったことがなかった。

しかし、彼女のやさしさにも問題がないわけではない。看護師という仕事をするには彼女は心がやさしすぎるのだ。患者の痛みを自らの痛みのように感じ、見たものに対して心の中で血の涙を流す。それが彼女を壊し、その手を注射器に伸ばさせる。

クリスマスだからこそ薬物依存症患者のミーティングに参加する。彼女はそう言っていた。いいことだ。

着替えをすませ、マローンは子供たちのために買ったプレゼントの包みを抱える。子供たちへのプレゼントは全部マローンが買ったものだが、ツリーの下に置かれているプレゼントはどれもサンタからの贈りものということになっている。今、彼が抱えているのは彼自身からのプレゼントだ――ジョンにはプレイステーション4の新機種、ケイトリンにはバービー人形。

子供たちへのプレゼントは簡単に決まった。厄介だったのはシーラへのプレゼントだ。マローンとしても何かいいものをプレゼントしたかった。しかし、ロマンティックなものや少しでもセクシーなものは禁物だ。最後にはテネリに相談して、洒落たスカーフを提案された。「安物は駄目よ。あんたたちが時間切れで駆け込むような屋台で売ってるようなのはもってのほかだからね。少しくらい時間をかけて、〈メイシーズ〉とか〈ブルーミングデールズ〉くらい行くことね。奥さんの色の系統は?」

「はい?」

「どんなふうに見えるかよ、馬鹿ね」とテネリは言う。「肌の色は濃いの? 薄いの? 髪の色は?」

「色白で赤毛だ」

「だったらグレーね。それなら安全よ」

マローンは〈メイシーズ〉に行くと、人混みと悪戦苦闘して百ドルもするきれいなグレーのウールのスカーフを買ったのだった。今はこれが正しいメッセージを伝えてくれることを祈るばかりだ――もうおまえのことは愛してはいないけど、おまえの面倒はいつまでもみる。

それぐらいもうわかってほしい。

養育費の支払いを滞《とどこお》らせたことはないし、子供たちの服や、ジョンのアイスホッケー・チームやケイトリンのダンス教室の費用も払っている。家族は今まで同様、市警の労働組合《PBA》の健康保険にはいっている。歯の治療まで含まれるなかなか行き届いた健康保険だ。

それにいつもシーラに封筒を置いて帰る。彼女には仕事をしてほしくない。いわゆる生活の質を落としてほしくない。だから、マローンはやるべきこととして分厚い封筒を置いて帰り、シーラもそのことは感謝している。だからその金の出所を問うような野暮なことはしてこない。

シーラの父親もお巡りだったのだ。

「おまえは正しいことをやってる。それはいいことだよ」いつだったか、そういう話題になったときにルッソにそう言われた。

「そうするしかないだろ？」とマローンは言った。

あの界隈で育った者は正しいことをする。

男は妻を捨ててもいいが、子供を捨てるのは黒人だけだ。それがスタッテン・アイランド人の一般的な考えだ。しかし、この言い方はフェアじゃない。マローンの知っている中で一番いい父親はビル・モンタギューだ。ただ、スタッテン・アイランド人のその考えは世間一般の考えでもある。黒人の男は女を孕《はら》ませるだけ孕ませ、生活保護の費用を白人に押しつける。

イーストショア出身の白人が同じことをしたら、みんなを敵にまわすことになる。司祭、両親、兄弟姉妹、いとこ、友人みんなに難詰されることになる。おまえはどれほど堕落した人間なのか。彼らはさらに自分たちでその男のやるべきことをやり、その男に自分の非を思い知らしめる。

「おまえ、そんなことをしたのね」その男の母親はそう言うはずだ。「わたしはどんな顔をして教会に行けばいいの？　神父さまに合わせる顔がない」

ただ、この母親のことばはマローンの心には響かない。

なぜなら、マローンは聖職者が大嫌いだからだ。

彼らのことを寄生虫だと思っている。だから、結婚式や葬儀などやむをえない事情がないかぎり、マローンは教会には近づかない。

救世軍のベルを素通りできずに必ず五ドルは募金箱に入れるのだが、地元のカソリック教会にはびた一セント出さない。教会はＲＩＣＯ法で罰せられるべき小児性愛者の巣窟だとマローンは思っている。そんなところに寄付などどうしてできる？

ローマ法王がニューヨークに来たとき、マローンは逮捕したくてならなかったほどだ。

「そういうことをしてもあんまり受けはよくないだろうな」とルッソは言った。

「ああ、だろうな」警部以上の役職の警察官は押し合いへし合い、法王の指輪かケツか、どちらかさきに差し出されたほうに、われさきにキスをしようとしていた。

マローンは修道女も好きになれない。

「じゃあ、マザー・テレサは？」この議論をしていたときにシーラに訊かれた。「彼女は飢えてる人々に食べものを配ったのよ」

「コンドームを配っていれば」とマローンは言った。「そもそもそんなに大勢の人々が飢えることはなかったんじゃないか？」

マローンは『サウンド・オブ・ミュージック』も嫌いだ。これまで見た映画の中でナチスを応援したくなった唯一の映画だ。

「いったいどうやったら『サウンド・オブ・ミュージック』が嫌いになれるんだ？」これはモンティに訊かれた。「いい映画じゃないか」

「おまえ、どういう黒人なんだ？『サウンド・オブ・ミュージック』が好きとはな。あんな耳クソみたい音楽を聞くとはな」

「ああ、そうとも」とモンティは言った。「おまえこそラップなんて低次元の音楽を聞くとはな」

「ラップに何か文句があるのか？」

「あれは人種差別の音楽だ」

マローンの経験からすると、四十を過ぎた黒人の男ほどラップやヒップホップを毛嫌いするやつらもいない。とにもかくにも彼らにはあの立ち居振る舞いが我慢ならないのだ。

半分ケツが見えるほどずり下げられたズボン、うしろまえにかぶった野球帽、じゃらじゃら音をたてる宝飾品。モンティの年代の黒人の男は自分の女が〝ビッチ〟と呼ばれるのも許さない。

絶対に許さない。

実際、マローンはその眼で見たことがある。まだシーラと別れるまえのこと、マローンとシーラ、モンティとヨランダでダブル・デートをしたことがあった。暖かい夜だったので車の窓を開けたままブロードウェイを走っていると、九八丁目の角にいたラッパーがヨランダに気づいてこう叫んだのだ。「よう、兄弟、なかなか可愛いビッチを連れてるじゃないか！」モンティはブロードウェイのど真ん中で車を停めると、外に出てそのラッパーのいるところまで行ってそのガキを殴った。そして、そのあと車に戻ってきてからはひとことも発しなかった。

誰も発しなかった。

クローデットはヒップホップが嫌いなわけではないが、もっぱらジャズを聞く。彼女のお気に入りのミュージシャンが出演しているときには、マローンをクラブに連れていったりもする。マローンもジャズは嫌いではないが、ほんとうに気に入っているのはいくらか古い時代のラップとヒップホップ――ビギー、シュガーヒル・ギャング、N・W・A、2

パック――だ。ネリーやエミネムもいい。ドクター・ドレーも。

気づくと、マローンはアパートメントの居間にぼんやりと立っている。デキセドリンがまだ効きはじめていないらしい。

アパートメントのドアに鍵をかけ、車を保管してあるガレージまで歩く。

マローンの車は、美しく整備された一九六七年の初代シボレー・カマロ・SS・コンバーティブルだ。黒にZ28ストライプ、排気量七リッターのエンジン、マニュアル四段変速、それに最新の〈ボーズ〉のサウンドシステムを搭載している。自分の管区には絶対に乗っていかない。マンハッタンでもめったに乗らない。この車はマローンの道楽だ――スタッテン・アイランドに行くときか、市《まち》から逃れてぶっ飛ばすときにだけ乗る。

今、マローンはウェストサイド・ハイウェイをダウンタウン方向に向かい、9・11の跡地の近くでマンハッタンを横切る。あれからもう十五年も経つというのに、ツイン・タワーが建っていない風景を見るたびに怒りが込み上げてくる。地平線にぽっかりとあいた穴、マローンの心にぽっかりとあいた穴。マローンは決してイスラム教徒を憎んではいないが、ジハードをおこなう畜生どものことは心の底から憎んでいる。

あの日、三百四十三人の消防士が死んだ。

三十七人のポート・オーソリティとニュージャージーの警察官が死んだ。二十三人の市警のお巡りがツイン・タワーに駆け込んで二度と出てこなかった。マローンがあの日を忘れることは終生ないだろう。忘れることができたらどんなにいいかと思いはするが。あの日、マローンは非番だった。が、もちろんレヴェル4動員要請には応じた。マローンもルッソもほかの二千人のお巡りも現場に向かった。マローンはふたつ目のタワーが倒壊するのをその眼で見た。そのときはまだ自分の弟がその建物の中にいることを知らなかった。

捜しつづけ、待ちつづけた終わりのないあの日。ついに電話が鳴って、心の中ではすでにわかっていたことが現実となった——もう、リアムは戻ってこない。その知らせを母親に伝えにいかなければならなかった。あのときの〝音〟は一生忘れられない——母の口から発せられた耳をつんざくような苦悩の叫び声。眠れない灰色の夜には今でも耳の中でこだまする。

音のほかにあの日のことで今でも消すことができないのがにおいだ。人肉の焦げるにおいは鼻の中に残って消すことができない、とリアムが言うのを聞いたことがある。9・11までマローンはそのことばを信じていなかった。あの日、市《まち》を呑み込んだのが、死と灰と焼け焦げた肉と腐敗と怒りと悲しみのにおいだった。

リアムは正しかった──マローンは今もまだそのにおいを完全に鼻の奥から消し去ることができないでいる。

バッテリー・トンネルを抜けるあいだ、マローンは音響システムにケンドリック・ラマーをセットして大音量で聞く。

ヴェラザノ・ナローズ橋に差しかかったところで携帯電話が鳴る。

弁護士のマーク・ピッコーネだ。「今晩、少し時間をつくれるか？」

「クリスマスだ」

「五分でいい」とピッコーネは言う。「新しいクライアントの件だ」

「ファット・テディ？　裁判はまだ何ヵ月もさきだろうが」

「かなりビビってる」

「今、スタッテン・アイランドに向かってるところだ」とマローンは言う。

「おれはもう着いてる。ファミリーあげての集まりだ。午後の遅い時間に抜け出そうと思ってる」

「わかった、電話する」

マローンはニューヨーク・マラソンの出発地点のフォート・ワズワース近くで橋を降りると、ハイラン・ブルヴァードを通ってドンガン・ヒルズを抜け、ラスト・チャンス・ポンド・パークを過ぎたところで左折してハムデン・アヴェニューにはいる。

昔馴染みの街並み。

特別なものなど何もない、家族向けのこぎれいな家が並ぶごく普通のイーストショアの住宅地だ。おもな住人はアイルランド系かイタリア系、警察官と消防士が多い。

子供を育てるにはいい地域だ。

ただ、マローンにはどうにも我慢がならなかった。

筆舌に尽くしがたい地獄のような退屈。

手入れや張り込み、屋根の上や路地、〈ハイラン・プラザ〉や〈パスマーク〉、〈トイザらス〉や〈ゲームストップ〉まで悪党を追いかけたあと、ここに帰ってくるのが耐えられなかった。覚醒剤にアドレナリン、恐怖に憤《いきどお》りに悲しみに怒りで興奮しきった勤務から帰宅し、似たような造りの隣人の家に寄り、〈メキシカン・トレイン〉や〈モノポリー〉や五セント玉ポーカーをして遊ぶ。みんな実にいい人たちだ。だから、ワインのカクテルを飲んだりおしゃべりをしたりしながら、マローンは疚《やま》しさを覚える。なぜなら、自分がほんとうにいたい場所は蒸し暑くて、臭くて、うるさくて、危険で、愉しくて、面白くて、刺激だらけの腹立たしいハーレムだからだ。マローンがほんとうに一緒にいたいのは、現実世界を生きる人間たち、マフィアのファミリー、ギャンブラー、ヤクの売人、娼婦たちだからだ。

それに詩人、芸術家、夢追い人だからだ。

要するに、マローンは市《まち》が好きで好きでたまらないのだ。

ラッカー・パークでバスケットボールの試合を見たり、リヴァーサイド・パークのテラスからキューバ人たちの野球の試合を見下ろしたり、時々、ワシントン・ハイツやインウッドまで足を伸ばして、ドミニカ人の様子を見にいったり、歩道でのドミノ遊びを見たり、カーステレオから大音量で流れるレゲトンを聞いたり、ココナツを鉈《なた》で叩き割る露天商を眺めたり、〈ケニー・ベイカリー〉にはいってカフェ・コン・レチェを飲んだり、露店に立ち寄って甘い豆の飲みものを買ったりするのがたまらなく好きなのだ。

そこがニューヨークの一番好きなところだ——何かを欲しいと思えば、それは必ずそこにある。

悪臭を放つほど甘いこの市《まち》の豊かさ。そのことがマローンにほんとうに理解できたのは、スタッテン・アイランドのアイルランド系とイタリア系の労働者階級——お巡りと消防士——のスラムを抜け出し、市《まち》に移ってきてからだ。一本の通りを歩いているだけで五つの言語が聞こえ、六つの文化のにおいが漂い、七つの音楽が聞こえ、百もの人種とすれちがい、千もの物語が存在する。そのすべてがニューヨークだ。

ニューヨークは世界そのものだ。

少なくとも、マローンにとっては。

ここを去ることはない。

去る理由もない。

マローンはそのことをシーラに説明しようとしたことがある。しかし、巻き込みたくない世界に相手を連れていくことなく、どうすればその世界の魅力が説明できる？ コカイン中毒でおかしくなった両親が住む安アパートの一室で、一週間も放置され、爪先をネズミに齧《かじ》られて死んでいる赤ん坊を発見したその足で、どうすれば自分の子供をファミレスの〈チャッキー・チーズ〉に連れていける？ どうすればそんな話をシーラにできる？そんな情報をどうすれば〝共有〟できる？ できるわけがない。笑顔をつくり、タイヤのセールスマンとメッツの話でもなんでも、あたりさわりのない話をするのがせいぜいだ。なぜなら、誰もほんとうの話など聞きたがってはいないからだ。マローンも話したくないからだ。できれば忘れてしまいたいからだ。しかし、忘れようと思うなら、それはもう途方もない幸運を祈るしかない。

あれはいつだったか。匿名の通報を受け、マローンはフィルとモンティと一緒にワシントン・ハイツのある住所に駆けつけたことがあった。すると、そこには椅子に縛りつけられた男がいた。売りもののヘロインに手を出したために両手を切断されていたが、まだ生きていた。男を罰したやつらが手の切断面をバーナーで焼いて、傷口に完璧な処置を施していたからだ。男は眼玉を頭蓋骨から飛び出させていた。顎の骨が折れていたのは歯を食いしばりすぎたせいだった。その仕事のすぐあと、マローンとフィルは近所づきあいのバーベキューに行かなくてはならず、普通の男がするようにホストを囲んでグリルのまわりに集まった。そして、グリルをはさんで視線を交わした。互いに何を考えているのか忖度《そんたく》するまでもなかった。お巡り同士はその手の話を決してしない。話す必要がないからだ。お互いすでにわかっているからだ。それは彼らにしかわからないことだ。

そして、あの誕生会。

マローンはもう誰の誕生日だったのかも覚えていない——たぶんケイトリンの友達の誰かだったのだろう——よくある裏庭のパーティで、菓子の詰まったピニャータが物干し綱に吊るされ、子供たちがピニャータを壊して菓子を取り出そうと棒で叩くのを坐って眺めていた。その週はずっとヘロインの売人のボビー・ジョーンズの裁判に立ち会っていたのだが、陪審員たちはボビー・ジョーンズに無罪の評決をくだしていた。〝ボビー・ボーンズ〟がヘロインを売るのを通りの反対側から見たというマローンの証言を信じてくれなかったのだ。マローンは子供たちがロバの形のピニャータを何度も何度も棒で叩くのを眺めていたのだが、ピニャータは一向に壊れない。マローンはそれに業を煮やして立ち上がると、子供から棒を取り上げ、ロバが粉々になるまで叩き壊した。中に詰まっていた菓子が四方八方に飛び散った。

すべての動きが静止した。

パーティにいた全員がマローンを見つめた。

「お菓子を食べろ」とマローンは言った。

そのあといたたまれなくなって、バスルームに行くと、シーラがあとを追ってきて言った。「いったいどうしちゃったの、デニー？」

「わからない」

「わからない？　みんなのまえでわたしたちにあんな恥をかかせておいて、それでもわからないの？」

いや、わかってないのはおまえだ、とマローンは心の中でつぶやいた。

おれがわからないのは、どうやっておまえに言えばいいのかということだ。

もうこんなことは続けられない。

ひとつの生き方ともうひとつの生き方とのあいだを行ったり来たりするなど……それは……なんて言えばいい……

馬鹿げている。

こんな暮らしはいんちきだ。

今ここにいるのはほんとうのおれじゃない。

すまない、シーラ。でも、ここにいるのはほんとうのおれじゃないんだ。

朝を迎えたクリスマス、眠そうなシーラが玄関でマローンを出迎える。青いフランネルのローブを着たシーラは手にコーヒーを持ち、髪は寝ぐせで乱れ、化粧もまだしていない。でも、きれいだ、とマローンは今でも思う。

いつもそう思っている。

「子供たちはもう起きてるのか？」とマローンは尋ねる。

「まだよ。ゆうべ睡眠薬のベナドリルを飲ませたから」マローンの顔に浮かぶ表情を見てシーラは言う。「ジョークよ、デニー、ジョーク」

マローンは彼女のあとに続いてキッチンにはいり、カップにコーヒーを注いでもらうと、朝食用のテーブルのストゥールに腰かける。

「クリスマス・イヴはどうだった？」

「愉しかったわよ」と彼女は言う。「子供たちはどの映画を見るかで揉めてたけど、最後は『ホーム・アローン』と『アナと雪の女王』に落ち着いたわ。あなたは？　何をしてたの？」

「パトロールだ」

信じられるわけがないでしょ、といった眼をシーラはマローンに向ける。彼を責めている、〝はあ？〟と一緒にいた彼を。

「今日は仕事？」

「いや」

「わたしたち、メアリーのところのディナーに呼ばれてるんで、あなたもどうって誘いたいところだけど、あそこの夫婦はあなたが大嫌いだものね」

相変わらずのシーラ──人に精神的な打撃を与える名手。実のところ、マローンはシーラのそういうところが昔から気に入っていた。彼女は白か黒かという人間だ。だから、彼女に関するかぎり自分の立ち位置に迷う必要がない。そして、今彼女が言ったことはあたっている──シーラの妹メアリーもメアリーの一家もシーラと別れたことでマローンを憎んでいる。

「それでかまわない」とマローンは応じる。「フィルのところに寄るかもしれない。それより子供たちは？」

「そろそろジョンに話してもらってもいい頃だと思うけど」

「まだ十一歳じゃないか」

「もうすぐ中学に上がるのよ」とシーラは言う。「最近の子供たちがどんなことをしてるか、あなた、言ってもきっと信じられないでしょうね。七年生になると、女の子は男の子にフェラチオをしてあげてるんだって」

マローンの管轄はハーレム、インウッド、それにワシントン・ハイツ。

七年生なら遅いくらいだ。

「ジョンと話すよ」

「でも、今日じゃなくて？」

「ああ、今日じゃなくて」

階上《うえ》から声が聞こえる。

「さてと、ゲームの時間だ」とマローンは言う。

階段の裾に立っていると、二階から子供たちがどかどかと降りてきて、ツリーの下に置かれているプレゼントを見て眼を輝かせる。

「サンタが来たみたいだな」とマローンは言う。子供たちは早くプレゼントのところまで行こうと先を争って、父親の横を無理やり通り過ぎる。それでもマローンは気にしない。

ふたりはまだ子供だ。だから心のままに行動しているだけのことだ。

「プレイステーション4だ！」ジョンが歓喜の声をあげる。

やれやれ、おれのはお蔵入りか、とマローンは思う。プレイステーション4を二台も欲しがる子供はいない。

たった二週間しか経っていないのに、子供はすっかり大きくなっている。マローンはしみじみ思う。毎日一緒にいるシーラは気づかないかもしれないが、ジョンは身長が一気に伸びてひょろっとしはじめている。ケイトリンは母親そっくりの赤毛だが、巻き毛がまだ幼い。そしてあの緑色の眼。男の子たちが寄りつかないよう、家の上に監視用の塔を建てなくてはいけない。

心が痛い。

くそっ。子供たちの成長を毎日見られないのはほんとうに辛い。

まだ一緒にいた頃のクリスマスと同じように、マローンはお気に入りの肘掛け椅子に坐り、シーラはいつものようにソファのクッションの上に坐る。

伝統は大切だ。習慣も大切だ。安定とはどういうものか、それを子供たちに教えてくれる。だから、マローンもシーラも坐ったまま努めて秩序を保とうとする。順番にプレゼントを開けさせる。クリスマスが三十秒で終わってしまわないように。プレゼントを開ける合間に、シーラはシナモンロールとホット・チョコレートの休憩まで入れる。

ジョンはマローンからのプレゼントを開けて、興奮したふりをする。「やったあ！　パパ、ありがとう！」

やさしい子だ、とマローンは思う。傷つきやすい子だ。自分やほかの親族と同じ道を進ませるわけにはいかない。この子の心ではとても耐えられないだろう。

「サンタも同じプレゼントをくれるとは知らなかったんだよ」マローンはそれとなくシーラに皮肉を言う。

「ううん、そんなことないよ」とジョンは機転を利かせて言う。「階上《うえ》に一台、階下《した》に一台置いておけばいいんだから」

「返品してくるよ」とマローンは言う。「何か別のものを買ってやるよ」

ジョンは飛び上がって父親に抱きつく。

マローンにとってこれがすべてだ。

この子は絶対に市警に近づけてはいけない。

ケイトリンはバービー人形を気に入ってくれる。父親に近寄って抱きつき、頬にキスをしてくる。「パパ、ありがとう」

「どういたしまして」

ケイトリンには子供のにおいがまだ残っている。

その可愛さと無邪気さ。

シーラはいい母親を務めている。

そこでケイトリンがマローンの心を打ち砕く。「今日はお泊まりするの、パパ？」

ガシャン。

ジョンはそんな可能性など端《はな》からないと思っている。それでもマローンを見上げるジョンの眼にも期待が込められている。

「今日は駄目なんだ。仕事がある」

「悪いやつを捕まえるんだよね、パパ」とジョンが言う。

「そうだ、悪いやつを捕まえるんだ」

おまえはおれのようにはさせない、とマローンは思う。おまえはおれにはならない。

ケイトリンはあきらめない。「悪い人をみんな捕まえたら、帰ってくる？」

「どうかな。わからないな、ハニー」

「〝どうかな〟って駄目ってことだよね」ケイトリンはそう言って、母親そっくりのきつい顔つきをする。

「ねえ、あなたたちからのプレゼントはないの？」とシーラが言う。

関心がそれて、ふたりは急いでツリーの下から自分たちのプレゼントを取り出す。ジョンからマローンへのプレゼントは、ニューヨーク・レンジャーズのニット帽、ケイトリンからは図工の授業で飾りをつけたマグカップ。

「これはおれの机の上」とマローンは言う。「これはおれの頭の上。最高だよ、ありがとう。それからこれはおまえに」

マローンはシーラに箱を渡す。

「わたしはあなたに何も買ってないわ」と彼女は言う。

「いいよ」

「〈メイシーズ〉ね」シーラは子供たちにも見えるようにスカーフを掲げる。「きれいだわ。首が温かそう。ありがとう」

「どういたしまして」

そのあと気まずい空気が流れる。シーラは妹の家に行くのにそろそろ子供たちに着替えをさせなければならない。そのことにはマローンも子供たちも気づいている。しかし、少しでも動きはじめれば、マローンは去り、家族がまたばらばらになってしまう。だからみんな彫刻のようにじっとして坐っている。

腕時計に眼をやってマローンが言う。「おっと。悪いやつらを待たせるわけにはいかないな」

「それ、うける」とケイトリンが言う。

ただ、今にもこぼれ落ちそうなくらい眼に涙が浮かんでいる。

マローンは立ち上がる。「ママの言うことを聞くんだよ、いいね？」

「うん」とジョンが答える。家族を支える男としての役割をすでに引き受けている。

マローンはふたりを引き寄せる。「愛してるよ」

「大好きだよ、パパ」悲しそうにふたりは声をそろえる。

マローンはシーラを抱き寄せようとはしない。無駄な期待を子供たちに抱かせたくない。

クリスマスなんぞくそくらえだ。

ルッソの家に行くには早すぎる。マローンは海岸まで車を走らせる。

ダナが企んでいるパスタ過剰摂取死計画から免れるには、夕食が終わる頃を見計らって訪ねたい。ちょうどデザートのカンノーリ（シシリアの菓子）とパンプキンパイとアイリッシュ・コーヒーの時間に着くのが理想だ。

道をはさんでビーチの反対側の駐車場に車を停め、エンジンとヒーターをかけたまま坐って時間をつぶす。散歩でもしたいところだが、外は寒すぎる。

グラヴボックスから一パイントのボトルを取り出し、ウィスキーを口にふくむ。マローンは大酒呑みだが、アル中ではまったくない。だからいつもならこんなに早い時間から飲むことはない。が、ウィスキーは体を温めてくれる。

おれもアル中になるかもしれない、とマローンは思うが、ステレオタイプのアル中にはなりたくないと思う。それは自尊心が許さない。

アルコールのせいで離婚するアイルランド系のお巡りにはなりたくない。

誰だったか。そうだ、ジェリー・マクナブだ。ジェリーはあるクリスマスの午後にこの海岸にやってきて、自分の顎の下に銃を押しつけた。個人用の銃を。アルコールのせいで離婚したそのアイルランド系のお巡りは、そうやって自分の脳味噌を吹き飛ばした。

ステレオタイプのひとつ。

救急隊の連中は、マクナブの年金や保険に支障が出ないよう、彼が銃の手入れをしていたことにした。保険金請求担当者も事を荒立てるのを避け、クリスマスの浜辺で銃の手入れをしていたという嘘を信じるふりをした。

しかし、実際のところ、マクナブは刑務所送りになって刑に服すことを恐れていたのだ。ブルックリンでヤクの売人から現金を受け取っている現場映像を上層部に握られていたのだ。つまり、警察バッジも拳銃も年金も奪われ、刑務所にはいることになっていたのだ。

彼にはそれが耐えられなかった。家族の名誉が傷つけられることが耐えられなかった。元妻と子供たちに手錠をかけられた姿を見られることが耐えられなかった。だから、拳銃を口にくわえたのだ。

ルッソはそれとはまた異なる解釈をしていた。ある夜、車の中で捜査の合間の時間つぶしをしていたとき、マローンはルッソとこの件について話し合ったことがある。そのときルッソは言ったのだ。「おまえら馬鹿は勘ちがいしてる。やつは家族に年金を残すためにやったのさ」

「金を貯めてなかったのか?」とマローンは訊いた。

「あいつはパトカーに乗ってた。だから七五分署にいてさえ大して稼げなかっただろう。事故で死ねば、家族は年金も福祉手当も受けられる。マクナブは正しいことをしたのさ」

それでも貯金はしていなかった。

おれはちがう、とマローンは思う。

かなりの現金を貯め込んでいる。投資資産や銀行口座は連邦政府のやつらも手が出せないところに隠してある。

それとは別の資産をプレザント・アヴェニューのイタリア人たち、イースト・ハーレムにいるチミーノ・ファミリーの生き残りに預けてある。やつらのほうが銀行よりはるかにいい。やつらは投資と称して人から金を巻き上げたり、不良住宅ローンに人の金をまわしたりしない。

正直なマフィアのほうがウォールストリートの畜生どもよりよっぽどましだ。世間は何も知らない――マフィアは悪党だと思い込んでいる。そうではない。マフィアもまたヘッジファンドのやつらや政治家や検事や弁護士と同じように、人の金をかすめ取ろうとしているだけのことだ。

連邦議員は？

言うのも愚かだ。

お巡りがハム・サンドウィッチをもらって不法行為を見逃せば、首が飛ぶ。クソ連邦議員が防衛企業から数百万ドル受け取って便宜を図れば、愛国者になる。政治家が年金のために自分の脳味噌を吹き飛ばすような事件が起これば、それは前代未聞ということになるだろう。

そのときはシャンパンで祝ってやろう。

おれはジェリー・マクナブと同じ道はたどらない。

マローンにはわかっている。おれは自殺するタイプの人間ではない。

自殺するくらいなら誰かに撃たれて死ぬほうがいい。そんなことを思いながら、砂浜に生えている草と風雨にさらされたハリケーン・フェンスを眺める。ハリケーン・サンディはスタッテン・アイランドに大打撃を与えた。あの夜だけはマローンも家にいられるようにして、地下室にこもり、シーラと子供たちとトランプで〈ゴー・フィッシュ〉をして遊んだ。そして、夜が明けると外に出て地域のためにできるかぎりのことをした。

捕まったら刑期を務めるだけのことだ。警察も年金もそんなものはくそくらえだ。

自分の家族の面倒は自分でみる。

シーラはプレザント・アヴェニューのマフィアのところまで出向く必要はない。やつらのほうから来てくれる。

やつらは正しいことをしてくれる。

連邦議会の連中とはちがう。

マローンはクローデットに電話をかける。

「起きたか？」電話に出たクローデットにマローンは訊く。

「ちょうど起きたところ。イヤリング、ありがとう、ベイビー。きれいだわ。あなたにもプレゼントがあるのよ」

「プレゼントなら昨日もらった」

「あれはわたしたちふたりへのプレゼント。今日は四時から零時までなんだけど、そのあと来る？」

「ああ。昼間はお姉さんのところに行くんだよな？」

「行かないわけにはいかない」とクローデットは言う。「でも、子供たちに会うのは愉しみよ」

彼女が出かけると聞いてほっとする。ひとりきりにするのは心配だ。

彼女が最後にヘロインに手を出したとき、マローンは選択を迫った——今すぐ一緒に車に乗ってリハビリセンターに行くか、手錠をかけられてライカーズ刑務所で禁断症状と闘うか。彼女は激高した。それでも最後には車に乗った。マローンはそのままコネティカット州バークシャーに向かい、ウェストサイドの医者が見つけてくれた施設に行った。リハビリ代は六万ドル。しかし、その甲斐はあった。

あれ以来、彼女はヘロインをやっていない。

「いつかきみの家族に会ってみたい」とマローンは言う。

クローデットは柔らかな笑い声をあげる。「まだ早いんじゃないかな、ベイビー」

ハーレムに住む家族に白人を紹介する覚悟は彼女としてもまだできていない。そういう意味だ。クー・クラックス・クランの一員がミシシッピ州の黒人の家で歓迎されないのと大して変わらない。

「でも、いつかは」とマローンは言う。

「そうね。シャワーを浴びないと」

「ああ。じゃあ、あとで」

レンジャーズの帽子をかぶり、ジャケットのジッパーを閉め、エンジンを切る。数分くらいは車内の熱も冷めないだろう。シートにもたれて眼を閉じる。デキセドリンが寝かせてくれない。それはわかっている。眼が痛い。


完璧なタイミングでフィルの家に着く。ちょうどディナーの皿が片づけられている。家の中はまさにカオス状態。イタリア系アメリカ人であふれ返っている。五十七人のいとこたちが走りまわり、テレビの近くでは男たちが雑談し、キッチンでは女たちがおしゃべりをしている。フィルの父親はそんな喧噪《けんそう》の中で肘掛け椅子に坐って眠っている。

「何してたんだ、遅いじゃないか」とフィルが責める。「夕食を逃したぞ」

「出遅れた」

「嘘言え」そう言って、フィルはマローンを奥へと導く。「アイルランド人お得意の煩悶《はんもん》をしてたんだろ、このアホ。だけど、心配するな、ダナが食事を用意するから」

「いや、カンノーリのために腹を空《あ》けとかないと」

「わかった。そういうことならタッパーウェアに詰めて持って帰ってくれ」

フィルの双子の息子たち、ポールとマークがデニーおじさんに挨拶しに寄ってくる。典型的なスタッテン・アイランドのイタリア系のティーンエージャーだ。ジェルで固めた髪も筋肉を強調したシャツも態度も。

「甘やかされて育った悪ガキどもだ」いつだったかルッソが言っていた。「ショッピング・モールで一日の大半を過ごして、余った時間はビデオゲームだ」

マローンはそれが嘘だということを知っている。ダナはふたりの子供のお抱え運転手をしている。アイスホッケーとサッカーと野球の送り迎えをしている。実際、ふたりはアスリートで、おそらく奨学金がもらえるほどのレヴェルだ。が、ルッソはそのことを決して自慢しない。

それはもしかしたら試合の応援にもほとんど行けていないからかもしれない。

娘のソフィアとなると、話は別だ。ミス・ニューヨークは無理かもしれないが、ミス・ニュージャージーなら可能性があるかもしれないと言って、ルッソは対岸へ引っ越しを考えたほどなのだ。

十七歳のソフィアはダナそっくりで、長身で脚が長く、漆黒の髪にどきっとするような青い眼をしている。

クソ信じられないほどクソ美しい。

本人もそれを自覚しているが、己惚《うぬぼ》れてはいない。可愛い子だ、とマローンは思う。父親のことを崇拝してもいる。

ルッソはそのことを軽く見ている。彼の口癖は「ポール・ダンスのストリッパーにならないよう、眼を光らせてないとな」だ。

「そんな心配は要らないよ」とマローンはルッソがそう言うたびに言う。

「それに孕ませられないように気をつけてないとな。男の子のほうが簡単だ。ひとつのちんぽだけ心配してりゃいいんだから」

ソフィアが近づいてきてマローンの頬にキスをする。そして、大人びた愛想のよさで訊いてくる。「シーラと子供たちは元気？」

「ああ、元気だ。ありがとう」

ソフィアは、女のわたしにはあなたの辛さがわかるとでも言いたげに心を込めてマローンの手を握ってから、母親の手伝いをしにキッチンに行く。

「今朝はうまくいったか？」とルッソが言う。

「まあな」

「ちょっと話がある」そう言ってルッソはダナに声をかける。「おい、ダナ！　マローンとちょっと地下室に行ってくる。おまえがくれたツール・キットを見せたいんだ！」

「ちょっとだけにしてよ！　もうすぐデザートだから！」

地下室にはあらゆる道具がそろっている。そのすべてが整理整頓されており、手術室のようにきれいだ。しかし、とマローンは思う。ルッソにはここに降りてくる時間があるんだろうか？

「トーレスのことだ」とルッソは言う。「カーターから賄賂をもらってる」

「なんで知ってる？」

「今朝、本人から電話があった」

「メリー・クリスマスって言うために？」

「ファット・テディのことで文句を垂れるために。テディの豚野郎がたぶんカーターに泣きついて、トーレスは飼い主のカーターに引き綱を引っぱられたんだろう。自分にもちゃんと食わせろって言ってる」

「おれたちはやつがメシを食う邪魔なんてしてないよ」とマローンは言う。

管区外で稼いだ金は十割がそいつの取り分だ。しかし、個人であれチームであれマンハッタン・ノースの中で稼いだ金は、その一割を全員が共有する基金に入れることになっている。

ＮＦＬみたいに。

どのチームがどこで稼いでもかまわない。が、実際のところ、ワシントン・ハイツとインウッドがトーレスのチームの一番の稼ぎ場所だ。

そのトーレスがカーターから賄賂を受け取っている。

マローンは誰からも賄賂は受け取らない。ヤクの売人から上前をはねたり、そいつらと手を組んだりすることはあっても、誰かに雇われたり、誰かの下請けになったりはしない。

それでも、トーレスとやり合おうとは思わない。今のところそれでうまくいっている。

人生がうまくいってるときにはそのままにしておくにかぎる。

マローンはルッソに言う。「弁護士のピッコーネがファット・テディをなんとかしてくれるよ。このあと会うことになってる」

ひとつの疑念がマローンの心に浮かぶ。トーレスは盗聴器を仕込んでおれたちを陥れようとしているのだろうか？　そう思ったそばから、その考えを打ち消す。骨が砕けるほど靴を押しつぶされても、あいつは仲間を売るような男ではない。トーレスは性悪《しようわる》で欲深で、粗野なクソ野郎だが、仲間を売るような裏切者《ネズミ》ではない。

ネズミはこの世で最低最悪の生きものだ。

ふたりは少しのあいだ黙り込む。ややあってルッソが言う。「クリスマスでも、ビリーがいないとなんだかちがうものみたいだな」

「言えてる」

クリスマスにビリーがどんな女を連れてくるのか。それは彼らにとってもう年中行事のようになっていた。

モデルや女優、連れてくるのはみなホットな女ばかりだった。

「そろそろ階上《うえ》に行くか。おれがイチモツをおまえにしゃぶらせてるんじゃないかなんてみんなが勘ぐりだすまえに」

「なんでおまえのほうがしゃぶってるとはみんなに思われないんだ？」

「そんなことは誰も信じないからさ」とルッソは言う。「戻ろう」

カンノーリは宣伝されているとおり旨い。

マローンはふたつたいらげ、レンジャーズ、アイランダーズ、デヴィルズのうちどのホッケー・チームが現在優勢かという議論に加わる。スタッテン・アイランドはこの三チームのどれを応援しても許される三角形の中にある。

マローンは昔からレンジャーズ派だが、たぶんこれからもそうだろう。

彼がキッチンで汚れた皿を洗っていると、ダナ・ルッソがその好機を逃がすまいと攻撃してくる。彼女は一筋縄ではいかない。強者《つわもの》だ。「で、奥さんと子供たちのところに戻る決心はもうついたの？」

「おれの持ち札じゃもうそういう手はつくれないよ、ダナ」

「じゃあ、カードを配り直してもらうのね」とダナは言う。「シーラたちにはあなたが必要よ。それに、認めたくないかもしれないけど、あなたにもシーラたちが必要よ。なぜなら、シーラといるかぎり、あなたはまともな人間でいられるからよ」

「シーラはそう思ってない」

そう言ったものの、それはほんとうなのかどうか、マローンにもわからない。別居してもう一年になる。離婚してもいいとはシーラも言っている。なのに具体的な手続きについては二の足を踏んでいる。マローンも忙しさにかまけて正式な離婚を急いではいない。

彼は自分に問いかける。おまえ自身はどう思ってるんだ？

「そのお皿ちょうだい」そう言って、ダナは皿を食器洗い機に入れる。「フィルに聞いたけど、マンハッタンでこそこそ浮気してるそうじゃない」

「浮気じゃない」とマローンは言い返す。「本気だ。シーラとはもう別れたんだから」

「教会の眼からすれば——」

「そういう話はいいよ」

マローンはダナが大好きだ。ずっと昔から知っているし、彼女のためなら死ぬこともできる。ただ、今は主婦の偽善につきあう気分ではない。実のところ、ダナは知っているのだ——知らないはずがない——ルッソにはコロンバス・アヴェニューに愛人がいることを。何かにつけてその女のところに行っていることを。それもかなり頻繁《ひんぱん》に。ダナは知っていながらあえて気づかないふりをしている。それは、住み心地のいいこの家と洒落た服と子供たちの大学進学をあきらめたくないからだ。

だからと言って、マローンとしても彼女を責めようとは思わない。ただ、偽善にはうんざりする。

「料理は持って帰ってね。ちょっと痩せたんじゃない？　ちゃんと食べてる？」

「きみはどこまでもどこまでもイタリア女だな」

「それはつまりあなたは運がいいってことね」そう言って、ダナは大きなプラスティック容器にターキーやマッシュポテト、野菜やマカロニを詰めはじめる。「シーラとわたしはポールダンスの教室にかよいはじめたんだけど、その話、シーラから聞いた？」

「いや、そんな話はしてなかったな」

「いい有酸素運動になるのよ」ダナは料理を詰めた容器をマローンの両手にのせていく。「それにとってもセクシーにもなる。そのこと知ってた？　あなたの知らない秘戯をシーラは身につけてるかもよ」

「セックスの問題じゃない」とマローンは言う。

「いつだってセックスの問題なのよ。デニー、奥さんのところに戻って。手遅れになるまえに」

「おれの知らないことを何か知ってるみたいな口ぶりだな」

「あなたの知らないことならなんでも知ってるのよ」と彼女は言う。

玄関まで行く途中、マローンはルッソに別れを告げる。

「シーラとのことで締め上げられたか？」とルッソは訊く。

「ああ、もちろん」

「おまえとシーラのことじゃあいつはこのおれまで締め上げる」

「今日は呼んでくれてありがとう」

「来てくれてクソありがとう」

マローンは料理を後部座席に置き、弁護士のマーク・ピッコーネに電話する。「時間あるか？」

「あんたのためならいつだって。場所は？」

マローンは思いつきで答える。「ボードウォークは？」

「寒すぎる」

「だからいいのさ」あまり人がいるとは思えない。

案の定、誰もいない。空は雲に覆われ、ボードウォークにはニューヨーク湾からの強風が容赦なく吹き込んでいる。ピッコーネの黒いメルセデスがもうすでに停まっている。ほかにも数台。家族そろってのクリスマス・ディナーから逃れてきた人たちだろうか。あとは置き去りにされたような古いヴァンが一台。

マローンは反対方向から近づいてピッコーネの車に寄せ、ちょうど運転席同士並んだところで停めて窓を開ける。弁護士連中はメルセデス一辺倒だが、マローンにはその理由がわからない。

ピッコーネから封筒を手渡される。「ファット・テディの紹介料だ」

「了解」

仕組みはこうだ——犯罪者を逮捕したら、お巡りはそいつに弁護士の名刺を渡す。そいつがその弁護士を雇えば、お巡りは弁護士に恩を売ることができる。

旨味はそれだけにとどまらない。

「うまいこと処理できそうか？」とピッコーネは尋ねる。

「検事は誰だ？」

「ジャスティン・マイケルズ」

マイケルズは取引きに応じるタイプだ。地区検事補の大半はそうではない。それでも、今回のマローンのように一枚嚙んだお巡りが二度おいしい思いができるくらいの人数はいる。「ああ、うまく処理できると思う」

マイケルズ地区検事補に封筒を握らせれば、証拠のいくつかがどういうわけか無効になる。

「いくらだ？」とピッコーネは尋ねる。

「減刑か、それとも起訴猶予か？」とマローンは訊き返す。

「無罪放免だ」

「それなら、一万か二万だな」

「あんたの取り分も含めて？」

どうしてピッコーネはそんなことにこだわるのか、とマローンは不思議に思う。マローンがマイケルズから多少の上前をはねることはピッコーネも知っているはずだ。第三者がふたりの法律家のあいだの連絡係になれば、それで法律家は双方とも金で買われていることを知られなくてすむ。その見返りだ。第一、お巡りが検事と廊下で立ち話をしても疑いの眼を向けられることはない。弁護士にとってはそのほうが安全だ。「ああ、そのとおり

「じゃあ、それで進めてくれ」とピッコーネは言う。「二度もおいしい思いをさせてくれる素敵な市《まち》、ニューヨーク、ニューヨーク――ニューヨーク。

テディには銃取引きの情報に関する借りがある。

マローンは駐車場から車を出す。

三ブロックほど走ったところで尾行されていることに気づく。

ピッコーネではない。

くそ、内務監査部か？

車が近づき、ラフ・トーレスだとわかる。マローンは歩道に寄せて車を降りる。トーレスもすぐうしろに車を停め、ふたりは歩道に立って向かい合う。

「なんなんだ、トーレス？　クリスマスだぜ。おまえも家族とか娼婦とかと一緒にいたほうがいいんじゃないのか？」

「ピッコーネとの話はついたのか？」と彼は言う。

「あんたの可愛い坊やは大丈夫だ」

「あいつがおれの名前を出した時点で、あいつの逮捕は見送られるべきだった」

「あいつはあんたの名前を出さなかった」とマローンは言う。「それよりカーターの手下を守れるなんて、どうしてそんなことを思うんだ?」

「月三千ドルもらってるんでな」とトーレスは言う。「カーターが怒って、金を返せと言ってきた」

「やつが怒ろうが怒るまいが、おれには関係ないことだ」とマローンは言う。

「人の稼ぎを邪魔するなよ」

「稼ぎたきゃ稼げばいい。ただしそれはハーレムの外でやってくれ」

「ほんとに食えないクソ野郎だな、マローン。自分でもわかってるのか?」

「いや、問題はそのことをあんたがわかってるのかどうかだ」

トーレスは笑う。「ピッコーネからキックバックはあるのか?」

マローンは答えない。

「おれにも甘い汁を吸わせろよ」とトーレスは言う。

マローンは自分の股間をつかんで言う。「この汁なら吸わせてやってもいいぜ」

「いいねえ。いかにもクリスマスらしい上品な会話だねえ」

「あんたがカーターの金を受け取るのはあんたの勝手だ」とマローンは言う。「好きなようにやれよ。だけど、やつが買ったのはあんたであって、おれじゃない。そのことはよく頭に叩き込んでおいてくれ。カーターがおれのシマで商売を始めたら、やつもまた狩りの獲物になる」

「そんなふうにやりたいのか、兄弟」

「それにあんたは賭ける馬をまちがってる」とマローンは言う。「おれがカーターを狩らなくても、ドミニカ人が狩るだろうよ」

「ヘロインを百キロも押収されたのに？」とトーレスはカマをかける。

「五十キロだ」

トーレスはにやりとする。「あんたがそう言うなら」

外は凍えるほど寒い。

マローンは車に戻って発進させる。

トーレスはもう追ってこない。

マンハッタンに車を走らせながら、マローンはヒップホップのナズの曲を大音量でかけて一緒に歌う。

おれは大統領に代弁してもらうぜ　何を？

おれは大統領に代弁してもらうぜ　何を？
おれは死んだ大統領に代弁してもらうぜ
この世界は誰のものだ？
この世界はあんたのものだ

おれのものだ、おれのものだ、おれのものだ。

しがみついていられれば、とマローンは思う。

デヴォン・カーターが〝鉄のパイプライン〟に手を出せば、マンハッタン・ノースにドミニカ人の死体がごろごろ転がることになるだろう。ドミニカ人もそれに報復するだろう。その結果、気づいたときにはもうマンハッタン・ノースはくそシカゴになっている。

それだけではない。

カーターはペーナの手入れのことを言っていた。ルー・サヴィーノも。今はトーレスまで。

ペーナのヘロインを動かすには今はリスクが高すぎる。

ジェリー・マクナブと同じ運命をたどりかねない。

運がよければ、心臓発作とか脳卒中とか動脈瘤《りゅう》破裂で、あっというまに死ねるかもしれないが、下手をすると、自分で自分の世話ができなくなるような身になるかもしれない……

どうした、マローン、今日のおまえは神経症のクソか。
何を気にしてる?
好きな仕事をさせてもらってて。
金があって。
友達もいるのに。
市《まち》の中にアパートメントがあって。
愛してくれるセクシーな美女がいるのに。
マンハッタン・ノースを手中に収めているのに。
誰もおれには手出しできない。
誰ひとり。

腐ったアップルシティに住んでると
悪魔の投げる投げ縄にとっ捕まって組み伏せられる……

第二部

復活祭のウサギ《イースター・バニー》

PART2 THE EASTER BUNNY

四十年に及ぶ弁護士人生の中で、嘘をつく人、騙す人、
自分が一番になるために世の中の仕組みを曲げようとする人には
始終会ってきた。
そのほとんどが政府で働く連中だった。
——オスカー・グッドマン『オスカーであること』

6

ハーレム、ニューヨーク市

三月

死んだ少年が老女を殺す。

九十一歳の小柄な老女を。

死体となった老女はさらに小さく見える。

射入口はたいていそうであるようにきれいで、左頬の真ん中、眼の下にある。射出口はたいていそうであるように、小さくもなければきれいでもない——血、脳、白髪がビニールで覆われたウィングバック・チェアの背もたれに飛び散っている。

「銃声が聞こえたら、窓の外なんかのぞいちゃ駄目なんだよ」とロン・ミネリが言う。

「でも、それがこの婆さんの毎日だったんだろうな。一日じゅう窓の外を眺めてるのが」

セント・ニコラス団地六号棟の四階。流れ弾が老女を直撃した現場だ。マローンは窓まで行って下をのぞく。撃った犯人が銃を握った手を伸ばして中庭に倒れている。仰向けに倒れながら発砲したらしく、引き金に指をかけたまま倒れている。おそらく発砲した時点で少年はすでに死んでいたのだろう。筋肉の自動反射だったのだろう。

「連絡してくれてありがとう」とマローンは言う。

「ヤクがらみだと思ったもんでね」とミネリは言う。

そのとおりだ。中庭で死んでいるのはムーキー・ジレット。デヴォン・カーターの売人のひとり。

モンティもいる。小さなアパートメントの中を見まわしている――大人になった子供たち、孫たち、ひ孫たちの写真。磁器のティーカップ、サラトガやコロニアル・ウィリアムズバーグ野外博物館やフランコーニア・ノッチ州立公園などの記念スプーンのコレクション――家族の土産だろう。

「レオノーラ・ウィリアムズ、安らかなれ」とモンティは唱える。

死臭はまだしていないが、モンティは葉巻に火をつける。老女はもう煙を気にしない。

中庭にパトカーがやってきて、サイクスが降り立つ。警部は死んでいる犯人のところまで行って首を振り、窓を見上げる。

マローンは黙ってうなずく。

ルッソが言う。「弾丸《たま》を見つけた。この壁の中だ」

「鑑識が来るのを待て。おれは階下《した》に行ってる」

そう言って、マローンはエレヴェーターで階下《した》に降りる。

セント・ニコラス団地の住人の半数が出てきている。死体に近づかないように、三二分署の制服警官と黄色い立入禁止テープが彼らをさえぎっている。子供のひとりが言う。

「マローン、ミセス・ウィリアムズが死んだってほんと？」

「ああ」

「可哀そうに」

「ああ、そうだな」

マローンはサイクスのところまで行く。

サイクスはマローンを見て言う。「なんて世の中だ」

「これが現実です」

「六週間で射殺事件が四件とはな」とサイクスは言う。

あんたにとっちゃ最悪の数字だよな、警部、とマローンは心の中でつぶやく。月曜日の〈コンプスタット〉の会議じゃ、あんたの胸の上でフラメンコを踊ろうとするほどの勢いで、みんなが攻撃してくることだろうよ。そう思ったそばからマローンは後悔する。警部のことは嫌いだが、警部もまた公営住宅の中で人が殺されたことを心底悲しんでいるのだから。

サイクスも事件に心を苛《さいな》まれている。

マローン同様。

彼は思う。自分はレオノーラ・ウィリアムズのような市民を守るためにいるんじゃないのか。ヤクの売人同士が互いに撃ち合って死ぬのと、一銃撃に巻き込まれて、なんの罪もない老女が死ぬのとではわけがちがう。

マスコミもすぐに嗅ぎつけてやってくるだろう。

トーレスが近づいてくる。

ふたりのあいだの取り決めはそのまま三ヵ月続いている。トーレスは依然としてカーターから賄賂を受け取り、マローンたちはそれを黙認している。が、今はカーターとドミニカ人が公営住宅で報復の殺し合いを始めている。縄張り争いの様相を呈している。かろうじて保たれてきた休戦状態が脅かされている。

そして、とうとう一般市民が巻き添えになって殺された。

「残念ながら、目撃者はいないようです」とトーレスはサイクスに報告する。

「〈トリニタリオ〉の仕業だろう。ラウル・デヘススの件の仕返しだ」

ラウル・デヘススというのは先週ワシントン・ハイツで射殺された男だ。一三五丁目で〈ゲット《G》・マネー《M》・ボーイズ《B》〉のひとりが射殺された事件の最重要容疑者だった。

「このジレットは〈GMB〉だったんだろ?」とサイクスが訊く。

「生まれも育ちも」

〈GMB〉はカーターのヤクを売っている。

「〈トリニタリオ〉の一斉検挙だ」サイクスはトーレスに言う。「不審尋問でしょっぴけ。マリファナの売買でも、召喚拒否でもなんでもいいから逮捕するんだ。しょっぴいたら、自白するかライカーズ島の刑務所に行くか、本人に選ばせてやれ」

「了解です、ボス」

「マローン、誰か何かさえずってないか、きみのルートで情報を入手しろ」とサイクスはマローンにも指示する。「一刻も早く容疑者を逮捕して、それでこの殺し合いの幕引きをするんだ」

サーカス団が到着する。レポーターにテレビの中継トラック。それにハンプトン師。

もちろん、とマローンは思う――照明とカメラのあるところ、ハンプトン師ありだ。

状況として悪くはない。少なくとも、ハンプトン師に注目が集まることで警察はマスコミから解放され、マローンも師が何を話すか拝聴できる……〝コミュニティ〟……〝悲劇〟……〝暴力の連鎖〟……〝経済格差〟……〝警察はいったい何を〟……

残りのマスコミはサイクスが一手に引き受ける。「そう、死亡したのはふたりだ……いや、現時点ではまだ容疑者の特定には至っていない……麻薬やギャングがからんでいるかどうか、それもまだ断定できない……マンハッタン・ノース特捜部が捜査にあたる……」

ひとりのレポーターが取材の輪からはずれてマローンに近づいてくる。「マローン刑事？」

「そうだ」

「〈ニューヨーク・タイムズ〉のマーク・ルーベンスタインです」長身で細身、きれいに手入れされたひげ。セーターの上にスポーツコートを羽織り、眼鏡をかけた、いかにも賢そうな男。

「質問はすべてサイクス警部が受ける」とマローンは言う。

「それはわかってます。ただ少し時間をもらえないかと思ったもんでね。ヘロインの蔓延に関する連載を書いてるんだけれど――」

「悪いが、今はちょっと忙しい」

「それは失礼」と言ってルーベンスタインはマローンに名刺を渡す。「興味があればお話を聞かせてもらえればありがたい」

興味を持つことなどあるわけがない。そう思いながらマローンは名刺を受け取る。

ルーベンスタインは即席の記者会見のほうに戻っていく。

マローンはトーレスのところに行って言う。「カーターに会いたい」

「なんだって？　あんたはカーター好みのお巡りじゃないがな」

「やつのかわりにファット・テディ・ベイリーの面倒をみてやってる」

ファット・テディの裁判は近いうちに始まる。裏工作の整えられた裁判だ。

「ドミニカのクソが」とトーレスは言う。「おれもスペイン系だがな。グリース野郎には虫唾《むしず》が走る」

そこにテネリがやってくる。「〈GMB〉のやつらがもう仕返しするって言ってる」

「テネリ、トーレスと話があるんだ。悪いが、ちょっとはずしてくれるか？」とマローンは言う。彼女は肩をすくめてその場を離れる。「カーターと会わせてくれるか？」

「カーターの安全は約束できるか？」

「〈トリニタリオ〉が踏み込んでくるなんてことを心配して――」

「ドミ公のことを心配してるんじゃない。あんたのことを心配してるんだ」

「仕切ってくれ」マローンはそう言うと、サイクスのところに戻る。ちょうど会見が終わる。

サイクスのそばに私服刑事が立っている。

「マローン、こっちはデイヴ・レヴィンだ」とサイクスが紹介する。「特捜部の新入りだ。きみのチームにはいってもらう」

歳は三十代前半だろうか。痩身で背が高く、豊かな黒髪に鷲《わし》鼻。ふたりは握手する。

「お会いできて光栄です」とレヴィンは言う。

マローンはサイクスのほうを向いて言う。「警部、ちょっといいですか?」

サイクスがレヴィンにうなずいてみせ、レヴィンは黙ってふたりから少し離れる。

「子犬が欲しけりゃ、動物収容所に行きますよ」とマローンは言う。

「レヴィンはなかなかの切れ者だ。七六分署の防犯にいたんだが、そこでいくつか重要な逮捕で名を上げた。骨の折れる仕事も引き受けて、通りから大量の銃の掃除をしてくれた」

すばらしい、とマローンは思う。要するに、サイクスは古巣の七六分署から自分の息のかかったやつを呼び寄せたのだ。つまり、レヴィンが第一に忠誠を尽くす相手はサイクスであって、チームではないということだ。「そういうことじゃありません。今、おれのチームはうまく機能してます。チームワークも良好だ――そこに新しいメンバーがはいったらバランスが崩れる」

「特捜部のチームは原則四人編成だ。オニールのかわりが必要だろうが」

誰もビリーのかわりにはなれない、とマローンは思う。「それじゃあ、スペイン系のやつがいい。ガリーナをください」

「トーレスにそんな仕打ちはできない」

そのトーレスはあんたにとんでもなくひどい仕打ちをしてるんだがな、とマローンは内心思う。「じゃあ、テネリで」

サイクスは意外そうな顔をする。「女がいいのか？」

スパイなんかよりははるかにましだ。

「テネリは警部補試験で高得点を取ってる」とサイクスは言う。「まもなく異動になるだろう。だから、きみのチームにはレヴィンを入れる。きみのチームは人手不足だ。それに、さっきも言ったようにこの事件はできるだけ迅速に解決したい。それよりカーターの銃取引きの件はどうなってる？」

「まだ進展はありません」

「もうすぐ復活祭《イースター》だ。成果を出せ。銃がなきゃ戦争は起きない」

マローンはレヴィンのところに行く。「ついてこい」

ふたりはレオノーラのアパートメントがある建物に向かう。

いや、そうじゃない、レオノーラのアパートメントがあった建物だ。

レヴィンは言う。「マンハッタン・ノースで、あのデニー・マローンと仕事ができるなんて。まだ信じられないくらいです」

「おれのモノはしゃぶらなくてもいいからな。おまえがすべきことは話すより聞くことだ。同時に何も聞いちゃいけない。わかるか?」

「はい。もちろん」

「いいや、わかっちゃいない」とマローンは言う。「しばらくはわからないだろう。ただ、サイクスがさっき言ってたほどの切れ者なら、そのうちわかるとは思うが」

問題はこいつが誰のスパイかということだ。サイクスか? 内務監査部か? それとも特捜部の中の誰かのスパイか、誰かが使っている内通者のスパイか?

盗聴器を仕込んでいるのか?

ペーナの件なのか?

「なんでまた特捜部なんかに異動を希望したんだ?」とマローンは尋ねる。

「最前線だからです」とレヴィンは答える。

「七六分署だって最前線だろうが」ニューヨークで最も忙しい管区だ。発砲事件や強盗件数の最多管区だ。ギャングも多い――〈エイト・トレイ・クリップス〉、〈フォーク・ネーション〉、〈ボリー・ギャング〉。それ以上のどんな最前線を望んでいるというのか。

「まあ、〝願いごとには気をつけろ〟ということだな。退屈なほうがいいなんてこともときにはある」マローンは尋ねる。「結婚は？　子供は？」

「ガールフレンドがいます。お互い、なんというか、本気です」

いつまで続くか、とマローンは思う。ダ・フォースは男のためのお堅い福音主義派の集まりとはいかない。「彼女の名前は？」

「エイミー」

「いい名だ」

グッドラック、エイミー。

このレヴィンが内務監査部のまわし者でないかぎり、こいつは自分のイチモツをこの鷲鼻ぐらいきれいにしていることだろう。いずれにしろ、しばらく様子を見る必要がある。一緒に酒を飲まないやつも、ヤクやマリファナをやらないやつも、浮気をしないやつもマローンは信用しない。信用できるのは、ボスに説明したくないことを抱え込んでしまうやつだ。

「で、サイクスがおまえの〝留め金《フック》〟なのか？」とマローンは尋ねる。

「そう言えるのかどうか、おれにはわかりません」

「マンハッタン・ノースは〝ブック〟の巣窟だ」とマローンは言う。「特捜は花形の仕事だからな。だったら、なんだ、市警本部に伯父さんでもいるのか？」

「サイクス警部は七六分署でのおれの働きを評価してくれたんだと思います。ただ、おれのことを警部の子分か何かと思ってるんだったら、それはちがいます」

「それは警部も同意見か？」

レヴィンは少し苛立った顔をする。マローンは思う――この子犬にも多少は牙があるようだ。

「ええ、警部も同意見だと思います」とレヴィンは言う。「でも、どうしてです？　警部とはそりが合わないんですか？」

「そうだな、見解の相違がよくある。そう言っておこう」

「警部は規則を重んじますから」

「そのとおりだ」

レヴィンが言う。「よそ者はだいたい歓迎されない。それはわかります。それに、ビリー・オニールのかわりが務まるとも思ってません。ただ、おれはこの配属を嬉しく思ってます。それと決して足手まといにはならない。それだけはわかってほしいです」

もうすでに足手まといだ、とマローンは思う。大迷惑だと。

エレヴェーターは小便臭い。

レヴィンは吐きそうになっている。

「エレヴェーターをトイレがわりに使うんだ」とマローンは言う。

「なんでトイレを使わないんです？」

「ほとんどが壊れてるからだ。配管をはずして盗むやつがいるからな。今日は小便だけだからまだ運がいいほうだ」

四階で降りてレオノーラのアパートメントにはいる。鑑識が中で真面目に仕事をしている。明々白々たる事件ではあっても。

「デイヴ・レヴィンだ」とマローンは紹介する。「おれたちのチームにはいることになった」

ルッソはスーパーマーケットで商品の品定めをするようにレヴィンを遠慮なく見て言う。

「フィル・ルッソだ」

「どうぞよろしく」

アーガイルのソックスを直していたモンティが視線を上げて言う。「ビル・モンタギューだ」

「デイヴ・レヴィンです」

「七六分署から異動してきた」とマローンが言う。

ふたりともマローンと同じことを考えている——レヴィンがサイクスのスパイじゃないとしても、新入りは無用だ。知らない人間に自分の背後を任せる気にはなれない。

「さて、パトロールに出るか」とマローンが言う。

街場は常にすばらしい。

街場にいると、マローンは心が落ち着く。自分自身もまわりの環境もすべてを支配し、掌握しているという実感が持てる。

あらゆる問題の答が街場にある。

ルッソはフレデリック・ダグラス・ブルヴァードを右に曲がり、公営住宅の真ん中を突っ切る一二九丁目通りにはいると、大きな三階建ての建物のまえで車を停める。

「ここが〈HCZ〉だ」マローンはレヴィンに言う。「〈ハーレム・チルドレン・ゾーン〉。チャーター・スクール（市民活動家らが開設する特別認可の小中学校）だ。ここではヤクの売買はあまりやられてない。子供も学校区域内での密売は刑が重くなることを知ってるんだよ」

最近のヤクの売買は大部分が室内でおこなわれる。警察の眼に触れないからまず安全で、なにより今は簡単に携帯電話やメールで売人に連絡を取ることができる。で、どこかのアパートメントの一室に行ったり、階段で落ち合ったりということになる。不意を突いてそういった場所での売買を強制捜査するのは、現実問題として不可能に近い。売人は子供たちを見張りに立てており、少しでも危険を察知すると、警察が踏み込むまえにちりぢりになって逃げる。

マローンたちは東に進んでブロックの角のセイラム・メソジスト教会の角を北に曲がり、七番街をセント・ニコラス遊技場まで走る。

「ここの公営住宅にはふたつの遊び場がある」とマローンは言う。「北と南に。こっちは北のほうだ。ここじゃバスケットボールに大金が賭けられる。で、賭けに負けたやつが金を払うかわりに銃を撃つこともある。何をしてる？」

「メモを取ってるんです」

「ここが大学に見えるか？」とマローンは言う。「男女共学の学生、フリスビーで遊ぶ学生、お団子ヘアの男子学生がいるか？　メモは取るな。何も書き残すな。書いていいのは報告書だけだ。勤務中に書いたことは証拠に使われかねない。被告人側の弁護士の馬鹿がわざとまちがった解釈をして、おまえが証人席に着いたときにそのメモをケツにねじ込んでこないともかぎらない」

「わかりました」

「全部頭に叩き込むんだね、大学出くん」とルッソが言う。

バスケットボールをしている〈ブラック・スペード〉の三下《さんした》がマローンたちの車に気づいて騒ぎ立てる。「マローン！　おい、マローン！」売人に合図をする見張り役の口笛が空気を切り裂く。ビルの陰にいたギャングたちがちりぢりになる。マローンはバスケットボールのコートにいる子供たちに手を振る。「また来るからな！」

「マローン、次に来るときは奥さんにきれいなパンティを持ってきてやるんだな！　今穿いてるのは臭すぎる！」

マローンは大笑いする。「アンドレ、おまえのパンティを貸してやってくれないか！おれのお気に入りのあの赤のシルクのパンティだ！」

そのことばに子供たちはなおさら騒ぎ立てる。

〝オー・ノー〟・ヘンリーが歩いてる。〝一発ヤッてきた〟という罪悪感と恍惚《こうこつ》感の入り混じった表情を浮かべながら歩道をふらふらと歩いている。

オー・ノー・ヘンリーという渾名は、三年ほどまえにマローンたちが彼を逮捕したときにつけられたものだ。そのときマローンは彼を壁に押しつけ、ヘロインを所持しているかどうか訊いた。

するとほんとうにびっくりしたようにヘンリーが言ったのだ。「オー・ノー」

「ヘロインを打ったりしてないか？」とマローンは続けて尋ねた。

「オー・ノー」

そのすぐあとモンティにズボンのポケットの中のヘロインと器具を見つけられても、ヘンリーは「オー・ノー」の一点張りだった。

で、その夜、モンティがロッカールームでその話を持ち出したときにその渾名が決まったのだ。

そのオー・ノー・ヘンリーがヘロインを打つために路地にはいるのを待つ。はいるのを見届けると、マローン、ルッソ、レヴィンの三人も路地にはいる。気配を感じたヘンリーは振り向いて言う。「オー・ノー」期待を裏切らない。

「ヘンリー、逃げようなんて思うなよ」とマローンは言う。

「そうだ、逃げるんじゃないぜ」とルッソも言う。

ふたりはヘンリーを羽交い絞めにすると、あっというまにヘロインを奪い取る。

「もう言うな、ヘンリー。頼むからな。言わないでくれな」とマローンが言う。

マローンが何を言っているのか、ヘンリーにはさっぱりわからない。まだ二十代後半の痩せた白人の若者だ。が、五十歳でも通る。もとはウールの裏地がついていたデニムのジャケットにジーンズにスニーカー。髪は長くて汚い。

「ヘンリー、ああ、ヘンリー、ヘンリー」とルッソが言う。

「それはおれのじゃない」

「そうか。でも、おれのじゃないし」とマローンは言う。「フィルのでもなさそうだぜ。まあ、一応訊いてみるか。なあ、フィル、これはおまえのヘロインか？」

「いや、おれのじゃない」

「そうか、ちがうか」とマローンは言う。「しかし、おれのでもなく、フィルのでもないとすれば、ヘンリー、おまえのヘロインでしかありえない。それとも何か？　おれたちを嘘つき呼ばわりするのか？　まさかおれたちが嘘をついてるなんて言うんじゃないだろうな？」

「助けてくれよ、マローン」とヘンリーは泣きつく。

「助けてほしいってか」とマローンは言う。「じゃあ、おれも助けてくれ。セント・ニコラス団地での発砲事件だ。何か耳にしたことはないか？」

「何を耳にすりゃよかったんだ？」

「いや、そういう意味じゃない、ヘンリー。ほんとうに何か聞いたことがあれば教えてほしいんだ」

ヘンリーはまわりを気にしながら言う。「〈ブラック・スペード〉の仕業だって聞いた」

「馬鹿言うんじゃないよ、ヘンリー。〈スペード〉はカーターの一派じゃないか」

「耳にしたことを教えろって言ったんじゃないのか？　だからおれは耳にしたことを言ったんじゃないか」

それがほんとうだとすると、悪い知らせだ。

〈スペード〉と〈GMB〉は対立はしている。それでも、カーターが眼を光らせているおかげで、ここ一年ほどは危うい均衡状態を保っている。その均衡が崩れたとすると、セント・ニコラス団地は空中分解する。公営住宅の中で、一二九丁目通りという緩衝地帯で戦争が起きれば、大惨事につながる。

「ほかにも何か耳にしたら、電話しろ」とマローンは言う。

「あいつは？」とヘンリーはレヴィンを指差して尋ねる。

「おれのチームの仲間だ」

ヘンリーは妙な眼つきでレヴィンを見つめる。

レヴィンのことはヘンリーにも信用できないのだろう。

マローンたちはハミルトン・ハイツの〈ビッグ・ブラザー・バーバーショップ〉の裏でベビーフェイスと落ち合う。

囮捜査官、ベビーフェイスは、ヘンリーが〈スペード〉について話したことをマローンから聞かされるあいだもおしゃぶりをくわえている。

「まんざら嘘でもないかもな」話を聞きおえると、彼は言う。「撃ったのはまちがいなく黒人だから」

「色黒のドミニカ人ってことはないか？」とモンティが尋ねる。

「黒人だ。だから〈スペード〉ってこともありうる。やつらは最近銃を補充してるしな」

ベビーフェイスはレヴィンに眼を向ける。

「デイヴ・レヴィンだ」とマローンは言う。「ブルックリンから異動してきた」

ベビーフェイスはレヴィンにただうなずいて挨拶する。それがレヴィンの受けられる最大級の歓迎の仕種だ。ベビーフェイスは言う。「婆さん、気の毒だったな」

「銃について何か聞いてるか？」

「誰も口を開かない」とベビーフェイスは答える。

「白人について話してるやつはいないか？」とマローンは訊く。「マンテルという名前のやつについて」

「バイクの？　そいつなら見かけたことはあるが、噂は聞いたことがない。〝鉄のパイプライン〟がからんでるのか？」

「ひょっとしたら」

「耳はいつでもよく聞こえるようにしておくよ」

「気をつけろよ」とマローンは言う。

「もちろん」

「腹へってないか？」とルッソが言う。

「ああ」とモンティが応じる。「〈マナズ〉？」

ルッソが軽口を叩く。「黒人御用達の……」フレデリック・ダグラス・ブルヴァードと一二六丁目通りの角まで南下し、道をはさんでユニティ斎場の真向かいの〈マナズ〉のまえに車を停める。歩道に十四歳くらいの少年が立っている。

「学校にいる時間だろ？」とモンティが少年に話しかける。

「停学」

「なんで？」

「喧嘩」

「馬鹿だな」とモンティは言って十ドル札を渡す。「車を見張ってろ」

彼らは〈マナズ〉にはいる。

店内は細長い——手前の窓ぎわにレジがあり、ビュッフェ・スタイルで料理が二列並んでいる。マローンは大きめの発泡スチロールの容器を手に取り、その中にジャーク・チキンと鶏の唐揚げ、チーズマカロニ、野菜、それにバナナプディングを詰める。

「好きなものを詰めろ」とマローンがレヴィンに言う。「最後に重さを量って金を払う」

店の中は黒人の客ばかりだが、ほとんどがそっぽを向くか、敵意のある無表情を彼らに向ける。言い伝えられていることとはちがい、ほとんどの警察官は自分の管区内、特に黒人やヒスパニックの多い地区のレストランにははいらない。料理の中に唾を吐かれたり、もっとひどいことをされるのを恐れているからだ。

マローンが〈マナズ〉を気に入っているのは、調理済みの料理が並べられ、食べる量を調節できることもあるが、なによりここの料理が好きだからだ。

会計の列に並ぶ。

カウンターの店員が訊いてくる。「四人分?」

マローンは二十ドル札を二枚出すが、店員はそれを無視してレシートだけ手渡す。マローンは奥のテーブルに坐る。ほかの三人もそれぞれ料理を取り、一緒にテーブルにつく。店内の視線は彼らがテーブルにつくまで彼らを追いつづける。ベネット少年射殺事件以来、雰囲気は一層悪くなった。ガーナー事件のあともひどかったが、今はもっとひどい。

「払わないんですか？」とレヴィンが尋ねる。

「払わないかわりにチップをやる」とマローンは言う。「しかもけっこうな額のな。ここにいるのは善良な市民で、働き者ばかりだ。ここには月に一回くらいしか来ない――おれたちは善良な市民を殴り殺したりはしない」

「どうした、ここの料理は口に合わないのか？」とルッソがレヴィンに訊く。

「まさか。クソ旨いです」

「クソ旨い」とモンティが言う。「チンピラを気取ってるつもりか、レヴィン？」

「いえ、ただ――」

「いいから食え」とルッソが言う。「ソーダか何か飲みものが欲しけりゃ、それはこれとは別だから自分で買え」

これはレヴィンを試すテストだ。もしレヴィンがサイクスのスパイか内務監査部の捜査官なら、彼らにはなんらかのお咎《とが》めがある。しかし、マローンはレシートを持っている。

だから、レヴィンが嘘をついているにしろ何にしろ、言い逃れはなんとでもできる。一方、レヴィンがもっと大きな枠組みの中で動いている可能性もなくはない。そう思い、マローンはもう少し踏み込んで探りを入れる。「おれたちはいろんなシフトでパトロールする。日中、夜間、深夜とな。だけど、それは規則上のことだ。勤務時間は事件で決まる。おれたちは堅苦しいことは言わない。勤務の最中に私用があればおれに言え。特捜部には連絡するな。おれたちはかなりの残業代を稼ぐが、おまえも副業をしていい。ただし、おれに黙って勤務外の仕事はするな」

「わかりました」

マローンは指導モードにはいる。「公営住宅には絶対に単独では行くな。屋上とその下のふたつの階は戦闘区域だ――ギャングが支配してる。犯罪がおこなわれるのは階段だ――ヤクの売買、暴行、レイプ」

「でも、われわれの担当はおもに麻薬じゃないんですか？」とレヴィンは確かめる。

「おまえはまだ〝われわれ〟じゃないから、坊や」とマローンは釘を刺す。「ああ、そうだ。おれたちのおもな仕事は麻薬と銃だ。だけど、特捜部のチームは自分たちがやりたいようにやる。それは全部がつながってるからだ。盗難事件を起こすのは、マリファナやコカインの中毒者だ。レイプや暴行はたいていがギャングの仕業だが、そのギャングがだいたい売人もやってる」

「で、おれたちはそいつらをうまく利用する」とルッソが続ける。「麻薬でしょっぴいたやつが減刑や無罪を条件に殺人犯を突き出してくることもある。逆に罪状の軽減に釣られて殺人事件の共犯者が大物ディーラーをチクることもな」

「マンハッタン・ノース内の事件なら、特捜部のどのチームが追ってもかまわないんだが」とマローンがさらに続ける。「おれたちのチームのシマはおもにアッパー・ウェストサイドとウェスト・ハーレムだ。トーレスのチームはインウッドとワシントン・ハイツ。でもって、全員で見てるのが通りと公営住宅だ――セント・ニコラス団地、グラント団地、マンハッタンヴィル団地、ワグナー団地。おれたちのシマとシマのギャングについちゃじきに覚えるだろう――ギャングは〈ＯＴＶ〉つまり〈オンリー・ザ・ヴィル〉、〈マネー・アヴェニュー・クルー〉、〈ヴェリー・クリスピー・ギャングスター〉、〈キャッシュ・バマ・ボリース〉といったところだが、さしあたっての問題はハイツにいるドミニカ人のギャング――〈トリニタリオ〉――だ。マリファナの卸売りだけじゃ満足できなくなってきてる。で、こっちの黒人の売人に近づこうとしてるんだ」

「垂直統合ってやつだ」とモンティが言う。

「おまえはどこ出身だ、レヴィン？」とルッソが訊く。

「ブロンクスです」

「ブロンクス？」とモンティがおうむ返しに訊き返す。

「リヴァーデールです」レヴィンは渋々認める。

　ほかの三人は大笑いをする。

「リヴァーデールはブロンクスじゃない」とルッソが言う。「リヴァーデールは郊外だ。金持ちのユダヤ人の住むところだ」

「頼むから、ホレイス・マン高校にかよったなんて言わないでくれよな」とモンティが学費がべらぼうに高くて有名な私立学校の名を挙げる。

　レヴィンは答えない。

「そう思ったよ。で、そのあとは？」とモンティが訊く。

「ニューヨーク大学で刑事司法を専攻しました」

「それなら伝説の猿人ビッグフットを専攻したのと変わらない」とマローンが言う。

「はい？　どうしてです？」とレヴィンは訊き返す。

「どっちも実在しないからだ。いずれにしろ、おれたちのためだと思って、ひとつだけ聞いてくれ。大学で教わったことは全部忘れろ」マローンは立ち上がる。「ちょっと電話をしてくる」

そう言って、外に出て電話する。「顔を見たか？」

斎場のまえに一台車が停まっており、内務監査部の警部補ラリー・ヘンダーソンが運転席に坐っている。「レヴィンというのは背の高いやつか？　黒髪の？」

「寝惚《ねぼ》けたことを言うなよ、ヘンダーソン。おれたちじゃないのがレヴィンだ」

「だったら、うちのやつじゃない」

「確かか？」

「何か耳にはいったら、すぐに知らせるけど」とヘンダーソンは言う。「そもそも内務監査部はあんたに眼をつけちゃいないよ」

「それも確かなんだな？」

「おれに何を望んでるんだ、マローン？」

「月に千ドルで？　そう、ちょっとした保証だな」

「だったら安心してろ。ペーナの手入れ以来、あんたのまわりには〝フォース〟のバリアが張られてるから」

「それでもだ。レヴィンのことは調べてくれ。いいか？」

「了解」

ヘンダーソンは車を出す。

マローンは店の中に戻って椅子に坐る。

「ここにいるレヴィンは」とルッソが言う。「復活祭のウサギ《イースター・バニー》を知らないんだとさ」

「いえ、復活祭のウサギ《イースター・バニー》のことは知ってますよ。おれが言いたいのは――あなたたちの救世主が十字架に磔《はりつけ》にされたあと生き返ったこと自体、そもそも疑わしい前提だけど――そのことと、ウサギがあちこちにお菓子の卵を埋めることとはどういう関係があるのかってことです。そもそもウサギは哺乳類なのに。卵なんて産まないのに」

「なるほど。大学じゃそういうことを教えるんだ」とルッソは言う。「じゃあ、何か？卵じゃなくてお菓子の十字架でも埋めたほうがいいのか？」

「まあ、そのほうが理には適ってる」とレヴィンは真顔で答える。

業を煮やしてモンティも加わる。「復活祭のウサギ《イースター・バニー》というのはドイツに伝わる異教の話をルター派が取り入れたものだ。子供たちがいい子にしてたか測る手段としてな」

「サンタクロースみたいなもんだな」とルッソもつけ加える。

「それもまた理に適ってない」とレヴィンも負けてはいない。

「おまえが辛辣なのは」とルッソは言う。「ユダヤ教の子供たちってのはクリスマスには嫌な思いをするからじゃないのか、ええ？」

「それはそうかもしれないけど」とレヴィンは認めて言う。

「卵というのは」とモンティが続ける。「生命の誕生、新しい命の象徴なんだよ。埋めた卵を掘り返すのは生まれ変わった命の象徴だ。だけど、ウサギには卵が産めないように死んだ人間は生き返らない。奇跡でも起きないかぎりどっちも無理だ。だから、復活祭のウサギ《イースター・バニー》というのは奇跡――生き返ったり、新しい命が生まれたり、罪を償ったり――そういう奇跡も起こりうるっていう希望の象徴なんだよ」

「おい、あれを見ろよ」ルッソがそう言って壁に取り付けられているテレビを指差す。

セント・ニコラス団地のまえで市長が会見している。

「ニューヨーク市は公営住宅における暴力行為を容認することなど断じてしません」

テレビのそばに坐っている老人が笑いだす。

市長は続ける。「この事件の犯人を全力をあげて捜索するよう、警察に指示しました。必ず逮捕することをお約束します。ハーレムのみなさん、ニューヨーク市のみなさん、私たちはみな〝黒人の命も大切〟だと信じています。そのことを理解して、どうか私たちを信頼してください」

「たわごとをぬかしやがって！」と老人が大声で言う。

何人かの客が同意してうなずく。

マローンたちにまた視線が集まる。

「テレビのあの男の話を聞いただろ?」とマローンが言う。「さ、仕事だ、仕事だ」

車に戻り、彼はレヴィンのショルダー・ホルスターのSIGザウアーP226に眼をとめて尋ねる。

「ほかに何を身につけてる?」

「これだけです」

「確かにそいつはいい銃だ」とマローンは言う。「だけど、それだけじゃ足りない」

「でも、規則です」とレヴィンは言う。

「今の台詞はおまえからその銃を奪って今まさにおまえを撃とうとしてる犯人に言ってやるんだな」とマローンは言う。

「補助用の武器が必要だ」とルッソが横から言う。「それも、銃じゃない武器がな」

「どんな?」とレヴィンは訊く。

ルッソは片方のポケットから革を巻いた棍棒を取り出し、もう一方のポケットからブラスナックルを出してレヴィンに見せる。モンティは切断した野球のバットの持ち手部分の芯に鉛を流し込んだ武器を持っている。

「すごいですね」とレヴィンが言う。

「ここはマンハッタン・ノースだ」とマローンは言う。「特捜部だ。おれたちの仕事はただひとつ――現状維持。そのほかのことは全部おまけだ」

マローンの電話が鳴る。

トーレスからだ。

今日デヴォン・カーターと会うことが決まる。

7

マローンはトーレスと一緒にテーブルをはさんでデヴォン・カーターと向かい合って坐る。場所はレノックス・アヴェニューにある工具店の二階、カーターが使っているいくつものオフィスのひとつ。この会合のあとカーターはここを捨てるだろう。使うとしてもそれは何ヵ月もさきのことだろう。

そういう犠牲を払ってまでこの会合に同意したのは、カーターにしても何か得るものがあると思ったのだろう。

「話がしたいのなら」とカーターが言う。「話せよ」

「あんたはなんの罪もない婆さんの命を奪った」とマローンは言う。「次は誰だ？　子供か？　妊婦か？　赤ん坊か？　ムーキーの報復をするならいずれそうなる」

「ムーキーの仇《かたき》を取らなきゃ信用を失う」

「おれのシマで戦争は許さない」とマローンは言う。

「そういうことはドミ公に言え。やつらが誰を送り込んできたか知ってるか？　カルロス・カスティーヨだ。正真正銘の殺し屋だ」

「ムーキーを撃ったのはドミニカ人じゃない。黒人だ。だから〈スペード〉かもしれない」とマローンは言う。

「なんの話だ？」

「あんたの配下の〈スペード〉はもしかしたらもうドミニカ系に寝返ったんじゃないか。そういう噂がある。ひょっとするとムーキーを殺《や》るのが手土産だったのかもしれない」

カーターは感情を隠すのがうまい男だ。それでも、一瞬、その眼がマローンに語りかける。もしかしたらそれがほんとうかもしれないと。

「おれにどうしろというんだ？」とカーターは尋ねる。

「バイク屋との取引きを中止するんだ。銃はもう要らないと伝えるんだ」

苛立った声でカーターは言う。「よけいなことに首を突っ込むなよ」

そう言って、トーレスを見やる。

やはりトーレスは銃の取引きのことを知ってたんだ、とマローンは思う。「いや、首だけじゃない。あんたがそういうことをしたら、こっちは体ごと突っ込まなきゃならなくなる」

「武器なしではドミ公とは戦えない」とカーターは言う。「どうしろというんだ？　座して死を待てとでも？」

「ドミニカ人のことはおれたちに任せろ」

「ペーナと同じ目にあわすってか？」

「必要なら」

　カーターはにやりと笑う。「見返りはなんだ？　月三千か？　五千か？　それとも両手につかめる分目一杯か？」

「ここで商売をしないのならそれでいい」とマローンは言う。「マウイでもバハマでも好きなところへ行ってやってくれ。引退するなら、誰にもあとは追わせない」

「商売をあきらめて出ていけと言ってるのか？」

「生きていくのにあといくら金が要るんだ？　あと何台車が運転できる？　あと何軒の家に住める？　あと何人の女とやれる？　こっちとしちゃあんたに逃げ道を与えてやってるつもりなんだがな」

「マローン、馬鹿も休み休み言えよ。キングに引退なんてものはないんだよ。こんなことはおまえさんには言うまでもないだろうが」

「だったら、その先鞭《せんべん》をつけるんだな」

「で、そのあとはおまえさんがキングになるのか？」

「ディエゴ・ペーナはあんたの子分のクリーヴランドとその一家を皆殺しにした。なのにあんたは何もしなかった。そういうのはデヴォン・カーターの伝説じゃない。あんたはもう終わってるんだよ」

「ちょっと小耳にはさんだんだが」とカーターは言う。「マローン、おまえさんはおまえさんの立派なペンを真っ黒なインク壺に突っ込んでるんだってな。だけど、これも小耳にはさんだんだが、その女が乗りこなしてるのは白馬だけじゃないそうだ。ミス・クローデットが乗りこなしてるのはな」

カーターはそう言って手の甲で前腕を軽く叩く。

マローンは言う。「彼女に近づいたら、あんただろうがあんたの猿たちだろうが、殺すからな」

「いや、おれが言いたいのは」——カーターはまたにやりと笑う——「彼女の具合が悪くなったら、おれが治してやれるってことだ」

マローンは立ち上がる。「さっきの申し出はまだ生きてるから」

マローンのあとを追ってトーレスも階段を降りる。「デニー、待てよ」

「飼い主のところに戻れ」

「銃の件は忘れろ」とトーレスは言う。「これは警告だ」

マローンは振り向いて言う。「警告か？　それとも脅しか？」

「悪いことは言わない。銃のことは放っておけ」

「ひょっとしておまえもこの件に一枚噛んでるのか？」

マローンはバイク野郎たちのことをよく知っている——白人は黒人とは取引きしたがらない。が、ヒスパニックが仲介にはいれば——

トーレスは言う。「これが最後だ。よけいなことに首を突っ込まないことだ」

マローンはトーレスに背を向けると、階段を降りる。

マンハッタン・ノースの署内は動物園状態だ。

いつもの動物たちだけではなく、市警本部から来ているスーツ組の群れもいれば、市長室の役人の一団もいる。

マクギヴァンの姿もその中にある。

ドアのところで彼はマローンを捕まえて言う。

「デニー、この混乱はなんとかしなくちゃならない」

「努力してます」

「もっと努力しろ。〈ニューヨーク・ポスト〉に〈デイリー・ニューズ〉……世間の非難がわれわれに集中している」

二方向から、とマローンは思う。ひとつは公営住宅での暴力を一掃しろという抗議、もうひとつは、今朝のムーキー・ジレットとレオノーラ・ウィリアムズの殺害事件に関して、警察がギャングに対しておこなっている強制捜査への抗議だ。

結局、どっちが望みなのか。両方の望みを叶えるなどそもそも不可能だ。

マローンは人混みを掻き分け、サイクスが特捜部の打ち合わせをしている会議室に向かう。

「今の状況は？」とサイクスが訊く。

テネリが報告する。「ジレット射殺の件については、ドミニカ系ギャングは全面的に否認しています」

「それはそうだろう」とサイクスは言う。「彼らにしてもレオノーラ・ウィリアムズまで殺されて、こんな騒ぎになるとは思ってなかったんだろう」

「それはそうですが」とテネリは言う。「今回はいつもの〝おれたちは無関係だ〟というのとは明らかにちがいます。彼らのほうから自発的に人を寄こして、無実を主張するなどというのは前代未聞です」

「そのとおり」とマローンが言う。「実際、彼らは下請けに出したんですよ、〈スペード〉に」

「〈スペード〉がなんでそんな仕事を請ける?」

「ドミニカ系組織にはいるための手土産に」とマローンは言う。「〈スペード〉は良質のヤクも銃も兵隊もカーターからは手にはいらないと判断した。今逃げ出すか、船とともに沈没するか。その選択をしたんでしょう」

ベビーフェイスがおしゃぶりを口から出して言う。「異議なし」

「ただ、わからないのはどうして今なのかということです」エマ・フリンが言う。「ペーナの手入れがあって以降、ドミニカ系は特に動きを見せなかった。それなのにどうして今、いきなり銃撃戦を始めたのか?」

サイクスが監視カメラの写真をスクリーンに映し出して言う。

「麻薬課と麻薬取締局に確認した。彼らから得た情報によれば、ドミニカ系組織の立て直しにカルロス・カスティーヨという男が送り込まれたということだ。カスティーヨは筋金入りのディーラーだ。彼と同世代のディーラーの大半同様、ロスアンジェルス生まれで、ドミニカとアメリカの両国籍を持っている」

マローンは粗い画像のカスティーヨの写真を見つめる。小柄で、キャラメル色の肌の温厚そうな顔に黒い髪、鷲鼻に薄い唇、ひげはきれいに剃っている。

サイクスは言う。「カスティーヨのことは、麻薬取締局がここ数年追っている。が、今のところ、起訴に持ち込めるほどの証拠は挙がっていない。とはいえ、カスティーヨがこっちにやってきてもなんの不思議もない――ニューヨークのヘロイン市場を立て直すためだ。ドミニカ共和国からハーレムへ、工場から顧客へ。要するに、垂直統合というやつだ。すべてを自分のものにしたくなったんだろう。これからはカスティーヨが指揮を執り、カーターの息の根を止めようというのだろう」

フリンがマローンを見て言う。「ドミニカ系がほんとうに〈スペード〉と手を組んだと思う？」

マローンは肩をすくめる。「ありえない話じゃない」

「もしかしたら、〈スペード〉と〈ＧＭＢ〉の休戦状態が単に崩壊しただけかもしれない」とフリンは言う。

「街場じゃそんな噂は全然耳にはいってこないけど」とベビーフェイスが言う。

サイクスが質問する。「今回の発砲と〈スペード〉を結びつける情報は？」

売るほどある。

三二分署、三四分署、四三分署の留置所はギャングたちで満杯状態だ――〈ＧＭＢ〉、

〈トリニタリオ〉、〈ドミニカンズ・ドント・プレイ〉。彼らは、ゴミのポイ捨てから召喚状への不服従、仮釈放中及び執行猶予中の規則違反、不法薬物所持などあらゆる容疑で収監されている。で、黙秘をしていない連中はみなオー・ノー・ヘンリーと同じことを言っている。撃った犯人——中には複数いたとの証言もあるが——は黒人だった、と。

「しかし、名前までは出てこない」とサイクスは言う。

〈GMB〉のメンバーが〈スペード〉の名前を警察に告げるはずがないことはサイクスも承知している。彼らはそういうことを警察任せにはしない。

「よし」とサイクスは言う。「明日、北側の団地で〝垂直警邏《けいら》〟をやる。〈スペード〉のやつらをひとり残らず叩き出して連行しろ。どんな手がかりが得られるか。徹底的に調べろ」

〝垂直警邏〟とは、制服警官が公営住宅の階段を上から下まで任意に捜査することだ。が、実際には冬の夜間、寒さから逃れたくなったときにだけおこなわれることが多い。なるべく避けたいからだ。その気持ちもわからないではないとマローンは思う——危険をともなうパトロールであり、暗がりの中では自分が撃たれることも、逆に子供か何かを撃ってしまうこともある。あの哀れなお巡り、ピーター・リャンのように。彼はパニックになって丸腰の黒人を射殺してしまい、裁判では銃が暴発したと主張した。

しかし、陪審員には信じてもらえなかった。結局、彼は過失致死罪の有罪判決を受けた。ただ、執行猶予付きでの刑で刑務所行きは免れた。

垂直警邏はどこにどんな危険がひそんでいるかわからない。それでも、〈スペード〉を掃討するにはやらなければならない。

市長の腰巾着のひとりが言う。「地元の住民は喜ばないと思うけれど。前回の一連の逮捕にすでに怒ってるし」

「誰だ、あいつ？」とルッソが今しゃべった男をとくと見ながらマローンに訊く。

「まえにどこかで見かけたことがある」マローンは名前を思い出そうとする。「チャンドラーなんとか。なんとかチャンドラーだ」

「確かに住人の中には面白く思わない者もいるだろう」とサイクスは言う。「あるいは、面白く思っていないふりをする者も。しかし、ほとんどの住人はギャングを追い出したがっている。彼らの望みは自分たちの暮らしの安全だ。人として当然の望みだ。市長室はそういう望みに本気で疑義をはさみたいのか？」

でかした、サイクス、とマローンはひそかに思う。

が、市長室は疑義をはさみたいらしい。チャンドラーは言う。「もっと対象を絞った捜査法はないんですか？」

「犯人の名前がわかっていればそれも可能だろうが」とサイクスは言う。「名前がわからない以上、これが最善の方法だよ」

「黒人の若者が大勢検挙されれば、不当なプロファイリングによる逮捕だと非難されかねない」とチャンドラーも引かない。

ベビーフェイスが爆笑する。

サイクスは彼を睨みつけてから市長の腰巾着に向かって言う。「おかしなプロファイリングをしてるのはそっちじゃないのか？」

「どういう意味です？」

「黒人なら全員この捜査に反対するはずだと決めつけてるじゃないか」

市長室がどっちつかずの態度を取っている理由。それはサイクスだけではなく、その場にいる全員が知っている——マイノリティ・コミュニティは大切な票田だからだ。そんな彼らに嫌われたくないのだ。

つまるところ、市長は窮地に立たされているということだ——コミュニティ内の暴力は抑え込まなければならない。だからそのための努力をしているということは相手に伝えなければならない。同時に、警察の手荒な手法の片棒を担いでいるとはコミュニティから思われたくない。

だから逮捕を急かしながらも、最も効き目のあるその手法に関して、一応はもの申したことを記録に残したいのだ。さらに、この問題を利用して自分のスキャンダルから世間の眼をそらし、批判を警察組織に向けさせたいのだ。

チャンドラーが言っている。「ベネット射殺事件以来、これ以上の批判は――」

部屋のうしろのほうに立っていたマクギヴァンが口をはさむ。「これは特捜部のみんなのまえで続ける必要のある議論だろうか？　これはあくまでも指揮方針の問題だ。ここにいるみんなにはほかにやらなければならない仕事がある」

「そういうことなら」とチャンドラーは言う。「この議論は場所を変えて――」

「いや、今の議論はどこへも持っていかない」とサイクスが反論する。「あなたたちをこの場に呼んだのはあくまで儀礼的なものだ。一応情報を共有しておくためのものだ。特捜部のくだすべき決定に参加してもらうためじゃない」

「警察の決断はすべて政治的決断です」とチャンドラーも負けてはいない。

一本取ったな、とマローンは思う。

ウィリアムズ殺害犯が逮捕されれば、市長室はそれを自分の手柄にする。逆に逮捕できなければ、市長はそれを市警本部長のせいにできる。そして、人種差別的なプロファイリングに反対の意を唱え、新聞紙面が自分ではなく、市警の問題を取り上げてくれることを祈る。

「今のうちに休んでおくように」とサイクスが部下に言う。「明日の朝、決行だ」

その発言をもって会議は終わる。

市長の腰巾着がマローンのところにやってきて名刺を渡す。「マローン刑事、ネッド・チャンドラーです。市長の特別補佐官です」

「ああ、そうらしいね」

「ちょっとお時間をいいですかね？　できれば場所を変えて」

「どういうことで？」特捜部長と一戦交えた男と一緒のところを見られるというのには微妙な問題がある。

「あなたに相談するのが一番だとマクギヴァン警視に紹介されたもので」

そういうことか。「わかった。どこで？」

「〈ＮＹＬＯ〉を知ってます？」

「ブロードウェイ七七丁目のホテル？」

「そこで待ってます」とチャンドラーは言う。「こっちの用事がすみ次第、来てください」

マクギヴァンがサイクスの隣りでマローンを手招きしている。

チャンドラーは立ち去る。

「きみは今、縛り首の縄の輪に自分から頭を突っ込んだな」とマクギヴァンはサイクスに言っている。「市長室のクズが絞首台の踏み台をはずすのを躊躇すると思うか？」

「そんな幻想は抱いていません」

マクギヴァンもそんな幻想は抱いていない、とマローンは思う。絞首刑があったとしても、マクギヴァンが囃《はや》し立てる群衆の中にいることはない。吊るされるのが自分ではなかったことに胸を撫でおろす側にいるのだから。だから自分ではなくサイクスにこの会議を仕切らせたのだ。ことがうまくいけば、優秀な部下を持ったことを自分の手柄にすることができる。うまくいかなければ、「さんざん言って聞かせたんだが……」と陰口を叩くことができる。

マローンはそんなマクギヴァンに一任される。「マローン部長刑事、頼んだぞ」

「わかりました」

マクギヴァンは満足げにうなずいて部屋から出ていく。

「レヴィンはどうだ？」とサイクスに訊かれる。

「チームにはいってまだ七時間です」とマローンは言う。「ただ、今のところ問題はありません」

「彼はいい警察官だ。将来有望だ」

だからうまくやれ。サイクスはそう言っているのだ。

「銃取引きのほうはどうなってる?」

マローンは、カーターとマンテル、〈ECMF〉の取引きについてわかったことを報告する。まだ実際の取引きはおこなわれていない模様だが、交渉中であること。カーターはファット・テディを通して交渉しているが、場所はブロードウェイ一五八丁目のネイルショップの階上《うえ》のオフィスであること。しかし、盗聴捜査ができなければ……

「捜索令状が取れそうな情報はまだ得られてません」とマローンは言う。

サイクスはマローンを見て言う。「捜査に必要なことはなんでもやればいい。ただし、それにはそれ相当の理由が必要だ。それだけは忘れるな」

「了解です」とマローンは言う。「警部が縛り首になれば、おれが下から足を引っぱりましょう」

「それはありがたい、部長刑事」

「どういたしまして、警部」

チームは建物のまえの歩道でマローンを待っている。

「レヴィン」とマローンが言う。「家に帰って昼寝でもしたらどうだ? おれたち大人はちょっと話があるんだ」

「わかりました」少しむっとしたようだが、レヴィンはそのまま立ち去る。

「あいつ、どう思う？」マローンは残ったふたりに訊く。

ルッソが言う。「悪くなさそうだけど」

「信用できるか？」

「何に関して？」とモンティが訊く。「通常の仕事で？　たぶん。それ以外の仕事で？　それはまだわからない」

「そのことだが」とマローンは言う。「カーターの盗聴について許可が出た」

「令状が出たのか？」とモンティは訊き返す。

「ああ、首を縦に振るというだけの令状だが」とマローンは答える。「明日の一斉捜査のあとで仕掛ける。おれはこれから市長のところのさっきの男に会わなきゃならない」

「用件は？」とルッソが尋ねる。

マローンは肩をすくめる。

マローンは、〈ＮＹＬＯ〉と呼ばれているトレンディなウエストサイドのブティック・ホテルのバーで、クラブソーダを飲みながら待っている。本来なら酒を注文するところだが、これから会うのは市長室の男だ。用心に越したことはない。

ネッド・チャンドラーは少し遅れて、慌てた様子でやってくる。バーの店内を見まわしてマローンに気づくと、同じテーブルの席に腰をおろす。「遅れてすみません」

「いや、全然」と言いながらもマローンは腹を立てている。呼びつけたのはチャンドラーのほうなのだから。さきに来ないまでも時間どおりには来るべきだ。相手に何かしてほしいとき、その相手を待たせるものではない。

しかしながら、チャンドラーは市長室の人間だ。だからその原則はあてはまらないのだろう。チャンドラーはウェイトレスに向かってほんの少しだけうなずいてみせる。それですぐに注文を取りにきてくれると思い込んでいるようだ。実際、そのとおりになる。

「シングル・モルトは何がある?」とチャンドラーは尋ねる。

「ラフロイグ・クォーターカスクがございます」

「スモーキーすぎるな。ほかには?」

「カリラの十二年物はいかがでしょう?」とウェイトレスが言う。「軽くて飲み口が爽快なシングル・モルトです」

「だったらそれで」

ネッド・チャンドラーと相対してまだ四十秒も経っていないが、マローンはもうこのエリートのクソ野郎に平手打ちを食らわせてやりたい気分になっている。三十代前半だろうか。チェックのシャツにニットのタイ、グレーのカーディガンに褐色のコーデュロイのズボン。

それだけで虫唾が走る。

「あなたの時間が貴重なものであることはよく心得ていますので」とチャンドラーは言う。「さっそく本題にはいります」

あなたの時間は貴重だなどと言うやつは、まずまちがいなく自分の時間が貴重だと思っているのだ。

「ビル・マクギヴァンからあなたを推薦されました。もちろん評判は聞いています――実は感銘も受けています――ですが、ビルからあなたはプロとして優秀で、さらに口が堅いと聞いたもので」

「サイクスを見張るスパイを探してるのならほかをあたってくれ」

「スパイを探してるんじゃありません」とチャンドラーは言う。「ブライス・アンダーソンを知ってますか？」

いや、知らない、ニューヨーク市開発委員会の委員も務めている不動産開発業者の億万長者のことなど。ばかばかしい。アンダーソンのことを知らないやつなどこのニューヨークにいるか。市長公邸の現在の住人が州知事になって出ていくときに、市長公邸の〈グレイシー・マンション〉に移り住むことを目論んでいる男だ。

「名前なら知ってる。個人的には知らない」

「ブライスは今、ある問題を抱えています。特段の配慮が必要な問題です」

ウェイトレスが軽くて爽快なシングル・モルトを持ってくる。彼は話を中断する。

「失礼しました」チャンドラーはマローンに言う。「気が利かなくて。何かお飲みに――」

「いや、結構だ」

「勤務中、だから?」

「続きを話してくれ」

「ブライスには娘さんがいます。名前はリンジー。十九歳で賢くてきれいな、父親にとっては眼の中に入れても痛くないような最愛の娘です。その娘さんなんですが、〈YouTube〉で有名になって、自分のライフスタイル・ブランドを創りたいということで、ベニントン大学を中退しました」

「なんなんだ、彼女のそのライフスタイル・ブランドというのは?」

「知りませんよ」とチャンドラーは言う。「彼女自身、知らないんじゃないですかね。まあ、それはともかく、リンジーにはボーイフレンドがいて、これがクソ最低なやつなんです。リンジーは、そう、これまでなんでも与えられてきたことに反発して、意趣返しにそのクソ男に走ったんでしょう」

マローンは一般人が警察官の語彙《ごい》を使って話すのを聞くとぞっとする。「クソ最低というとどんなふうに？」

「完全な負け犬です」

「黒人？」

「いや、彼女としてもそういう陳腐なすじがきだけは避けたようです」とチャンドラーは言う。「カイルは近郊からマンハッタンに出てきた白人で、次世代のスコセッシになるつもりのようです。ただ、つくる映画は『ミーン・ストリート』ではなくて、ブライス・アンダーソンの娘が出演するアダルト・ビデオなんです」

「でもって、それを公開すると脅迫してるのか？　いくら欲しいと？」

「十万ドルです。ビデオが公開されれば、彼女の将来はジ・エンドです」

父親が市長選挙で勝つこともなくなるだろう、とマローンは思う。法と秩序を重んじ、市《まち》からギャングを追い出そうとしている候補者が自分の子供さえコントロールできないようでは。「カイルの苗字は？」

「ハヴァチェック」

「住所は？」

チャンドラーはテーブルの上をすべらせてメモを寄こす。ハヴァチェックはワシントン・ハイツに住んでいる。

「彼女はここに同居してるのか？」とマローンは尋ねる。

「以前は一緒にいました。今は両親の家に戻っています。脅迫が始まったのは家に戻ってからです」

「金づるを失って、新しい手段を求めたわけだ」

「私もそう思います」

マローンはメモをポケットにしまう。「なんとかしよう」

チャンドラーは何か言いたげにしている。が、どうやって切り出せば失礼にあたらないのかわからない。そんな落ち着かない風情だ。マローンとしては、助け舟を出してやってもいいのだが、そんな気になれない。ようやくチャンドラーが口を開く。「ビルが言うには、あなたなら、その……節度を持ってことにあたることができると……」

はっきり言わせたい、とマローンは思う。同じような要求をするマフィア同様、はっきりと言わせたい。殺せ、殺すな、痛い目にあわせろ、少し懲らしめてやれ……

セックス・ビデオが出まわるのを防ぐために男を殺さざるをえないのなら、おれに殺させたいのだろう。殺す必要がないなら、気が咎めるようなことはおろか、なるべく面倒なことは起こさないでほしい。そういうことなのだ。

ああ、こいつらには吐き気がする。しかし、まあ、今回は大目に見てやろう。「適切に対処するよ」

こいつらはこのことばが大好きだ。

「では、合意していただけたということでいいですね？」

マローンは黙ってうなずく。

「手間賃のことですが――」

マローンは申し出を断わる。

これはそういう話ではない。

マローンは七九丁目通りでルッソに拾ってもらう。

「市長のところのやつはなんだって？」とルッソは尋ねる。

「やってほしいことがあるそうだ。時間あるか？」

「愛するきみのためなら……」

彼らはワシントン・ハイツまで北上する。目的の住所はセント・ニコラス・アヴェニューとオーデュボン・アヴェニューにはさまれた、一七六丁目通りに面したさびれた建物。ルッソは路上駐車する。マローンは角にいた子供を見つけて近づくと、二十ドル札を渡す。「おれたちが戻るまでこの車は——何ひとつ欠けることなく——ここに停まってる。わかったな？」

「あんた、お巡り？」

「この車がなくなれば、おれたちは葬儀屋だ」

ハヴァチェックは四階に住んでいる。

「いつも思うんだが」階段を上がりながらルッソがぼやく。「クズ野郎ってのはどいつもこいつもなんで一階に住まないんだ？　せめてエレヴェーターのある建物に住めっての。おれもこういうことをするには歳を取りすぎたよ。膝が……」

「そう、まずは膝からだ」とマローンは言う。

「膝が最初でよかったって神に感謝しろってか、ええ？」

ハヴァチェックのドアを叩くと、中から「誰？」という声がする。

「十万ドル欲しいんだろ？　欲しくないのか、十万ドル？」中に向かってマローンは言う。

ドアが開き、チェーンの長さで止まる。マローンはドアを蹴破って全開にする。

ハヴァチェックは背の高い痩せた男で、お団子ヘアにしている。ドアがあたった額に早くもうっすらと痣が浮かびはじめている。汚いジャージのセーターに黒いスキニー・ジーンズ、それにチェルシー・ブーツ。あとずさりしながら、血が出ていないかと額に手をあてている。

「脱げ」とマローンは言う。

「誰だ、おまえら？」

「たった今、おまえに〝脱げ〟と命令したおじさんだ」そう言って、マローンは銃を抜く。「同じことを二度言わせるな、カイル。もうひとつの命令はきっともっと気に食わないと思うぞ」

「おまえ、ポルノのスターなんだってな」とルッソが言う。「だったら、恥ずかしがることはないだろ。いいから、とっとと脱げ」

カイルはパンツひとつになる。

「全部だよ」とルッソは言って自分のベルトを抜く。

「何するんだ？」カイルはもう脚が震えている。

「ポルノ・スターになるなら」とマローンが言う。「このくらいのことには慣れておかないとな」

「日常茶飯事ってやつだ」とルッソが言う。

カイルはパンツを脱ぐと、股間を手で隠す。

「おや？　それがポルノ・スターのすることか？」とルッソは言う。「よお、色男、持ってるモノを見せてくれよ」

ルッソが銃を少し振ると、カイルは両手を上げる。

「どんな気分だ？」とマローンが訊く。「見知らぬ人間のまえで素っ裸になるってのは。リンジー・アンダーソンも同じような思いをすることがわからないのか？　彼女はお嬢さんだ、ポルノ映画に出るようなあばずれじゃないんだよ」

「あの女が言いだしたことだ」とカイルは言う。「これで親父さんから金をせしめるって」

「残念ながら、そうはいかないんだよ、カイル」とマローンは言う。「もうアップロードしたのか？」

「まだだ」

「ほんとうのことを言うんだ」

「ほんとうだよ！」

「そりゃよかった」とマローンは言う。「なによりおまえにとってよかった」

マローンはノートパソコンを取り上げ、すぐ下が路地であることを確かめてから窓を開ける。

「千二百ドルもしたんだぞ！」とカイルは叫ぶ。

「何かひとつはこの窓から落ちる」とマローンは言う。「おまえか、それともこのパソコンか、どっちか選べ」

ハヴァチェックはパソコンを選ぶ。マローンはパソコンを窓の外に放り出し、コンクリートの地面に破片が散らばるのを眺める。「リンジーの映像はあの中にあったんだな？」

「そうだ」

「こいつを殴って〝ふざけるな〟と言ってやってくれ」とマローンはルッソに言う。

ルッソはベルトでカイルの太腿の裏を打ちつけて言う。「ふざけるな」

「ほんとうだよ。あいつの考えだったんだ」

「もう一度殴ってやれ」

ルッソはもう一度ベルトで打ちつける。

「ほんとうだってば！」

「信じるよ。ただ、おまえは殴られて当然のことをしたんだよ。本来ならもっと殴りたいところだが、何事も適切に対処しないとな」

「そう、彼はとても適切な人でね」とルッソが言う。

「カイル、ひとつだけ言っておくが」とマローンは言う。「もしそのビデオが表に出るようなことがあったり、同じようなことをほかの女の子にしたことがおれの耳にはいったりしたら、おれたちはまたここに戻ってくるからな。そのときには今の鞭打《むち》ちが懐かしいと思うだろうな」

「そう、懐かしのあの頃って」とルッソが合わせる。

「どうしてるのか、なんてリンジーからメールがあっても」とマローンは言う。「おまえは返信するな。彼女からの電話にも出るな。〈フェイスブック〉のメッセージにも答えるんじゃない。おまえのほうからも電話をかけるな。連絡も取るな。ただ消えろ。さもないと……」

マローンは、銃口をカイルの額に押しあてる。

「おまえはただ消える。ジャージーに帰れ、カイル。おまえは市《まち》で通用するようなタマじゃない」

「まるで通用しない」とルッソも言う。

マローンはカイルの肩に手を置いて言う。父親かコーチのように。「さて、このあとは素っ裸で一時間ここに坐って、自分がいかに情けない鼻クソなのか、じっくり考えることだ」そう言って、膝を突き上げる——思いきり。カイルは胎児のように体を折り曲げて床に転がる。痛みにうなり声をあげ、必死で息を吸い込む。「おれたちは女には決してこんなことはしない。頼まれてもな」

階段を降りながらマローンはルッソに訊く。「おれは不適切だったかな?」

「いや、適切だった」とルッソは答える。

外に出ると、車はちゃんと停まっている。

部品ひとつ欠けることなく。

マローンはチャンドラーに電話をかける。「例の件は片づいた」

「借りができましたね」とチャンドラーは言う。

ああ、そうだな、とマローンは胸につぶやく。


今夜のクローデットは何がなんでも男をやり込めたい気分でいる。ただそのことしか頭にない。

女――その女が黒かろうと白かろうと褐色だろうと関係ないとマローンは思う――が本気で男をやり込めようとしたら、男に勝ち目はない。

彼女のその気分はテレビのニュースのせいかもしれない――テレビでは、警官隊が黒人の若者や抗議をする民衆やその他もろもろを取り囲む映像が流されている。公営住宅の一斉捜査とマイケル・ベネット事件をテレビ局が巧妙に混ぜ合わせているせいもあるかもしれない。加えて、コーネリアス・ハンプトン師がいつものカメラのまえの定位置で訴えかけている。「若いアフリカ系アメリカ人に対する正義はどこにもありません。私は断言します。もしムーキー・ジレットが白人で、白人の住む地域で白昼に射殺されたのなら、警察はとっくに容疑者の身柄を確保しているでしょう。マイケル・ベネットがもし白人だったら、彼を殺した犯人はもうとっくの昔に大陪審にかけられているのと同じ理屈です」

地区検察局はベネット事件を大陪審にかけることを決定したばかりだ。これぞ絶妙のタイミング。その判決がくだされるには、何ヵ月ということはなくてもこれから何週間かかかる。そのこととセント・ニコラス団地での殺人とを結びつければ、黒人コミュニティの腸《はらわた》が煮えくり返らないわけがない。

「彼の言ってることはほんとうなの？」とクローデットはマローンに尋ねる。

ふたりはテレビのまえに坐って、マローンが買ってきたインド料理のテイクアウトを食べている――クローデットはチキン・ティッカ、マローンはラム肉のコルマ。

「なんのことだ？」とマローンは訊き返す。

「彼が言ってることにはいくらかでも真実が含まれてるの？」

「おれたちがふたりを殺した犯人を必死に探してないと思うのか？　被害者が黒人だから、おれたちが手を抜いているとでも思ってるのか？」

「訊いてるのはわたしのほうよ」

「ああ、そうとも、くそったれ」

今のマローンはくだらない言い争いをする気分ではない。

一方、クローデットのほうはそういう気分らしい。「正直に言って。少なくとも無意識の部分では、ジレットが黒人《ジャマール》だから少しはどうでもいいかなって思ってるって。ねえ、そんな呼び方をするんでしょ？　ジャマールって」

「ああ、そうだ。ジャマールって呼んでる」とマローンは言う。「こうも呼ぶ、馬鹿とかクズとか、チンピラとか、ヤク中とか不良とか――」

「黒んぼ《ニガー》とも呼ぶ？　救急救命室で警官が笑いながら話しているのを聞いたことがあるのよ。ニガーの側頭部を打ちつけてやったとか、黒んぼ《ムーリー》にお仕置きをしてやったとか。ねえ、わたしがいないところではあなたも同じように言ってるの？　デニー」

「言い合いはやめよう。今日は大変な一日だったんだ」

「可哀そうに」

もはやコルマではなく、灰を食べているようにしか思えず、マローンは自分の中に邪悪な気持ちが湧き起こってくるのを感じる。「今日、おれが叩きのめしたたったひとりのガキは白人だ。これで気がすんだか？」

「すばらしい。あなたって機会均等派なのね」

「ふたりの人間が殺されたんだ」自分で自分を抑えられずにマローンは続ける。「ガキと婆さんだ。どうしてだか知ってるか？　くそったれニガーがヤクを売ってるからだ」

「そっちこそくそったれよ」

「おれはこの事件を解決しようと身を粉《こ》にして頑張ってるだけだ」

「そう、そのとおり」とクローデットは言う。「あなたにとっては〝事件〟なのよ。〝人〟じゃなくて」

「いい加減にしてくれ、クローデット。きみにとっては、担架で運ばれてくる患者の全員が、その人間性まで充分理解できるひとりひとりの人間なのか？　きみはただの仕事、ただの肉の塊と思ったことはこれまでに一度もないのか？　頭がいかれていて泥酔していてヤク中で、ろくでもない暴力野郎が運び込まれたとして、もちろんそいつの命を救おうとはするだろうが、同時に、一瞬でもそういうやつのことを嫌悪したことはないのか？」

「あなたはわたしのことじゃなくて自分のことを言ってるのよ」

「ああ、そうだ。きみの場合はそういうことは苦痛じゃなかった」とマローンは続ける。「そういう人たちの苦しみのせいだよな、きみがヘロイン中毒になったのは」

「最低ね、デニー、あなたって」クローデットは立ち上がる。「明日は早朝シフトだから」

「だったら寝ろ」

「そうするわ」

そう言いながらもクローデットは寝ようとはせず、マローンが寝入った頃を見計らってベッドにはいる。スタッテン・アイランドにいた頃に戻ったようだ。マローンはそう思う。


悪夢を見る。

切れて地上に垂れ下がった電線のようにビリー・オーが痙攣している。

ペーナの口は大きく開かれ、死んだ眼はうつろに――それでも非難するように――見開かれている。天井から雪が舞い散り、壁から白い煉瓦《れんが》が崩れ落ちてくる。親犬が鎖を引きちぎらんばかりに突進し、子犬たちが怯えてくんくん鳴いている。

ビリーは息を吸おうとしている。ボートの底で跳ねる魚のように。

マローンは泣きながらビリーの胸を叩く。ビリーの口から雪が噴き出し、マローンの顔に吹きかかる。

肌が凍りつく。

マシンガンの連射音が頭の中で炸裂する。

マローンは眼を開ける。

クローデットの部屋の窓の外を見る。

削岩機だ。

黄色いヘルメットにオレンジ色のヴェストを身につけた市の作業員が道路の補修をしている。現場監督はトラックの進入口の近くに坐って、煙草をふかしながら〈ニューヨーク・ポスト〉を読んでいる。

くそニューヨーク。

くそったれニューヨーク。

甘ったるくてジューシーな腐ったアップル。

夢に出てくるのはビリーだけではない。

ゆうべがたまたまそうだっただけだ。

三日前の夜にはマローンがまだ一〇分署にいた頃の死体の夢を見た。通報を受けたマローンはチェルシー・エリオット団地の六階に向かう。そこでは家族が夕食のテーブルを囲んでいる。どこに死体があるのかとマローンが訊くと、父親は親指で寝室を指差す。

マローンが中にはいると、子供がうつぶせになってベッドに倒れている。

七歳の少年だ。

どこにも傷や打撲痕は見あたらない。マローンは少年を仰向けにする。注射器が腕に突き刺さっている。

ヘロインを打つ七歳の子供。

マローンは怒りを呑み込んで家族のいる部屋に戻り、いったい何があったのかと尋ねる。

父親は、あの子には〝問題〟があった、とだけ言う。

そして、そのまま夕食を続ける。

その夢もひとつ。

ほかにもある。

十八年もこの仕事に就いていると、見なければよかったと思うようなことも眼にしなければならない。どうすればいいのか。情報を〝シェア〟すればいいのか。セラピストと？それともクローデットと？　シーラと？　話したところで誰にも理解できないだろう。

マローンはバスルームに行って、冷たい水で顔を洗う。バスルームから出ると、クローデットがキッチンでコーヒーをいれている。「寝られなかった？」

「大丈夫だ」

「もちろんそうよね。あなたはいつだって大丈夫」

「そうだ」くそっ！　いったい何が気に食わないんだ？　彼はテーブルの椅子に坐る。

「誰かに相談すべきだと思う」とクローデットは言う。

「おれの仕事じゃそれは自殺行為だ」とマローンは言う。お巡りが自主的に精神科医のもとを訪ねたりしたらどうなるか、彼女は知らない。一日じゅう机について坐っているだけの内勤が待っている――定年までずっと。いつ頭がおかしくなってもおかしくない相手と一緒にパトロールしようなどと思うやつなどいやしない。「悪い夢を見たって精神科医に泣きつく自分の姿なんて想像したくもない」

「あなたはほかの人みたいに弱い人間じゃないものね」

「もうたくさんだ」とマローンは言う。「自分がどれほどのクソ野郎なのか聞かされたいなら、おれは――」

「奥さんのところに戻る？　どうしてそうしないの？」

「きみと一緒にいたいからだ」

彼女はカウンターのところに立ち、昼食用のサラダの材料をきれいに並べながらプラスティック容器に詰めている。「自分がどんな思いをしてるのか。それは同じ警官にしかわからない。あなたはそう思ってる。自分たちはフレディ・グレイやマイケル・ベネットを殺したことで責められてる。自分たちはそうやって不当に虐《しいた》げられてる。あなたはそう思ってる。でも、自分がフレディ・グレイやマイケル・ベネットと同じだから責められるのはどういう気持ちなのか、それはあなたにはわからない。人が人を憎むのはその行為のためだとあなたは思ってる。だから、人が人を憎むのはその存在のためだなどとは考えない。そんなことを考える必要があなたにはないから。だって、あなたはその青い制服を脱げばそれですむんだから。でも、わたしにはこの黒い肌を脱ぐことはできない。あなたに理解できないのは、デニー、あなたが白人だから理解できないのは、逃れることのできない……重荷……この国で黒人として生きることの重圧よ。耐えられないような重荷が両肩にのしかかって、眼が疲れて、歩くだけで痛みに襲われることもある。そういう重荷よ」

クローデットはサラダを詰めた容器に蓋をする。「ゆうべあなたが言ったことはあたってるわ――わたしも時々患者のことが大嫌いになる。つくづくうんざりすることがある。彼らが、わたしたちが、お互いにしてることの後始末をするのにほとほとうんざりすることがある。彼らが自分と同じ黒人だから彼らが大嫌いになることがある。なぜって、そんな彼らを見てると、自分のことも疑いたくなるからよ」

彼女はプラスティック容器をバッグにしまう。

「わたしたちはそういう世の中に生きてるのよ、ベイビー。来る日も来る日もね。鍵をかけるのを忘れないでね」

クローデットはマローンの頬にキスをして出ていく。

早春が贈りもののように市《まち》に訪れる。

雪はぬかるみに変わり、水は小川のように側溝を流れる。加えて暖かな一日を予感させる陽射し。

ニューヨークは冬から目覚めようとしている。冬眠していたわけではないが。コートの襟を立ててその中に頭を埋《うず》め、ビルの谷間を吹き抜け、顔を凍らせ、唇をかじかませる風をよけていただけだが。ニューヨーカーは銃弾をよける兵士のように冬を切り抜ける。

市《まち》そのものもようやくその重い外套を脱ぐ。

ダ・フォースはセント・ニコラス団地に踏み込む準備を整える。

「最初から無理はするな」マローンはレヴィンに指導する。「自分の実力を示そうとするな。少しうしろにさがってよく状況を見ろ。そうやってこつをつかむんだ。心配するな、報告書に名前はちゃんと載せてやる」

逮捕の手柄を立てさせ、報告書の中でも見栄えよく書いてやる。

マローンたちは垂直警邏のためにセント・ニコラス団地の北側の棟にはいる。

ギャングは警察がすでにその棟以外にもほかの四つの棟にはいっていることを知っている。大きくなったら仲間にはいりたいと思っている十歳の子供たちが叫び声をあげたり、口笛を吹いたりしたからだ。人々はマローンたちがまるで伝染病患者か何かのように一斉にロビーから逃げ去る。ただ一組を除いて。そのカップルは憎しみを込めた眼でマローンたちを睨みつける。ひとりが「マイケル・ベネット」とつぶやくのがマローンの耳にも届く。マローンは無視する。

レヴィンが階段に出るドアのほうに歩きだす。

「どこに行く気だ?」とルッソが訊く。

「階段を捜査するんじゃないんですか?」

「階段をのぼっていくつもりか?」

「はい……」

「馬鹿」とルッソは言う。「エレヴェーターで屋上まで行って、そこから階段を降りてくるんだ。体力を温存するだけじゃなくて、そうすりゃ何か問題があっても上から対処できるだろ? 下からじゃなくて」

「なるほど」

「おまえ、ニューヨーク大学だっけ?」

金属製の折りたたみ椅子に坐っている老女がレヴィンを見て、呆れたように首を振る。

彼らは十四階までのぼって、エレヴェーターを降りる。

壁一面にらくがきとギャングのシンボルマークが描かれている。

彼らは階段への入口まで行き、ドアを開ける。そのとたん、四人の〈スペード〉がウズラの群れのように散らばって逃げる。そのうちのひとりが銃を持っているからだ。四人は一斉に階段を駆け降りる。

条件反射のようにマローンはそのあとを追う。その刹那《せつな》、レヴィンが手すりを乗り越えてマローンより先に行く。

「新入り、待て！」とマローンは叫ぶ。

しかし、レヴィンの姿はもう見えない。十三階へ駆け降りている。そのとき銃声が聞こえる。聞こえるどころではない。轟音が階段じゅうに轟《とどろ》き渡る。いっとき耳が聞こえなくなり、マローンは鼓膜が破れたのではないかと思う。耳鳴りがする中、階段を飛ぶように降り、血だまりの中に倒れているレヴィンの姿を見ることを覚悟する。が、発砲犯を追って階段を走り降りるレヴィンの姿が眼に飛び込んでくる。レヴィンはその勢いのまま、犯人の背後からラインバッカーのように飛びかかってタックルする。男が踊り場の壁に叩きつけられたところで、マローンが追いつく。

犯人は銃を階下《した》へと投げようとするが、あとから駆け降りてきたルッソが銃をつかみ取る。

レヴィンが興奮して叫ぶ。「銃の確保！　こいつ、その銃で撃ってきたんです！」

恐怖とアドレナリンのせいでひどい興奮状態にあるものの、レヴィンは格闘しながら手ぎわよく手錠をかける。モンティが犯人を床に倒し、首を膝で押さえつける。レヴィンは壁にもたれて踊り場に坐り込み、激しく息をしながらアドレナリンが収まるのを待つ。

「大丈夫か？」とマローンはレヴィンに声をかける。

レヴィンはただうなずく。恐怖で声が出ない。

マローンにはよくわかる。〝殺されるところだった〟という思いは彼も何度も経験している。「まずは息を整えろ。それからこいつを三二分署まで連れていけ。おまえが逮捕したんだから」

マローンが三二分署に着くと、レヴィンが待っている。「名前はオデル・ジャクソン。コカインの手入れで十年から十五年相当の逮捕令状が出てました。なんで警官に発砲するなんて危険を冒したんでしょうね」

「どこにいる？」

「刑事部屋です」

マローンは刑事部屋に行き、ジャクソンが留置房に入れられているのを見届ける。

レヴィンはロッカールームの椅子に坐っている。

「どういうことだ、レヴィン?」とマローンは尋ねる。「ジャクソンは教会から出てきたばかりみたいな顔をしてる」

「どういう顔をしてたらいいんです?」とレヴィンは訊き返す。

「ぼこぼこにされたような顔だ」

「おれはそういうことはしません」

「あいつはおまえを殺そうとしたんだぞ」とモンティが言う。

レヴィンは応じる。「はい。それで刑務所送りです」

「いいか」とマローンは言う。「おまえが社会正義を重んじてることも、マイノリティ・コミュニティに好かれたいと思ってることも知ってるよ。だけどな、ジャクソンをあのまま傷ひとつない顔で中央留置所に送ってみろ、ニューヨークじゅうのクズ野郎が市警のお巡りを撃っても大したことないんだなんて思い込む」

「あの男ひとりをおまえがぼこぼこにしないと」とモンティが続ける。「おれたち全員が危険にさらされるんだよ」

レヴィンはショックを隠せない。

「モップをケツに突き刺せなんて言ってるんじゃない」とルッソも加わる。「それでもあいつを痛めつけなきゃ、おまえはここの仲間からは認められない」

「今から正しいことをしてこい」とマローンは言う。「それが嫌なら、ロッカーの荷物をまとめることだ」

二十分後、彼らは階下《した》に降りて中央留置所行きのバスにジャクソンを乗せる。ジャクソンの顔はカボチャのように腫れ、両眼はただの切れ込みのようになっている。さらに脇腹を抱えながら脚を引きずっている。

レヴィンは役目を立派に果たした。

「逮捕されたとき、おまえは階段から転げ落ちたんだよな?」マローンがジャクソンに言う。「医者に診《み》てもらうか?」

「いいよ」

ああ、今はまだ大丈夫だ、とマローンは思う。中央留置所の係官はお巡りが嫌いだから、おまえのことは放っておいてくれるだろう。だけど、刑務所ではまた話は別だ。刑務官というのはいつも命の危険を感じている。だから、警官に対する暴行をもっと深刻に受け止める。受刑者のあいだではヒーローになれるかもしれないが、刑務官の手でもう一度くらい階段から突き落とされる破目になってもおかしくない。

レヴィンは具合が悪そうだ。

マローンにもよくわかる――自分も同じだったから。初めて捕まえた犯人を痛めつけるように古参のお巡りから言われたときは。

記憶にまちがいがなければ。

大昔のことだが。

モンティが部屋にはいってきて、書類を一枚マローンに手渡す。「どうやらミスター・ジャクソンには悪い日になりそうだ」

マローンは書類に眼を通す。ジャクソンがレヴィンに発砲した弾丸《たま》とムーキー・ジレットの胸に撃ち込まれた弾丸《たま》の線条痕が一致したのだ。同じ銃から撃たれた弾丸《たま》であることが判明したのだ。

「おい、巡査部長」とマローンは言う。「こいつの鎖をはずして、第一取調室まで連れてきてくれ。それから殺人課のミネリも呼んでくれ。尋問に加わりたがるはずだ」

ジャクソンは机のボルトにつながれている。

マローンとミネリはその向かい側に坐っている。

マローンが言う。「おまえにとっちゃ、今日が生まれてこの方最悪の日になるかもしれない。お巡りを撃ってはずしただけじゃなくて、こうやって二件の殺人の取り調べを受けてるんだから」

「二件？　ミセス・ウィリアムズはやってねえよ」

「いや、実に面白い理屈なんだが」とミネリが言う。「法律によれば、おまえがムーキーを撃ったことが、ミセス・ウィリアムズの射殺に直結した。だから二件ともおまえの犯行ということになるんだよ」

「おれはムーキーも撃ってねえよ。現場にはいたけどよ。撃ったのはおれじゃねえよ。おれはただ銃を持って逃げただけだ」

発砲した犯人は格下の仲間に武器を渡す。その格下の仲間はその武器を持って立ち去る。

「おまえはまだ凶器を持ってて」とミネリは言う。「また撃った」

「おれは渡されただけだ」とジャクソンは言う。「処分しろって言われたんだ」

「だけど、おまえは処分しなかった」マローンが言う。「ほんと、馬鹿だな、おまえ」

「銃は誰から渡されたんだ？」とミネリが訊く。「誰が実行犯なんだ？」

ジャクソンは机をじっと見つめている。

「なあ、これからどうなるか、おまえだってわかるだろ？」とミネリは言う。「おまえが殺人罪で刑務所に行くか、誰か別のやつが行くか、そのどっちかだ。おれはどっちだってかまいはしない。どっちにしても事件は解決だからな」

「なるほど」とマローンが言う。「ムーキー殺しでおまえは株を上げることができるってことか。だけど、ミセス・ウィリアムズを殺した犯人になってもいいのか?」

「どっちみち、お巡りを撃っちまったんだからよ」

「そう、それがニューヨークの法律だ。お巡りを撃てば四十年から終身刑だ。前科が二件もあれば、まず終身刑でまちがいない」

「だから、どのみち終わりなんだよ、おれは」

「もし実行犯の名前を言えば」とマローンは続ける。「警官への発砲についてはなんとかしてやれないこともない。さすがに無罪放免ってわけにはいかないが、地区検事補から裁判長に、おまえが二件の殺人について協力したって言ってもらうことぐらいはできる。そうすりゃ、四十年が十五年に短縮されて、おまえの人生はまだまだ残る。さもなきゃ、塀の中での一生だ」

「もうあきらめてんだよ、おれは」とジャクソンは言う。「どのみちおれは中で殺されるんだから」

マローンはジャクソンの眼の中をのぞき込んで思う――こいつはすでに悟ってる、自分の人生が終わったことを。

機械に巻き込まれたら最後、ミンチになるまで抜け出すことはできない。

「おまえに祖母《ばあ》ちゃんはいるのか？」とマローンは尋ねる。

「祖母ちゃんぐらいいるよ」とジャクソンは答える。次のことばを発するまで少なくとも十秒くらい間《ま》があく。「ジャミクル・レナード」

「そいつはどこにいる？」とミネリが尋ねる。

「いとこの家」ジャクソンはミネリにレナードの住所を教える。

中央留置所行きのバスに乗せるため、マローンはジャクソンを連れていく。「おまえの公選弁護人に連絡しておく」

「なんでもいいよ」

鎖につながれ、ジャクソンはバスに乗せられる。

「この逮捕に加わるか？」とミネリがマローンに尋ねる。

「いや」とマローンは言う。「人が多いとめだつ。かわりにレヴィンに逮捕のアシストをさせてやってくれ。あと、レナードの逮捕にはサイクスにも一枚噛ませてやるんだな」

「あんたはいいのか？」

「ああ、いい」

賢いマフィアなら誰でも知っていることだ。旨いものを食べるときにはひとり占めはしない。上納金には、そう、いろいろな種類のコインがあるということだ。

マローンは階下《した》のロッカールームに降りていく。ルッソとモンタギューとレヴィンが待っている。

「少しでもおまえの気分がよくなればってことで教えてやろう、新入り」とマローンは言う。「ジャクソンがウィリアムズを撃った犯人をゲロした。おまえはその犯人逮捕の補助をしたことになる」

それでレヴィンの気分も少しはよくなったかもしれない。しかし、あくまで少しだ。それはレヴィンの眼を見ればわかる——彼は今日初めて市《まち》のために自分の一部をあきらめた。そういうことには痛みがともなう。その傷はまだかさぶたにもなっていない。痛くて当然だ。

「思うに」とマローンは言う。「おれたちも今日ばかりはボウリング・ナイトにふさわしい仕事をしたんじゃないか」

8

ボウリング・ナイトは特捜部の恒例行事だ。

問答無用の強制参加。妻や恋人には男同士でボウリングにいくと伝えて、夜の街に繰り出す。

ボウリング・ナイトの招集をかけるのはリーダーの特権だ。むしろそれは義務だと言う者もいるだろう。目的は鬱憤《うっぷん》を晴らすこと。お巡りが発砲されたとなると、晴らすべき鬱憤はたっぷりとある。

仲間のお巡りが殺された日には何も語ることはない。しかし、誰かが危うく殺されかけた日には、そのことを大いに語らなければならない。ことばにして、笑い飛ばさなければならない。なぜなら明日か明後日には、またどこかの公営住宅の階段で垂直警邏をしなければならないからだ。

〝10-13《テン・サーティーン》〟という集まり――〝応援要請〟を意味するニューヨーク市警の無線コード

がその名の由来だ——もよく開かれる。テン・サーティーンではどこかを借り切ってどんちゃん騒ぎをするが、ボウリング・ナイトにはそれとは一線を画したルールがある。スタイリッシュな服装で出かけること。妻も恋人も愛人も同伴しないこと。お巡りの溜まり場のバーには行かないこと。

ボウリング・ナイトは何から何まで一流で決める特別な夜だ。

かつてシーラはボウリング・ナイトについて、スタッテン・アイランドの刑事の妻にふさわしい洞察力でこう言った。「どうせボウリングなんてしないくせに。たらふく食べて酔っぱらって、安っぽい売春婦とファックするためのただの口実でしょ?」

しかし、その指摘は正確ではない。その夜、自宅の玄関を出ながらマローンは思ったものだ。ボウリング・ナイトは、高級な店で食事をし、酔っぱらって、高級売春婦とファックするための口実なのだ。

レヴィンはボウリング・ナイトへの参加を渋っている。

「もうくたくたなんです」と彼は言う。「家に帰ってゆっくりしたいんですけど」

「これは招待じゃない」とマローンは言う。「命令だ」

「いいから来い」とルッソも言う。

「おまえはチームの一員だ」とモンティは言う。「ということは、ボウリング・ナイトに来なきゃならないってことだ」

「エイミーにはなんと言えばいいんです？」

「チームと出かけるから、さきに寝てろと言えばいい」とマローンは言う。「さあ、一度帰ってシャワーでも浴びて、上等な服に着替えてから来い。七時に〈ギャラガーズ〉に集合だ」


五二丁目のステーキハウス〈ギャラガーズ〉の隅のテーブル席。

今夜のルッソはいつにもまして洒落た装いだ。オーダーメイドの濃灰色のスーツにフレンチカフスの白いシャツ、パールのカフスボタン。

「銃声は聞こえてたか？」とそのルッソが尋ねる。

「その瞬間は聞こえませんでした」とレヴィンは答える。「おかしな話ですけど、音はあとから聞こえてきたんです」

「それにしても、こいつがあのくそったれにかましたタックルはすごかったな」とルッソは言う。「おまえ、ニューヨーク・ジェッツと契約できるぞ」

「ジェッツのタックル？」とマローンが言う。

会話はこんなふうに進む。レヴィンに話をさせて、勇敢だったこと、生き残ったことを認めてやり、自信を持たせる。

「これで」とマローンは言う。「おまえはもう一生安泰だな」

「どういう意味です？」とレヴィンは訊き返す。

モンタギューが説明する。「たいていのお巡りは在職中に発砲されることはない。おまえは発砲され、しかもあたらなかった。つまり確率から言うと、おまえは二度と発砲されることがなく、二十年後には無傷で退職して年金を受け取れるってわけだ」

マローンは全員のグラスに酒を注いで言う。「こいつの強運を祝して乾杯！」

ルッソが話題を変える。「ハリー・レムリンのことを覚えてるか？」

マローンとモンティはげらげら笑いだす。

「誰ですか、ハリー・レムリンって？」とレヴィンが興味津々に尋ねる。この新入りはチームの昔話を聞きたくてうずうずしている。テーブル席につくなり、袖口にボタンのついたシャツを着てきたことを咎められ、百ドルの罰金を科されたのに臍《へそ》を曲げた節すらない。

「フレンチカフスにしろ」マローンはレヴィンにそう注意した。「チームで出かけるときには品格ある服装で出かけるんだ。まわりに堂々とした印象を与えるんだ。だからフレンチカフスにカフスボタンは必須なんだ」

「カフスボタンなんて持ってません」

「じゃあ、買え」マローンはそう言ってレヴィンの財布から百ドルを抜き出した。

レヴィンは食い下がる。「ハリー・レムリンって誰なんです？　教えてくださいよ」

「ハリー・レムリンは……」とルッソが言いかける。

「不死身のハリーだ」とモンティが訂正する。

「不死身のハリーは」とルッソは言い直す。「市長室付きの会計監査官で、収支報告書の体裁を整える仕事をしてた。そして巨根の持ち主だった。種馬並みの精力絶倫男だ。ハリーのイチモツを見たやつはみんな恥ずかしくなって顔を伏せちまう。会議のときなんかはハリーのちんぽがまず到着して、その二分後にようやく本人が到着するほどのでかさだ。そんなわけで、ハリーはマデリンの店の常連だった。まだマデリンがおもに自宅を使って商売してた頃の話だ」

マローンは笑みを浮かべる。ルッソは語り部モードにはいっている。

「当時の店は、確かパーク・アヴェニュー六四丁目あたりにあった。ハリーはバイアグラを飲みはじめてた。史上最高の薬《ヤク》だと言ってたな。ペニシリンやポリオワクチンなんか屁みたいなもんだって——あの青い錠剤に首ったけだった」

「その人は何歳だったんです？」とレヴィンは尋ねる。

「おまえはおれに話をさせたいのか？　それとも話の邪魔をしたいのか？」とルッソは言

う。「まったくこれだからな、最近のガキは」

「親の教育のせいだな」とモンティが言う。

「罰金百ドル追加だ」とマローンが言う。

「さあ、六十代だったかな」とルッソが言う。「でも、ファックとなるとまるで十九歳並みだった。一度にふたりか、三人の女を相手にしてさ。なにしろ蒸気機関車並みの馬力の持ち主なんだよ。女たちはタッグを組んでハリーの相手をしたが、それでも終わったあとは足腰が立たなくなった。マデリンは気にしなかった。商売だからな。女たちもハリーを気に入ってた。チップの払いがよかったんだ」

「モノの長さに応じてチップをはずんだのさ」とモンティが言う。

「どうしてモンティは罰金にならないんです？」とレヴィンが尋ねる。

「おっと、さらに百ドル追加だ」

「さて、ある晩のことだ」ルッソの話は徐々に盛り上がっていく。「おれたち三人がコカインの売人の自宅のまえで張り込みをしてたときのことだ。マローンの私物の携帯にマデリンから電話がはいった。なんとマデリンが動揺しまくって、泣きながら〝ハリーが死んだ〟って言うじゃないか。おれたちはすぐにマデリンの店へ駆けつけた。案の定、ハリーはベッドの上だった。売春婦たちがまわりを囲み、さめざめと泣いてる。まるでハリーがイエスさまか何かみたいに。マデリンは言った。〝ハリーをここから出してちょうだい〟ってな。

そりゃそうだ、とおれたちは思った。これは市長のスキャンダルになりかねない。午前一時にお付きの会計監査官の素っ裸の死体がベッドの上で売春婦ふたりと一緒に発見されたとあってはな。おれたちは遺体を運び出さなきゃならなかった。ただ、最初の問題はハリーに服を着せることだった。なにしろやつの体重は百三十キロ近くあってさ。おまけに、なんというか、〝障害物〟が邪魔をしてたからだ」

「〝障害物〟？」とレヴィンは尋ねる。

「ハリーの兵隊がまだおっ立ってたのさ」とルッソが言う。「いつでも突撃できる状態で。おれたちは、ズボンはもちろんだが、トランクスも穿かせようとした。それで、その旗竿をなんとか押し込もうとしたんだが……これがちっとも曲がらないんだよ。バイアグラのせいなのか、死後硬直のせいなのかはわからんが……いずれにしろ」

そこでルッソは笑いはじめる。

マローンとモンティも笑いはじめる。レヴィンもいかにも愉しそうにさきを促す。「それでどうしたんです？」

「おれたちがどうしたかって？」とルッソは言う。「必死で取り組んだよ。もとどおりハリーに服を着せようとして。ズボン、シャツ、ジャケット、ネクタイ、何から何まで。ただし、突き出てるでっかい竿ばかりはどうにもならない。誓ってもいいが、そいつはさらにでかくなってた。嘘をついたピノキオの鼻みたいにな。

おれはさきに階下《した》に降りて、ドアマンに二十ドルを握らせて煙草を吸いにいかせたあと、ロビーを見張った。モンティとマローンがハリーを担いでエレヴェーターに乗せて、そのあとおれも手伝ってハリーの体を引きずって裏口から車に乗せた。それだけでも一苦労だった。

そうやってハリーを酔っぱらいみたいに見せかけて助手席にもたせかけると、ダウンタウンのあいつのオフィスまで運んだ。警備員に百ドル払って、またエレヴェーターに乗せて、ハリーをオフィスの机のまえに坐らせた。そうやっていかにも熱心な職員が夜遅くまで働いてたみたいにしたんだ」

ルッソはマティーニを一口飲むと、ウェイターに向かってもう一杯くれと合図する。

「さて、どうするか？　まあ、さっさとずらかって、翌朝ハリーが発見されるのを待つべきだった。でも、おれたちはみんなハリーが好きだった。あの男をすごく気に入っていた。だから何もしないであいつを腐らせるのは忍びなかったんだ。そこで……

マローンが五分署の内勤の巡査部長に電話して適当なつくり話をした。たまたまハリーのオフィスのあるビルのまえを通ったら明かりがついてたんで、旧友のハリーの様子を見にきてみたら、こりゃ大変、部下を派遣してくれないかとかなんとか。

制服警官が到着して、それから担当の検死医が来て、ハリーを一目見るなり〝心臓が破裂してる〟と言った。おれたちはうなずいた。ああ、悲しいことだ、働きすぎだったんだな。ところが、検死医はこう続けたんだ。〝しかし、心臓が破裂したのはこの場所じゃない〟って。おれたちはそろって、〝そりゃ、いったいどういう意味だ？〟とすっとぼけた。すると、検死医は皮膚の状態やら病気の可能性やらについて長々と説明を始めて、パンツに漏らしてないことや、さらに故人がまるで破城槌《はじようつい》みたいな勃起をしてることを挙げて、〝いったいどうなってるんだ〟って顔でおれたちを見るんだ。だもんで、おれたちとしても検死医を脇に引っぱって事情を話すしかなくなった。

〝実は〟とおれは言った。〝ハリーは腹上死したんだが、奥さんや子供たちには辛い思いをさせたくない。だからおれたちに話を合わせてくれないか？〟って。

〝死体を動かしたのか〟って検死医は言った。

おれたちは認めた。

〝それは犯罪だ〟

おれたちはそれも認めて、マローンが検死医に言った。この借りは返す、何かあったら便宜を図る。そしたら、そいつは〝わかった〟って言って、ハリーはオフィスの机に突っ伏して死んでたという報告書を書いてくれた。市《まち》の忠実な僕《しもべ》として死んだってな」

「実際、そうだったしな」とモンティが言う。

「まったくだ」とルッソも言う。「ただ、おれたちにはまだやるべきことが残ってた。ローズメアリーのところへ行って、旦那が死んだって伝えなきゃならない。で、東四一丁目のハリーの自宅まで車を走らせて、玄関の呼び鈴を鳴らした。ローズメアリーは、部屋着を着て髪にカーラーを巻いてた。知らせを聞いたら少し涙ぐんだ。でも、おれたちにお茶を振る舞ってくれて、それから……」

ルッソのマティーニのおかわりが運ばれてくる。

「夫に会いたいと言いだした。おれたちは明日まで待ったらどうか、身元確認はおれたちがやったから必要ないし、と説得しようとした。それでも、彼女は夫に会いたいと言い張った」

マローンは首を振る。

「おれたちは渋々了承した」とルッソは続ける。「ローズメアリーを連れてモルグへ行って、職員にバッジを見せた。職員はハリーの遺体を収めた安置用ロッカーからひとつを引き出した。職員の名誉のためにも、彼らが手を尽くしたということは言っておかなきゃならない。ハリーはシーツと毛布で覆われてたんだが……支柱が突き出ていた。そいつのせいで、毛布がまるでテントみたいになってた。その下で伝道集会でもできそうなくらい。サーカスでも。そうだな――象も、ピエロも、アクロバットも、なんでもござれって感じだった。ローズメアリーはそれを見てこう言ったんだ……」

そこでまた三人が一斉に笑いだす。

「ローズメアリーはこう言ったんだ。〝まあ、ハリーのちんちんを見て――不死身じゃないの！〟って。

彼女はむしろ誇らしげだった。旦那が腹上死したことを、好きなことをしながら死んだことを、まるで誇りに思ってるみたいだった。おれたちは彼女のために、ヘルニアになりかけながらその好色親父をせっせと運び出したんだが、ローズメアリーは端からすべてお見通しだったってわけだ。

さて、納棺のときが来た。マフィアの葬儀じゃよく遺体の損傷が激しくて棺《ひつぎ》の蓋を閉じておかなきゃならないことがあるだろ？　ハリーの場合は腰から下の部分の蓋を閉じなきゃならなかった。ローズメアリーがこう言ったからだ。〝いつでもやれる状態で天国に行かせてあげましょう〟って」

モンティがグラスを持ち上げて言う。「ハリーに乾杯」

「不死身の男に」とマローンも言う。

彼らはグラスを合わせる。

それからルッソがレヴィンの肩越しに店内を見て言う。「くそっ」

「なんです?」

「うしろを振り向くな」とルッソは言う。「カウンターにルー・サヴィーノがいる」

一気に警戒モードになったマローンが言う。「確かか?」

「ああ、まちがいない。サヴィーノだ。手下を三人連れてる」とルッソは答える。

「ルー・サヴィーノって誰です?」とレヴィンが尋ねる。

「ルー・サヴィーノが誰かだって?」とルッソは訊き返す。「おいおい、マジで訊いてるのか? サヴィーノはチミーノ・ファミリーの幹部だ」

「プレザント・アヴェニューのギャングを取りまとめてる男だ」とマローンが言う。「あいつには出頭令状が出てる。逮捕しないわけにはいかない」

「ここでですか?」とレヴィンは尋ねる。

「オツムを使えよ」とルッソが言う。「おれたちが出頭令状の出てるマフィアと同じ場所にいたのに、そのまま見逃したなんて情報が内務監査部の耳にはいったらどうなる?」

「まずいですね」とレヴィンは言う。

「これはおまえの役目だな」とマローンが言う。「向こうはまだおれたちに気づいてないが、おれたちの誰かが立ち上がったら、脱兎《だっと》のごとく逃げ出すに決まってるから」

「ちゃんとバックアップはしてやるよ」とルッソが言う。

モンティが言う。「礼儀正しくいけ」

「だけど、舐められるな」とルッソ。

レヴィンは立ち上がる。ひどく緊張した面持ちでカウンターに向かって歩きだす。サヴィーノは三人の手下と一緒にそれぞれ愛人同伴で酒を飲んでいる。マフィアがレストランのメインルームの席につくのは、連れの美しい女たちを見せびらかしたいからだ。男同士のときは個室を使う。

ボウリング・ナイトの夕食に女を同伴すべきかどうか。それはチーム内で常に議論の的になっている。マローンはどちらにも一理あると思う。夕食時に美しい女が隣りにいれば、もちろんいいに決まっている。その一方で女連れは人目を惹きすぎる。名を知られた刑事の一行が高級レストランで食事をするだけでもぎりぎりの線だ。そこにコールガールをこれ見よがしに侍《はべ》らせていたとなると、まず問題になるだろう。

だからマローンは女の同伴には反対の立場を取っている。内務監査部にわざわざ見せつけることはない。それに男同士で話をするいい機会にもなる。レストランの中は騒がしい。店内に盗聴器を仕掛けられている可能性もあるが、たとえ内務監査部が実際に盗聴器を仕掛けていたとしても、店の中ならざわざわとした不鮮明な音声しか録音できない。たとえ自分の声であっても、人ちがいだと主張できるだろう。そういう録音が証拠審問で採用されることはまずない。

レヴィンがサヴィーノに近づき、声をかける。「失礼ですが、サー」

「なんだ?」とサヴィーノが言う。くつろいでいるところを邪魔され、およそ上機嫌には見えない。邪魔をした相手が見知らぬ男となればなおさら。

レヴィンはバッジを見せる。「出頭令状が出てるんで、逮捕します」

サヴィーノは手下を見まわして、肩をすくめる。これはいったいなんのジョークだとでも言わんばかりに。彼はレヴィンを振り返って言う。「おれには出頭令状なんか出てねえよ」

「申しわけないが、出ている」

「申しわけなく思う必要はないから、小僧」とサヴィーノは言う。「おれに出頭令状が出ていようがいまいがな、申しわけなく思うことはないから。実際には出てない。ということは、おまえは何も申しわけなく思わなくてもいいってことだ」

サヴィーノはレヴィンに背を向け、バーテンダーに次の給仕をするよう合図する。

「なんと美しい光景なんだ」とモンティが言う。「実に美しいじゃないか」

レヴィンは手錠を取ろうと背後に手を伸ばしながら言う。「紳士的に対応していただけないのであれば……」

サヴィーノがレヴィンを振り返って言う。「おまえのやってることが紳士的な対応なのか？　おれが仲間と女性の友人と和《なご》やかに団欒《だんらん》してるのを邪魔するのが紳士的な対応なのかよ？　おまえは……おまえはなんだ、イタ公か？　ユダ公か？」

「ユダヤ人ですが、それが何か――」

「――このユダ公、ユダヤ野郎、キリスト殺しのくそったれ……」とサヴィーノは言いかけ、そこでレヴィンの肩越しにマローンの姿を見つけて怒鳴る。「この馬鹿野郎！　このクソが！」

レヴィンがうしろを振り返ると、マローンとルッソは文字どおり椅子から転げ落ちて笑っている。モンティは肩を大きく上下させて大笑いしている。

サヴィーノがレヴィンの肩を叩いて言う。「おまえはあいつらに担がれたんだよ、小僧！　これはなんだ、そう、〝ボウリング・くそったれ・ナイト〟ってやつなんだろ？　だけど、おまえはなかなか肝っ玉が据わってるな。あんなふうにおれに近づいてきて、

〝失礼ですが、サー〟とはな。まったく……」

レヴィンがテーブルに戻ってきて言う。「なんなんです、ひどいじゃないですか」

マローンはレヴィンがそれほど気分を害していないのを見て取る。彼自身笑っている。それだけではない。この若造は実際にサヴィーノに立ち向かった——女もいて、三人の手下もいるにもかかわらず、たったひとりで。それは何かを物語っている。

ルッソがグラスを持ち上げて言う。「おまえに乾杯だ、レヴィン」

「あの人は本物のルー・サヴィーノなんですか?」とレヴィンは尋ねる。

「なんだ、おれたちが役者を雇ったとでも思ったのか?」とルッソは言う。「ちがうよ、本人だ」

「彼を知ってるんですか?」

「ああ、知ってる」とマローンが答える。「向こうもおれたちを知ってる。おれたちもサヴィーノも同じ仕事をしてる。ただ、カウンターをはさんで別々の側にいるだけでな」

ステーキが運ばれてくる。

ボウリング・ナイトのもうひとつのルールはステーキを注文することだ。

赤くて分厚くてジューシーなニューヨーク・ストリップか、デルモニコか、シャトーブリアンを注文する。なぜなら旨いから。さらに、マフィアと同じレストランで食事をするなら、肉を食うところを見せつけなければいけない。

お巡りには二種類いる――草食系と肉食系だ。草食系のお巡りはけちな獲物を狙う。レッカー車の会社からリベートを取り、ただのコーヒーを飲んでただのサンドウィッチを食べる。来る者は拒まないが、積極的に攻めることはしない。一方、肉食系のお巡りは捕食動物だ。欲しいものを手に入れる――麻薬をくすね、マフィアから賄賂を受け取り、現金を奪う。街に出て狩りをし、獲物を仕留める。だからこそチームで出かけるときには上等なスーツで決めてステーキを食らう。

そうやってメッセージを送るのだ。

ジョークめいて聞こえるかもしれないが、これはいたって真面目な話だ。マフィアは実際にお巡りの皿に何がのっているのか見ている。もし皿にチーズ・バーガーがのっていたら、翌日にはそのことを触れまわるだろう。「ゆうべ〈ギャラガーズ〉でデニー・マローンを見かけたんだが、あいつ、何を食ってたと思う？　聞いて驚くなよ。ハンバーガーだ！」

マフィアはハンバーガーを注文するお巡りをけちか、金欠か、その両方だと思っており、そんなハンバーガーを食べていると、マフィアの爬虫類脳《はちゆうるい》に弱い男というメッセージを植えつけてしまう。そして、マフィアはそこにつけ込もうとする。彼らもまた捕食動物

――弱い者を群れから切り離して狩りをする生きもの――だからだ。

マローンが注文したステーキはなんとも立派な代物だ。中央は火を通さず赤いレアに仕上げたニューヨーク・ストリップ・ステーキ。つけ合わせにはベイクトポテトではなく、大きなジャガイモの薄切りのフライと山盛りのサヤインゲン。

ステーキにナイフを入れて、肉を噛みしめるこの気分。

分厚さ。

硬さ。

歯ごたえ。

ボウリング・ナイトを開催したのは正解だった。

ビッグ・モンタギューは、四百五十グラムのデルモニコ・ステーキをがつがつと食べている。その集中力たるや。一度モンティが珍しく自分の生まれ育った家の話をマローンにしたことがある。モンティはめったに肉を食べられない家庭で育った。子供の頃は朝食のシリアルに牛乳ではなく、水をかけて食べていたそうだ。体の大きなモンティはいつも腹をすかせており、いつギャングの一員になってもおかしくなかった。モンティほど体格がよければ、中堅から幹部クラスの売人の用心棒として充分やっていけただろう。しかし、そうした道に進むにはモンティは頭がよすぎた。マローンはそう思っている。モンティは常に次の角を曲がった先を見通すことができる男だ。次に何が起こるか見抜くことのできる男だ。だから十代の頃にはもう、売人の末路が監房か棺桶のどちらかであることも、大金を稼げるのはピラミッド型組織の上層部だけだということも、わかっていたのだろう。同時に若きモンティは警察の人間が食うに困っていないことにも気づいた。腹をすかせた警官など見たことがない……

それでヤクの売人とは反対の道を進むことにしたのだ。

当時、市警は黒人を積極的に採用していた。アフリカ系アメリカ人で、二本の脚を持ち、まえに伸ばした手の親指の向こうまで見える視力があれば誰でも採用していた。まさかモンティのように知能テストでIQ一二六もある黒人が志願してくるとは予想もしていなかった。大柄で頭脳明晰《めいせき》な黒人。市警にはいった初日からモンティの体にはでかでかと〝刑事〟と書かれているようなものだった。

黒人を嫌っているお巡りですらモンティにはそれなりに敬意を払う。

実際、彼は市警の中で最も高い評価を受けているお巡りのひとりだ。

今夜のモンティは〈ジョセフ・アブード〉の注文仕立てのミッドナイト・ブルーのスーツにパウダー・ブルーのシャツで決めている。赤いネクタイは咽喉元にたくし込んだリネンのナプキンで隠れている。彼は百ドルのシャツに染みをつけるようなリスクは冒さない。

見てくれにはこだわらない。

「何を見てる？」とそんなモンティがマローンに尋ねる。

「あんたを」

「おれの何を？」

「愛してるよ、兄弟」

モンティにもわかっている。彼とマローンは〝別々の母親から生まれた兄弟ごっこ〟や〝黒鍵と白鍵《エボニー・アンド・アイヴォリー》の調和ごっこ〟に興じたりはしないが、確かに兄弟の絆《きずな》で結ばれている。実の兄弟はモンティにはふたりいて、ひとりはオルバニーで会計士をし、もうひとりはエルマイラの刑務所で十五年から三十年の刑で服役中だ。が、そんな実の兄弟を凌《しの》いで誰より親しい兄弟がマローンだ。

当然のことだ。彼らは週に五、六日、一日に十二時間以上をともに過ごし、互いに命を預け合っているのだから。ドアを出たら、何が起こるかわからない。彼らにとってこれはただの常套句《じょうとうく》ではない。そういう立場にある者は誰しも兄弟と一緒にいたいと思うものだ。

黒人のお巡りであることと白人のお巡りであることにはもちろんちがいがある。確かにある。それはただそれだけのことだとしても、このテーブルにいる仲間を除くと、ほかのお巡りはモンティのことをちがった眼で見ている。そして〝コミュニティ〟――お笑い種《ぐさ》だが、社会運動家と大ぼら吹きの大臣や地元の政治家はゲットーをそう呼んでいる――の中にはモンティのことを自分たちを助けてくれる同胞と見なしている者もいれば、裏切り者――つまり、白人迎合者《アンクル・トム》であり、白人模倣者《オレオ》――と見なしている者もいる。

モンティはそんなことは気にもしていない。

モンティは自分が何者か、ちゃんと理解している。家族を養い、わが子をその〝コミュニティ〟とやらから脱出させようとしている。互いに盗み合い、互いに騙し合い、五ドル分の麻薬の包みのために互いに殺し合うコミュニティから。

このテーブルについているモンティの兄弟は互いのためなら死ぬこともいとわない。マローンが以前こんなことを言ったことがある――自分の家族と全財産を預けられない相手とはパートナーになれない、と。この仲間にならなら家族と全財産を預けられる。この仲間に預ければ自分が戻ってきたとき、家族は笑顔で待っているし、金はさらに増えている。そう思える相手でないとパートナーにはなれない、と。

彼らはデザートを注文する――マッドパイ、くさび形に大きくカットされたチェダーチーズ付きのアップルパイ、チーズケーキのチェリー添え。

そのあとはブランデー、またはリキュール入りのコーヒー。レヴィンのためにいくらか帳尻を合わせてやろうと思い、マローンが切り出す。「不死身のハリーもいいが、死体ときたら、あの話をはずすわけにはいかないな……」

「やめとけ」とルッソが言う。しかし、もう笑っている。

「どんな話です?」とレヴィンが尋ねる。

モンティも笑っている。モンティも知っているということだ。

「じゃあ、やめておくか」とマローンは言う。

「いいじゃないですか」

マローンはルッソを見る。ルッソがうなずくのを見て、話しはじめる。「これはルッソとおれがまだ六分署で制服警官だった頃の話だ。そのときの上司に――」

「ブレイディ」

「ブレイディという巡査部長がいて、おれのことを気に入ってた」とマローンは言う。「だけど、なぜかルッソのことは眼の敵《かたき》にしてた。でもって、このブレイディというのが大酒飲みで、よくおれに車で〈ホワイトホース・タヴァーン〉まで送らせちゃ、しこたま飲んで酔っぱらってた。あとでおれが迎えにいって自宅まで送り届けるんで、ブレイディはそのまま寝ちまえばよかった。

ある夜、屋内での死体発見の通報がはいった。その頃、制服警官は検死医が現場に到着して搬出許可を出すまでは、死体に付き添っていなくちゃならなかった。ものすごく寒い夜で、気温は氷点下にまで下がってた。そのときブレイディがおれに訊いた。〝ルッソはどこだ?〟って。おれは〝持ち場についてます〟って答えた。するとブレイディは〝死体の発見現場にはあいつを行かせろ〟って言った。すごく親切な計らいみたいに聞こえるだろ? ルッソを寒い外の仕事から屋内の仕事に移してやろうというんだから。でも、ブレイディは知ってたんだ。このフィルが……」

マローンはこらえきれずに笑いだす。「その頃のルッソが死体を怖がってたことを」

「いわゆる身の毛がよだつほど怖いってやつだな」とモンティが言う。

「ふたりとも、もう死んでいいぞ」とルッソが言う。

「だから、おれはなんとかブレイディを説得しようとした」とマローンが続けて言う。

「こういうことに関しちゃ、ルッソがからっきしの意気地なしで、失神でもしかねないって知ってたからな。だけど、ブレイディは聞き入れなかった。ルッソじゃなきゃ駄目だと聞く耳を持たないんだ。〝あのクソに現場に行って、死体と一緒にいるよう伝えろ〟って。

通報があったのは、ワシントン・スクウェアの先にあるブラウンストーン造りの建物だった。死体は二階のベッドに横たわってて明らかに自然死だった」

「そのゲイの老人は」とルッソが説明する。「ブラウンストーンの建物全体を所有していて、ひとり暮らしで、心臓発作を起こしたんだ」

マローンが続ける。「おれはルッソを発見現場に連れていったあと、〈ホワイトホース〉まで戻って店のまえに車を停めて待ってた。ブレイディは半分酔っぱらって出てくると、おれに死体が発見された家まで車で連れていけって言った。店を出てから、車に乗り込むと、そうだな、五秒くらいでもうフルートを呷りはじめた」

「フルートってなんです？」とレヴィンが尋ねる。

「コーラの瓶に入れた酒のことだ」とモンティが説明する。

「おれたちは車で発見現場に向かった」とマローンは続ける。「ルッソはむちゃくちゃ寒い玄関ポーチに突っ立っていた。ブレイディは怒り狂ってフィルをどやしつけた。〝死体のそばにいろと言っただろうが、この腐れちんぽ！　とっとと中にはいって、二階の現場に行きやがれ、さもないと報告書に書くぞ！〟って。それでルッソは家にはいって、おれたちはまた店に戻った。

おれが店のまえで待ってると、無線連絡がはいった。コードは〝10《テン》-10《テン》〟、発砲事件だ。発生場所の住所が流れてきた。そしたら、なんとあの死体が発見された家と同じ住所じゃないか！」

「なんてこった！」とレヴィンは眼を輝かせて言う。

「おれもそう思ったさ。で、急いでバーに駆け込んで、ブレイディを探して言ったよ、〝まずいことになりました〟って。いずれにしろ、おれたちも現場に急行して、クソ忌々《いまいま》しいクソ階段を駆け上がった。部屋にはルッソがいて、銃を手に持ってた。ベッドの上じゃ、死んだ老人が上体をぴんと起こしてた。フィルがその爺さんの胸に二発ぶち込んだんだ」

マローンはあまりに笑いすぎて、とぎれとぎれにしか話せなくなる。

「何が……起きたかっていうと……死体の中でガスが動きはじめて……奇妙なことに……その爺さんの体が持ち上がっちまって……仰天したルッソが……あまりにビビってたせいで……胸に二発撃ち込みやがったのさ……」

「死んだはずの人間が眼のまえで動いたんだぞ！」とルッソは言う。「ほかにどうしろってんだ？」

「いずれにしろ、おれたちは思いっきりまずいことになった」とマローンは言う。「もしその男が死んでなかったのだとしたら、ルッソは拳銃を発砲しただけでなく、殺人罪に問われることになる」

「いやあ、ビビったねえ、あのときは」とルッソが言う。

モンティは肩を大きく揺らし、頬に涙まで流して笑っている。

マローンがどうにか続ける。「ブレイディはおれに訊いた。〝この男はほんとに死んでたのか？〟って。おれは〝絶対に死んでました〟って答えた。〝絶対にだと？　じゃあ、なんでこんなことになる？〟〝わかりません。脈はありませんでした〟もちろん、そのときにはもうその老人に脈があるわけはなかったがな。ルッソが心臓に二発ぶち込んだあとなんだから」

「それでどうしたんです？」

「当直の検死医はブレナンというやつで、掛け値なしの怠《なま》け者で、それで検死医になったような男だった。つまり生きてる人間を相手にできなかったから、その仕事にまわされたようなやつだったんだ。そのブレナンが現場に到着して、状況を理解すると、ルッソを見て言った。〝きみは死んだ男を撃ったのか？〟

フィルはぶるぶる震えながら訊き返した。〝この人は死んでたんですか？〟ブレナンは言った。〝からかってるのか？　こいつはあんたが撃つ三時間まえからくたばってる。なのに、胸に二発撃たれてる理由をおれはどう説明すりゃいい？〟」

モンティは頬にナプキンを押しあてて涙を拭いている。

「ブレイディがようやく部下の信頼を勝ち得たのがこのときだ」とマローンは言う。「彼はブレナンにこう言ったんだ。〝となると、あんたのほうにも大量の仕事が降りかかることになるよな。報告書に捜査、あんたはおそらく証言台にも立たなきゃならなくなるな……〟って。

するとブレナンは言った。〝貸し借りなしで手を打たないか？〟って。そんなわけで死体搬送車が到着して、おれたちは爺さんを死体袋に詰め、おれが自然死だと証言して、ここにいるルッソくんは清潔なパンツに穿き替えられたってわけだ」

「すごい」とレヴィンは感心して言う。

ルー・サヴィーノと仲間が店を出ようと立ち上がる。サヴィーノはマローンに向かってうなずき、マローンもうなずき返す。

何もわかっちゃいないクソ内務監査部。

おれたちがどんな人間なのか知っているから、マフィアもおれたちに敬意を示すのだ。マフィアがおれたちのことを知らなければ、それはおれたちが職務を全うしていないということだ。

食事代は五百ドルを超えるだろう。もし請求されるとすればだが。

ウェイトレスが請求書を持ってくる。請求額は〇ドル。それでも誰かに見られている場合に備えて請求書を持ってくる。マローンはクレジットカードを置き、ウェイトレスはそれを持ち去り、彼はサインするふりをする。

そして、みんなで二百ドルの現金をテーブルに置く。

ウェイターやウェイトレスにはチップを惜しまない。それはひとつには、そもそもチップをケチるというのは正しいことではないからだ。もうひとつは、繰り返しになるが、けちだという噂はすぐに広まるからだ。気前よく支払っておけば、どこかの店にはいったときに、ウェイターやウェイトレスはまずまちがいなくこう声をかけてくる。「例の食事会をぜひうちでもやってくださいよ」

テーブルがいつでも確保できるのはそういうわけだ。

妻を同伴していなければ、店の客は誰も気づかない。覚えてもいない。

チップは気前よく払うべし。バーまたは雑貨店《ボデーガ》では、二十ドル札の釣りは必ずテーブルに残すべし。

出し惜しみするのは草食系のすることだ。ダ・フォースの刑事のすることではない。

これはまさに必要経費だ。

これに対処できないなら、パトロール警官に戻ることだ。

マローンは車を呼ぶ。

ボウリング・ナイトでは必ず運転手付きのリムジンを利用する。

派手に酔っぱらうことは初めからわかっている。それに彼らにしても何も知らない新米巡査に報告書を上にあげられたり、一般市民に通報されたりして、飲酒運転で仕事を失うほど馬鹿げたこともない。

ニューヨークのマフィアの半分はハイヤー会社を所有している。マネーロンダリングがしやすいからだ。で、マローンたちはいとも簡単に無料でハイヤーを利用できる。当然、運転手は彼らがどこへ行き、何をしたかを逐一ボスに報告する。が、そんなことは一向にかまわない。運転手が内務監査部に密告するのでないかぎり。実際には、運転手はマローンたちを車に乗せたことさえ認めないだろう。そもそも酔っぱらったり女と寝たりしたことをマフィアに知られたところでどんな問題がある？　最初からわかりきっていることだ。

ハイヤー会社も刑事相手に、ロシア人やウクライナ人やエチオピア人の運転手を派遣するような愚かな真似はしない。事情を熟知し、耳はすまして口は閉じていられる地元の人間を毎回差し向ける。

今夜の運転手は、マフィアの〝友人〟という五十代くらいのドミニクという名の男だ。以前にもマローンたちを乗せたことがあり、チップを充分にはずんでもらえることを知っている。〈アルマーニ〉や〈ヒューゴ・ボス〉や〈アブード〉のスーツを着た男たちを乗り降りさせることが好きで、顧客の〈グッチ〉や〈フェラガモ〉や〈ブルーノ・マリ〉の靴が雨に濡れたりしないよう、縁石のすぐそばに車を停めることも心得ている。自分の車に敬意を払ってくれる紳士が車内で吐いたり、においのきついファストフードを食べたり、マリファナを吸いまくったり、連れの女を殴ったりするわけがないことも知っている。

運転手はマローンたちをリヴァーサイド・ドライヴ九八丁目にあるマデリンの店まで送る。

「少なくとも二時間はかかる」とマローンは運転手に言う。「そのあいだに夕食でも食べててくれ」

「では、お電話をお待ちします」

「ここはなんです?」とレヴィンが尋ねる。

「さっきの話にマデリンの店が出てきただろ?」とマローンは言う。「ここがそのマデリンの店だ」

「売春宿ですか?」

「そうとも言える」

「その……」とレヴィンは言う。「エイミーとは……その……将来を誓い合った仲なんです」

「彼女の指に指輪をはめたのか?」とルッソが尋ねる。

「いいえ」

「なら何か問題でも？」

「あの、おれはもう家に帰ります」

「これはボウリング・ナイトだ」とモンティが言う。「ボウリング・ディナーじゃない。おまえも来るんだ」

「とにかく階上《うえ》まで上がれ」とマローンが言う。「そこでぶらぶらしてろ。女と寝たくないならそれでもいいよ。だけど、おれたちとは一緒に来い」

マデリンはそのブラウンストーン造りの建物をまるごと所有している。しかし、その建物内で何がおこなわれているかについては慎重に隠している。だから近隣の住民が騒ぎ立てることもない。ただ、近頃は彼女のビジネスは出張型が主流を占め、この建物は小さなパーティや特別な客のために使われるようになっている。昔のような〝面通し〟もない。男たちはオンラインで事前に指名できる。

マデリン自身がじきじきに出迎え、戸口でマローンの頬にキスをする。

彼らは一緒に階上《うえ》に上がる。マローンが制服警官だった頃には、マデリンもまだ客を取っていた。そんなある晩のこと、マデリンがストラウス・パークを歩いて帰宅する途中、どこかの馬鹿が彼女にちょっかいを出そうとした。そこへ制服警官のマローンが通りかかった――ここでは〝仲裁した〟と言っておくべきだろうが、実際には――その馬鹿の頭に警棒を振りおろし、さらに自分の行為の愚かさを理解させるために腎臓あたりにも数発お見舞いした。

「告訴しますか？」とマローンは彼女に尋ねた。

「もうあなたが罰をくだしてくれたみたい」とマデリンは答えた。

それ以来、ふたりは友人になり、ビジネス仲間としてもつきあってきた。マローンはマデリンを保護し、上客に彼女の店を紹介する。その引き換えに彼女はマローンや彼のチームに無料でサーヴィスを提供し、マローンの役に立ちそうな顧客がいれば顧客名簿を見せる。そんなわけでマデリン・ハウの館は一度も手入れを受けたことがない。彼女の店の女たちも脅迫や嫌がらせを――少なくとも長期にわたって、あるいは同一人物からは二度と――受けることもなければ、チップをもらいそこねることもない。

ごく稀《まれ》に女のほうが勝手な振る舞いをして、顧客の何人かを脅迫しようとする場合がある。マローンはその手のトラブルの解決も引き受ける。まずその女の家を訪ねて、その女がしようとしている行為が法的にどんな結果を招くか説明する。すこぶる魅力的で甘やかされた女にとって、女性刑務所がどんな場所であるかも教える。それから、もし彼が彼女に手錠をはめざるをえなくなれば、それが男にはめてもらう最後のブレスレットになるだろうと伝える。すると、たいていの女は差し出された航空券を受け取るほうを選ぶ。

　つまり、マデリンの顧客名簿に名を連ねる男たち——羽振りのいいビジネスマンや政治家、判事たち——は本人に自覚があるかどうかは別にして、ダ・フォースの保護を受けているということだ。だから顧客たちの名前が〈デイリー・ニューズ〉の一面にでかでかと載ることもなければ、また彼ら自身が愚かな行動に走ることもない。実際、マローンとルッソがマデリンの店の女に惚れ込んだヘッジファンド・マネージャーや前途有望な若手政治家と直接会って、現実を直視するよう説得したことも一度や二度ではない。

「でも、彼女を愛してるんだ」とある州知事立候補予定者はマローンとルッソに言った。

「それに彼女も私を愛してる」

　彼は妻子もキャリアも捨てて、ブルックという名前だと本人は信じている女とコスタリカでコーヒー焙煎《ばいせん》事業を始めようとしていた。

「彼女はあんたにそう思わせることで給料をもらってる」とルッソはその男に言った。

「それが彼女の仕事だからね」

「いや、私たちの関係はそういうんじゃないんだよ」とその男は言い張った。「本物の愛なんだ」

「恥をさらすような真似はしないほうがいい」とマローンは言った。「しっかりしろよ。

あんたには奥さんも子供もいる。家族がいるだろうが」

心の中ではこんなことを思いながら——頼むから彼女を電話口に出して、あんたのちんぽは極小鉛筆並みだとか、口が臭いだとか言わせるような真似だけはおれにさせないでくれ。実際、彼女は前回その男から指名を受けたときに、ほかの女を派遣してくれないかとマデリンに頼んでいたのだ。

マデリンはマローンたちを出迎えると、彼らを小型エレヴェーターにのせ、趣味のいい内装のアパートメントに案内する。

女は極上の美女ばかりだ。

一回の同伴《デート》で二千ドルもするのだから、当然といえば当然だが。

レヴィンの眼が顔から飛び出している。

「落ち着け、若造」とルッソが言う。

「お相手は選んでおいたわよ」とマデリンが言う。「過去の好みを吟味《ぎんみ》して。ただ、新しい方については推測でしかないけれど。テラとなら愉しく過ごせるんじゃないかしら。もしお気に召さなければ、ほかの子を探しましょう」

「きれいな人ですね」とレヴィンは言う。「ただ、おれは……あの……やりませんけど」

「飲みものもあるし、愉しくおしゃべりするだけでもいいわ」とテラはレヴィンに言う。

「それならよろしく」

テラはレヴィンをバーカウンターに連れていく。

マローンの相手はニッキーと名乗る。背が高く、手足が長い。眼はアイス・ブルーで、往年の女優ヴェロニカ・レイクのような髪型をしている。マローンは彼女とソファに坐る。彼はスコッチ、彼女はダーティ・マティーニを飲みながら、数分話をする。そのあとふたりで寝室のひとつに向かう。

ニッキーは深い襟ぐりのタイトな黒いドレスを脱いで、黒いランジェリー姿になる。わざわざ頼まなくても、マデリンはそれがマローンの好みだと知っている。

「何か特別なご要望は？」とニッキーが尋ねる。

「きみがいるだけでもう特別だ」

「昔からあなたは素敵だったってマディが言ってた」

ニッキーはピンヒールを脱ぎはじめる。マローンは言う。「そのまま履いていてくれ」

「あなたの服は？　わたしに脱がせてほしい？　それとも……」

「自分で脱ぐよ」そう言って、マローンは服を脱ぎ、ハンガーに掛ける。既婚者の顧客が皺《しわ》だらけのスーツで帰宅しなくてもいいようにとそういうものが用意されている。マローンは拳銃を抜くと枕の下に置く。

ニッキーは怪訝《けげん》な眼を向ける。

「あのドアから誰がはいってくるかわかったものじゃない」とマローンは言う。「別にそういう趣味があるわけじゃない。気になるなら、ほかの人に代わってもらうように頼むけど」

「いいえ、気に入ったわ」

彼女は二千ドルのファックをしてくれる。

秘技のかぎりを尽くした八十分間。

事が終わるとマローンは服を着て、拳銃をホルスターに戻し、百ドル札を五枚サイドテーブルの上に置く。ニッキーはドレスを着ると、金を受け取り、「一杯おごらせて」と言う。

「もちろん」

彼らは居間に戻る。モンティが相手の女と一緒に坐っている。信じられないほど背の高い黒人女性だ。ルッソはまだ終わっていない。それでこそルッソだ。

「おれはゆっくり食べ、ゆっくり飲み、ゆっくりセックスする主義だ」とルッソはよく言っている。「じっくりと味わってな」

レヴィンはバーにいない。

「あの新米はさきに帰ったのか?」とマローンは尋ねる。

「テラと部屋に行ったよ」とモンティは言う。「オスカー・ワイルドのことばを借りれば、〝私は誘惑以外なら何にでも耐えることができる〟ってところだな」

ようやくルッソがトーニーという名のブルネットの女と一緒に居間に戻ってくる。トーニーはダナを思わせる容姿をしている。面白い、とマローンは思う。妻を裏切って妻に似た女と寝る男。

その数分後に、レヴィンも戻ってくる。少し酔っているようで、ものすごく恥ずかしそうで、同時に憔悴《しょうすい》しきった顔をしている。

「エイミーには言わないでください」

彼らはげらげらと笑いだす。

「〝エイミーには言わないでください〟！」とルッソが声色を真似て言い、レヴィンの肩に腕をまわす。「この小僧は、このくそったれ小僧は、バットマンみたいに黒人《ジャマール》ギャングに真上から飛びかかった挙句、撃ってきた弾丸《たま》をかわしたんだぜ。そのジャマールをきっちりぶちのめしたんだぜ。それだけじゃない。〈ギャラガーズ〉の店内で、あのルー・サヴィーノに、連れの女や子分の眼のまえで手錠をかけようとまでしたんだぜ。そんなくそったれ小僧が二千ドルのプッシーにちんぽを突っ込んだあと戻るなり、言った台詞がなんとなんと〝エイミーに言わないで〟！」

彼らはまた大笑いする。

ルッソはレヴィンの頬にキスをして言う。「このクソ小僧！　おれはこのくそったれ小僧が気に入ったよ！」

「おれたちのチームにようこそ」とマローンが言う。

彼らはもう一杯酒を飲む。もう出かける時間だ。

女たちを連れてレノックス・アヴェニュー一二七丁目へ向かう。

行き先は〈コーヴ・ラウンジ〉という名のクラブだ。

「なんでおまえはああいう黒人《ムーリー》の曲を聞くんだ？」移動中の車内で、ルッソがマローンに尋ねる。

「おれたちは黒人《ムーリー》と仕事をしてるからだ」とマローンは答える。「というか、ま、好きだからだ」

「モンティ」とルッソは今度はモンティに尋ねる。「おまえもあのヒップホップとやらが好きなのか？」

「嫌いだ」とモンティは言う。「バディ・ガイ、ＢＢ、イヴリン・〝シャンパン〟・キングあたりが好みだな」

「みなさん、いったい歳はいくつなんです？」とレヴィンが尋ねる。

「ははは。そういうおまえはどんな音楽を聞くんだ？」とマローンが尋ねる。「マティスヤフか？」

車が〈コーヴ〉のまえで停まる。店のまえに並んでいる客たちがリムジンに気づき、ヒップホップ・スターでも出てくるのではないかと期待して視線を向ける。が、白人の男がふたり出てくるのを見るなり不満そうな顔をする。

客のひとりがマローンに気づく。

「あいつらお巡りだぞ！」その男が叫ぶ。「おい、マローン！　このクソ野郎！」

ドアマンがマローンたちを案内する。〈コーヴ〉の店内は音楽のビートに合わせて点滅する青と紫のライトに照らされている。

その照明を除くと、内装は黒で統一されている。

マローンとルッソとレヴィン、それに彼らが連れた女たちを数に入れてもクラブに黒人以外の客は八人しかいない。

当然、そんな彼らには鋭い視線が浴びせられる。

しかし、彼らには用意された席がある。

とびきり美形の黒人女性の接客係が彼らを一段高く設えられたＶＩＰエリアまでまっす

ぐに案内し、テーブルにつかせる。

「トレからよろしくとのことです」とその接客係は言う。「お代はすべて店持ちということで」

「ありがとう。トレにはよろしく言っておいてくれ」とマローンは言う。

トレは公にはこのクラブのオーナーではない。トレは二度有罪判決を受けており、有名なこの黒人ラッパー兼音楽プロデューサーの影響力をもってしても、酒類販売許可証は取得できなかったのだ。それでもこの店を所有しているのは彼だ。トレはＶＩＰエリアよりさらに高い位置にあるＤＪブースから、マローンを文字どおり見下ろしながらグラスを掲げてみせる。

マローンも応じてグラスを掲げる。

客たちはそれを見ている。

それですべて丸く収まる。

白人のお巡りでもトレとうまくやっているのであれば、誰も文句はない。

「トレと知り合いなの？」とニッキーが感心したように尋ねる。

「ああ、ちょっとな」

市警が最後にトレを署で尋問したとき、マローンが彼をしょっぴいたのだが、手錠もかけなければ、メディア向けの連れまわしもなければ、カメラもなかった。

そのはからいにトレは大いに感謝した。

そして、それを契機にマローンに警備の仕事を依頼するようになった。マローンはそれをひとりで、手がかかりそうなときにはモンティとふたりでこなしている。定期的な仕事は特捜部の同僚たちにもまわしているので、同僚からはこづかい稼ぎができると喜ばれている。

トレのほうは人種差別主義者のお巡りを使うことが快感だったのだろう、最初の頃にはお巡りに使い走りまでさせたことがあった。コーヒーやらチーズケーキやらくだらないものを買いにいかせたのだ。マローンはその噂を聞きつけると、トレに直談判してやめさせた。「あいつらはニューヨーク市警のお巡りだ。あんたを守るためにいる。駄菓子が欲しいならあんたのところの下っ端にやらせろ」

DJブースからトレが降りてきて、マローンの隣りの席に坐って言う。

「ジャングルへようこそ」

「ようこそじゃない。ここがおれの住んでるところだ」とマローンは言う。「あんたはくそハンプトンズ住まいのくせして」

「たまにはあっちにも遊びにきてくれよ」

「パーティをしようぜ」とトレは言う。「女房もあんたのことを気に入ってるんだ」

トレの黒革のジャケットは二千ドルはする代物にちがいない。〈ピアジェ〉の時計はもっとするだろう。

音楽業界には、クラブには、金がうなっている。

「黒人だろうと白人だろうと、使う紙幣の色は同じ緑だ」というのがトレの口癖だ。

トレが尋ねる。「なあ、マローン。誰がおれを警察から守ってくれる？　若い黒人の男はもうおちおち通りを歩けやしない。いつお巡りから撃たれるかわかりゃしないんだから。それも背中を」

「マイケル・ベネットが撃たれたのは胸だよ」

トレは言う。「おれの聞いた話とはちがうな」

「ジェシー・ジャクソン師を気取りたいなら」とマローンは言う。「そうすればいい。証拠があるなら持ち込めばいい」

「ニューヨーク市警にか？」とトレは尋ねる。「おれたちは市警を証拠隠蔽所《ホワイトウォッシュ》って呼んでるがな」

「おれに何をさせたいんだ、トレ？」

「まあ、いつかな」

「何も」とトレは言う。「ただ、ちょっと聞いた話を教えただけさ」

「あんたはどこに行けばおれに会えるかちゃんとわかってるだろ？」

「ああ、わかってる」そう言って、トレはポケットに手を入れ、葉巻サイズのマリファナを取り出す。「まあ、これでも吸って盛り上がってくれ」

トレはマローンにマリファナを渡して立ち去る。

マローンはそのにおいを嗅ぐ。「これはやばい」

「つけてみて」とニッキーが言う。

マローンは火をつけて一服吸うと、ニッキーにまわす。最高級のマリファナだ。マローンは思う。あたりまえだ。トレがくれたものが高級でないはずがない。甘くまろやかで強烈な味――力がみなぎってくる味――はインディカよりサティヴァに近い。マリファナはテーブルで順々にまわされ、レヴィンの番になる。

彼はマローンを見る。

「なんだ」とマローンは言う。「葉っぱを吸ったことがないのか？」

「市警にはいってからは」

「おれたちは誰にも言わない」

「でも、検査があったら？」

彼らはレヴィンを笑い飛ばす。

「〝指定便所〟の話はまだ誰からも聞いてないのか？」とルッソが尋ねる。

「それはなんです？」

「物じゃない」とマローンが言う。「人だ。ブライアン・マルホランド巡査のことだ」

「ロッカールームの掃除をしてる人ですか？」とレヴィンは尋ねる。「雑用係の？」

どんな分署にも、街場の仕事には向かないが、定年にはまだ早いお巡りがたいていひとりはいるものだ。そういうお巡りには署内で掃除や雑用をさせる。マルホランドも通報を受けて、現場に急行し、熱湯を張ったバスタブに浸かった赤ん坊を発見するまではいいお巡りだった。酒で気をまぎらわそうとしたが、逆に酒に痛めつけられることになった。マルホランドを雑用係として市警で雇いつづけるように三一分署の署長を説得したのは、ほかでもないマローンだ。

「あいつはただの雑用係じゃない」とルッソが言う。「特捜部の指定便所でもあるのさ。検査の通知が来たら、マルホランドがかわりに小便をしてくれるんだ。で、おまえの小便は真っ黒でも、麻薬検査の結果は真っ白ってわけ」

レヴィンはマリファナを吸ってまわす。

「それで思い出したんだが」とマローンが言って、モンティを見やる。

「おまえら全員くたばりやがれ」とモンティは言う。

「ここにいるモンタギューが」とマローンは話しはじめる。「体力テストを受けたときのことだ。こいつは、なんと言おうか、とてもじゃないが〝栄養不良〟とは言えない状態だった」

「おまえらの母ちゃんもだ。全員まとめてくたばりやがれ」とモンティは言う。

「つまり、モンティはたった一キロ歩くことすらできなかったんだ」とマローンは言う。

「規定時間内に走りきるなんてできるわけがない。それで、このモンティが企てたのが――」

モンティが片手を上げて自分から続きを話す。「新入りにハンサムで優秀なアフリカ系アメリカ人の若者がいてさ。名前は伏せておくとして――」

「グラント・デイヴィスだ」とルッソが言う。

「――そいつはシラキュース大学じゃ傑出した陸上選手だった」とモンティは言う。

「マイアミ・ドルフィンズの入団テストを受けたこともあった」とマローンがつけ加える。

「これはふたつの目的を一度に達成するいい機会だった」とモンティは言う。「ひとつはおれが体力テストをパスすること。もうひとつは、市警には黒人ひとりひとりの見分けなんかついておらず、さらにどっちがどっちだろうと気にもかけていないことを証明することだ」

マローンがそのあとを引き継ぐ。「それでモンティは、でかちんと金バッジをちらつかせてこの新入りを説得し、モンティのIDをつけて代理でテストを受けさせた。この新入りは死ぬほどビビっていたせいだろう、普段以上の実力を出してしまった。というのも、……そいつは一マイル走の市警記録を更新しちまったんだ」

「手を抜いて走れと言わなきゃならないとは思わなかったんだよ」とモンティが言う。

「にもかかわらず、誰も不審に思わなかった」とマローンが言う。

「おれが証明しようとしたことが見事証明されたわけだ」とモンティは言う。

「ただし、それは」とマローンが続ける。「市警本部の賢いお偉いさんが消防署と警察署の関係改善のためにちょっとした……陸上競技交流会を開催しようと思いつくまでのことだった」

レヴィンはモンティを見て、にやりと笑う。

モンティはうなずく。

「この賢いお偉いさんは体力テストの記録を引っぱり出してきて、ウィリアム・モンタギュー刑事が一マイル走でオリンピック記録に匹敵するようなタイムを叩き出していることを知ると、彼こそ警察の切り札になる男だと確信した。当然、市警本部のお偉いさんは消

「実際のウィリアム・J・モンタギューを知るやつなんてほとんどいなかったし、その記録は本物だって信じきっていたからな」

「トロいやつらは当然、大喜びでその賭けに乗った」とルッソが言う。

防署の同胞相手に賭けをした」

「で、実際に本物が走ったわけだ」とマローンが言う。「モンティのことを知るお巡りや消防士の眼のまえで、偽者を走らせるわけにもいかない。モンティはコンディションを整えはじめた。といっても、せいぜい煙草を一日一本減らして、バーベキューソースをひかえるくらいのもんだったが。そうしてついに本番の日がやってきた。セントラル・パークに行くと、消防署は助っ人を呼び寄せていた。アイオワ州の新米消防士で、一マイル走で〈ビッグ・テン〉の大学チャンピオンになったこともある男だ。でもって、その若造は――」

「白人だった」とモンティが言う。

「――見るからにやばそうなやつだった」とマローンは続ける。「ギリシャ彫刻みたいな体つきをしてたな。一方、格子縞のバミューダパンツを穿いたモンティのほうは、Tシャツの下は太鼓腹で、口には葉巻をくわえてる。当のお偉いさんは一目モンティを見て、危うくちびりそうになった。まさにこんな顔だ――〝おいおい、どうなってるんだ？　あの野郎、ひと月でどんだけ食いやがったんだ？〟ってな。幹部連中はこのレースに千ドル単位で賭けてた。その心中たるや察するまでもない。

選手がスタートラインに並んで、ピストルが鳴る音を聞いて、おれは一瞬そのお偉いさんがモンティを撃ったのかと思ったよ。ま、それはともかくモンティはスタートを切った――」

「と言えるかどうかも怪しいが」とルッソが言う。

「――五歩くらい走って」とマローンが言う。「すっ転んだんだ」

「膝蓋腱《しつがいけん》をやられたんだ」とモンティが説明する。

「消防の連中は大喜びでぴょんぴょん跳びはねてた」とマローンが言う。「お巡りたちは悪態をついて、賭け金を相手に渡した。モンティは脚を押さえて地面にうずくまってた。おれたちは腹を抱えて大笑いだ」

「でも、大金をすったんじゃ？」とレヴィンが尋ねる。

「馬鹿言え」とルッソが応える。「おれにはラルフィっていう消防士のいとこがいてさ。だからおれたちの金はそいつに預けて、この〝ウサイン・食いしん・ボルト〟が負けるほうに賭けてたんだ。お偉いさんはうんざりした顔で会場をあとにした。〝ハーレムの鈍足ニガーが。よりにもよって、あんなやつがおれの部下だとは〟って言うのが聞こえたよ」

レヴィンはモンティを見る。〝ニガー〟と呼ばれた彼がどういう反応を示すかうかがっている。

「なんだ？」とモンティはレヴィンに訊く。

「その、Nワードが……」とレヴィンは言う。

「その〝Nワード〟っていうのは知らないが」とモンティは言う。「〝ニガー〟なら知ってる」

「気にしないんですか？」

「ルッソがそう言っても気にならない」とモンティは答える。「マローンが言っても気にならない。そのうちおまえが言っても気にならなくなるかもしれない」

「黒人警官というのはどんな気持ちのものなんですか？」とレヴィンはモンティに馬鹿正直に尋ねる。

マローンは顔をしかめる。この話題はどちらに転ぶかわからない。モンティは怒りだすかもしれないし、大人の態度で受け流すかもしれない。

「どんな〝気持ち〟かって？」とモンティは言う。「さあな。ユダヤ人のお巡りというのはどんな気持ちだ？」

「ほかとはちがうのかもしれないけど」とレヴィンは言う。「でも、おれを見たユダヤ人に疎《うと》まれることはありません」

「おまえは黒人がおれを嫌ってると思うのか？」とモンティは訊き返す。「確かにそういうやつもいる。おれのことを白人迎合者《トム》、とか、白人の召使いとか呼ぶやつもいる。だけど、実際には、おれのことをなんと呼ぼうと、黒人の大半にはおれが彼らを守ろうとしていることがわかってる」

「市警の内部ではどうです？」とレヴィンはその話題にこだわる。

「市警にも黒人嫌いはいる」とモンティは言う。「嫌うやつらはどこにでもいる。だけど、一日が終わる頃には、大半のお巡りが白か黒かにはこだわらなくなる。青い制服を着てるか、それ以外のやつらか、それだけになる」

「でも、〝それ以外のやつら〟ということばを使うのは普通」とレヴィンは言う。「〝黒人〟を指すときですよね」

そのことばに場が一気に静かになる。そのあと全員がヌケ作みたいなしまりのないにやけ顔になる。強力なマリファナのせいだ。みな席を立って踊りはじめる。驚いたことに、普段は踊らないマローンまでニッキーと一緒にバップダンスを踊る。クラブに遊びにきた大勢の客に交じって。音楽が腕の血管の中で脈打ち、頭の中でぐるぐるまわっている。マローンの横では、超クールな黒人モンティが踊っている。ルッソも席を立って踊っている。

みな完璧にラリっている。

　みな〝ジャングル〟で踊っている。ほかの獣たちと一緒に。

　あるいは天使たちと一緒に。

　そのふたつのちがいなど誰にわかる?

　マローンたちはレヴィンをウェストエンド・アヴェニューから少しはずれた西八七丁目の自宅まで送る。半分意識を失った彼を戸口まで運ぶ。彼の恋人のエイミーはそれを見てもいたく感激しているようには見えない。

「ちょっと羽目をはずしすぎた」とマローンは言う。

「そうみたいですね」とエイミーは言う。

　キュートな見てくれの女だ。

　カールした黒髪、黒い眼。

　賢そうな顔。

「初逮捕を祝ってたんだ」とルッソが言う。

「わたしにも声をかけてくれればいいのに」とエイミーは言う。「一緒にお祝いしたかった」

賢いエイミーに幸多かれ。お巡りはお巡りだけで祝い合う。それはお巡り以外の人間にはお巡りが何を祝っているのかわからないからだ。

お巡りは生きていることを祝う。

悪いやつらをやっつけたことを祝う。

世界で最高の仕事をしていることを祝う。

生きていることを祝う。

マローンたちはソファにレヴィンを寝かせる。

レヴィンは意識を完全に失っている。

「会えて嬉しいよ、エイミー」とマローンは言う。「彼はずいぶんときみのことを誉めてた」

「あなたのこともです」とエイミーは言う。

マローンたちは運転手のドミニクに女たちを送らせる。それからルッソの車でレノックス・アヴェニューを走る。窓を全開にしてカーステレオを大音量で鳴らしながら。N・W・Aの曲に合わせて声をかぎりに歌いながら。

おれの車の中を探してやがる　ブツを探してやがる

ニガーはヤクを売ってるもんだと決めつけてやがる

この古い通りを、この凍える通りを、車で流す。安アパートのまえを通り過ぎる。公営住宅のまえも通り過ぎる。

マローンは助手席の窓から身を乗り出す。

お巡りってのはどいつもこいつもホモなのか

所持品検査と称しちゃニガーのキンタマまるづかみ

ルッソが悪魔のような笑い声をあげる。彼らは声を合わせて叫ぶ——

ファック・ダ・ポリス

ファック・ダ・ポリス

ファック・ダ・ポリス

ファック・ダ・ポリス！

ジャングルを走り抜ける。
ラリって、酔って、ハイになって。
夜明けまえの濃いグレーの街を。
ぎょっとして振り返るわずかな通行人に向かって叫ぶ――

ファック・ダ・ポリス
ファック・ダ・ポリス
ファック・ダ・ポリス
ファック・ダ・ポリス！
おれに正義を！
おれに正義を！

みんな一緒に――

ファック・ユー、この黒いくそったれ！！！！！

9

マローンはアパートメントに向かって歩いている。そこで彼らにつかまる。

一台の黒い車が停まり、スーツ姿の三人の男が降りてくる。

酩酊《めいてい》しているマローンはまずマリファナの件だろうと思う。男たちに意識を集中できず、事態を深刻に受け止めることもできない。悪いジョークのようにしか思えない――〝スーツ姿の三人の男が降りてきて――〟

そのあと衝撃が走る――殺し屋だ。

ペーナのところのやつらか？

それともサヴィーノか？

マローンが拳銃に手を伸ばしかけたところで、リーダー格の男がバッジを見せて名乗る。

「オデル特別捜査官。ＦＢＩだ」

その男は確かにＦＢＩらしく見える。短いブロンドの髪、青い眼。青いスーツ、黒い靴、白いシャツ、赤いネクタイ。チャーチ・ストリートのゲシュタポ野郎。

「車に乗ってくれ、マローン部長刑事」とオデルが言う。

マローンは警察バッジを掲げて言う。呂律《ろれつ》がまわっていない。「おれは市警《ザ・ジョブ》だ、このしけた顔したチャーチ・ストリートのくそ野郎が。ニューヨーク市警《NYPD》、本物の警察だ。ノース・マンハッタンの――」

「おれたちにこの通りで手錠をかけさせたいのか、マローン部長刑事？」とオデルは言う。

「あんたの家の近所で？」

「手錠をかける理由はなんだ？」とマローンは尋ねる。「公共の場での泥酔罪か？ 今はそんなことが連邦犯罪なのか？ もうバッジは見せただろ、いい加減にしてくれ。同業のよしみってものはないのか？」

「二度は頼まない」

マローンは車に乗り込む。

泥酔した頭の中で不安が渦巻く。

不安？

馬鹿野郎、これは恐怖だ。

そこでようやく思い至る――これはペーナのヘロイン横領の件にちがいない。

三十年から終身刑という刑が今、おれの人生に重くのしかかろうとしている。ジョンは父親不在で育ち、ケイトリンはおれの付き添いなしで教会の通路《ヴァージンロード》を歩き、おれは連邦刑務所で死ぬことになる。

その恐怖が酒とマリファナとコカインの酔いを吹き飛ばし、彼の心臓に電気ショックを与える。吐き気が込み上げてくる。

マローンは息を吸い、それから口を開く。「これが警視や警視正クラスの収賄の件なら、もっと上のやつに訊いてくれ。おれは何も知らないから」

まるでファット・テディがつぶやく声のように聞こえる。おれはなんにも知らねえよ。

「それ以上何も言うな」とオデルが言う。「話は向こうに着いてからだ」

「どこへ行くんだ？　チャーチ・ストリートか？」

チャーチ・ストリートはＦＢＩニューヨーク支局のある通りだ。

しかし、到着したのは〈ウォルドルフ＝アストリア〉だ。彼らは裏口からホテルにはいり、従業員用のエレヴェーターで六階まで上がると、廊下の奥にあるスイートにはいる。

「〈ウォルドルフ〉？」とマローンは尋ねる。「なんだ、レッド・ヴェルヴェット・ケーキでもみんなで食べるのか？」

「レッド・ヴェルヴェット・ケーキが食べたいのか？」とオデルは尋ねる。「あとでルーム・サーヴィスで頼んでもいい。しかし、まあ、ひどい顔だな。いったい何をしてたんだ？ 今尿検査をしたら、何が出てくる？ マリファナか？ コカインか？ デキセドリンか？ あんたのバッジと拳銃の扱いはその結果次第ということになる」

コーヒーテーブルの上にノートパソコンが開いて置かれている。オデルはそのテーブルのまえのソファを示して言う。「坐ってくれ。飲みものは？」

「要らない」

オデルは言う。「いや、要るよ。きっとそのうち欲しくなるはずだ。ジェムソンでいいか？ あんたみたいな生粋のアイルランド系がプロテスタントのつくるウィスキーを飲むはずがないものな。マローンという名の男はブッシュミルズは飲まない」

「無駄話はやめて、用件を言ってくれ」とマローンは言う。できれば相手のお遊びにもクールにつきあいたいところだが、自分を抑えることができない。死刑宣告を受けるなら、一秒でも先延ばしにされたくない。

ペーナ。

ペーナ。

ペーナ。

オデルはウィスキーを注ぎ、グラスをマローンに手渡す。「デニス・マローン部長刑事。

マンハッタン・ノース特捜部所属。ヒーロー。父親も警官で、弟は消防士で、9・11で犠牲に――」

「おれの家族の話はやめてくれ」

「あんたの家族はあんたのことをさぞ誇りに思ってるだろうな」とオデルは言う。

「こんなたわごとにつきあってる暇はない」とマローンはドアに向かって歩きだす。〝歩く〟というより実際には〝よろめく〟に近いが。足首から先は木のように硬いのに、足首から上はゼリーのようにふにゃふにゃしている。

「坐るんだ、マローン。少しゆっくりして、テレビでも見るといい」部屋の隅の安楽椅子に坐っているずんぐりした中年男が言う。

「あんたはどこのどいつだ？」とマローンは尋ねる。

時間を稼げ。引き延ばせ。なまくら頭を搾って考えるんだ。これは夢じゃない。現実の人生だ。まずい手をひとつでも打てば、おまえの残りのクソ人生はクソ便所行きになる。うすのろお巡りのロバ頭をクリアにするんだ。

「スタン・ワイントラウブ」とその男は言う。「ニューヨーク州南地区連邦検察局の捜査官だ」

ＦＢＩと南地区検察局。マローンは考える。

連邦政府の捜査官たち。州でもなければ内務監査部でもない。

「こんな朝っぱらからおれたちに仕事をさせてるんだから」とオデルは言う。「せめて坐って一緒にテレビを見るくらいしたらどうだ」

彼はノートパソコンの画面に映像を流す。

マローンは腰をおろして画面を見つめる。

画面上に彼自身の顔が映し出される。マーク・ピッコーネが封筒を手渡して言う。〝ファット・テディの紹介料だ〟

〝了解〟

〝うまいこと処理できそうか？〟

〝検事は誰だ？〟

〝ジャスティン・マイケルズ〟

〝ああ、うまく処理できると思う〟

マローンは凍りつく。

ピッコーネが尋ねる声が聞こえる。〝いくらだ？〟

〝減刑か？　それとも起訴猶予か？〟

〝無罪放免だ〟

〝それなら、一万から二万だ〟

〝あんたの取り分も含めて？〟

〝ああ、そのとおりだ〟

現行犯。

クリスマスだからだったのか。そのせいでガードをゆるめてしまったのか。どうしてそんなくそ愚かな真似をしたんだ？　おれともあろう者がいったいどうした？　こいつらはピッコーネの首根っこを押さえつけておれをはめさせたのか？　それとも最初からおれを狙っていたのか？

くそ、おれをはめるのにこいつらはどれくらいの時間をかけたんだ？　どこから情報を得たんだ？　単にピッコーネの件だけなのか、それともファット・テディの金を巻き上げた件もつかんでるのか？　ファット・テディの件もつかまれてるとなると、ルッソとモンティも同じ窮地に立たされることになる。

それでも、これはペーナのヘロインの件ではない。

慌てるんじゃない。

しっかりするんだ。

「この映像は」とマローンは言う。「おれが弁護士から紹介手数料を受け取ったときのものだ。やれよ。おれの首を吊るせばいい。だけど、あんたたちのお縄に値するほどの首じゃないと思うがな」

「それはおれたちが決めることだ」とワイントラウブが言う。

「おれはベイリーって男を釈放するのを手伝おうとした」とマローンは言う。「そいつはタレ込み屋《CI》だ」

「ということは、そいつの名前はＣＩ名簿に載ってるってことか?」とオデルが言う。

「名簿を照会すれば、確認できるということか?」

「いいかい、そいつは泳がせておいたほうが役に立つやつなんだよ」

「そいつはあんたの収入源としてのほうが役に立つんじゃないのか?」とワイントラウブが言う。

「ここじゃあんたは取り調べる側じゃない」とオデルが言う。「取り調べられる側だ。この映像だけでもあんたのバッジも拳銃も仕事も年金も奪えるだけの証拠になる」

「あんたを連邦刑務所に入れることもできる」とワイントラウブが言う。「五年から十年だ」

「連邦刑務所じゃ」とオデルが言う。「刑期の八十五パーセントを務め上げないと仮釈放はない」

「マジかい？　それは知らなかったな」とマローンは精一杯の皮肉を言う。

「あんたが自分でぶち込んだやつらと一緒に州刑務所にはいりたいと言うなら話は別だが」とワイントラウブが言う。「どうだ、それもいいんじゃないか？」

マローンは立ち上がり、ワイントラウブの顔にいきなり右のパンチを見舞う。「おれを相手にタフガイを気取るつもりか？　やめとけ。おまえには無理だ。今度おれを脅すような真似をしたら、あの壁ごとぶち抜いてやる」

「そういうやり方はここじゃ通用しないよ、マローン」とオデルが言う。

いや、通用する。マローンは思う。タフに行け、強気を崩すな。こいつらも街場の売人どもと同じだ。弱みを見せたらそのとたん食いものにされる。

「訴訟を金で取引きしてる検事補はマイケルズ以外にもいるのか？」とワイントラウブが尋ねる。

オデルはワイントラウブのことばに渋い顔をする。これは彼らの最初のミスだ。今、ワイントラウブはうっかり手の内を明かしてしまった――こいつらの関心は法曹界であって、警察ではない。

それはつまり、こいつらがはめたのはおれじゃないということだ。こいつらはピッコーネをはめたのだ。

くそ、内務監査部の十五年の刑からは免れられても、他人のために掘られた落とし穴に落ちたということか。まずはピッコーネがこの件を知っているのかどうかを確かめる必要がある。「そういうことはピッコーネに訊くんだな」

「おれたちはあんたに訊いてるんだよ」

「おれに何をさせたいんだ？ 小便をちびらせたいのか？」

「質問に答えてくれと言ってるだけだ」とオデルが言う。

「ピッコーネがあんたたちに協力してるなら」とマローンは言う。「もう答はわかってるはずだと思うがな」

ワイントラウブが頭に血をのぼらせて言う。「訴訟を売る検事補がニューヨーク州南地区にいるのかどうか訊いてるんだ！」

「あんたはどう思うんだ？」

「おれはおまえがどう思うかって訊いてるんだ！」ワイントラウブはもうキレている。

ということはピッコーネは協力していない。おそらく自分が歩く録音機となっていることもまだ知らないのだろう。

「あんたらはもう知ってるはずだ」とマローンは言う。「ただ知りたいとは思ってない。

そういうことなんじゃないのか。法曹界の不正を一掃するなんぞと口ではきれいごとを言っても、所詮あんたらにできるのは弁護士を何人か挙げるだけのことだ。検事や判事は逃げおおせる。そういうやつらまで追いつめることができたら、それは前代未聞ってことになるだろうよ」

「今、判事と言ったな？」とワイントラウブは言う。

「大人になれよ」

ワイントラウブは答えない。

「何もそこまで行かなくてもいいことだ」とオデルが言う。

さあ、来た、とマローンは思う。こいつは今、裏腹なことを言った。さあ、取引きの時間だ。

生贄を何人差し出せばいいのか。

「あんたは検事補から直接金をもらうのか？」とオデルが尋ねる。「それとも弁護士経由なのか？」

「なぜそんなことを訊く？」

「もしあんたが直接もらってるなら、盗聴器をつけてもらう」とオデルは言う。「その様子を録音する。金はおれたちに提出してもらい、証拠品とする」

「おれは裏切り者《ネズミ》にはならない」

「裏切るまえは誰もがそう言うものだ」

「刑務所行きを選ぶことだってできる」

「もちろん、できる」とオデルは言う。「だけど、あんたの家族はそれをどう思うかな？」

「家族を巻き込むなと言っただろ？」

「そのことばはそっくりそのままあんたに返すよ」とオデルは言う。「あんたの家族をこの件に巻き込んでるのはあんたであって、おれたちじゃない。パパが悪党だと知ったら子供たちはどう思う？ 奥さんはどう思う？ 家族に大学進学の件をどう説明するつもりだ？ あんたの子供たちは大学には行けない。なぜなら貯金をはたいて弁護士を雇わなきゃならないからだ。パパには年金がない。食料配給券《フード・スタンプ》じゃ大学には行けない」

マローンは答えない。

このオデルという男はＦＢＩにしては切れ者だ。押すべきボタンを心得ている。スタッテン・アイランドのアイルランド系キリスト教徒がフード・スタンプ暮らしをする？ そんなことになったら、三世代にわたって恥を忍んで生きなければならない。

「今すぐに返事をしなくてもいい」とオデルは言う。「二十四時間やるから考えるといい。またここで会おう」

彼はマローンに一枚の紙を手渡す。

「これはタレ込み専用電話の番号だ」とオデルが言う。「百パーセント安全だ。ここに二十四時間以内に電話をくれ。おれたちの上司との面談を設定するから、その席で今後の方針を話し合おう」

「もし電話がなければ」とワイントラウブが言う。「おれたちはおまえの分署の中で、同僚の警官たちの眼のまえでおまえに手錠をかける」

マローンはその紙を受け取らない。

オデルはその紙をマローンのシャツのポケットに押し込む。「考えてみてくれ」

「おれはネズミにはならない」とマローンは繰り返す。

マローンはアップタウンに向かって歩く。新鮮な空気が頭をすっきりさせ、思考力を取り戻してくれることを願いながら。ストレスと恐怖とドラッグとアルコールのせいで、気分が悪くて吐き気がする。あのクソ捜査官はおれの帰りを待っていた――マローンはそのことに気づく。標的を定めて、標的がとことん弱っているとき――酩酊《めいてい》して頭が働かないとき――を狙って待ちかまえていたのだろう。

それは正しい方法だ。マローンも同じ方法を取っただろう。

犯人を逮捕するときには夜明けと同時に突入する。犯人がまだ眠っているうちに。寝ぼけた頭でこれは夢だと錯覚しているうちに。犯人が見ていた夢を一気に悪夢に変えてゲロさせる。そこで犯人もようやく悟るのだ、目覚ましが鳴って、悪夢が覚めることなどもうないことを。

ただ、今回FBIはマローンから自白を引き出す必要がない。カメラに証拠を収めてあり、あとはマローンが百人の犯罪者にしてきたように、逃げ道という餌をちらつかせるだけですむ。〝おれのCIに、タレ込み屋になれ。穴から抜け出したければ、別のやつをかわりに穴に放り込め。なあ、そいつらがおまえの立場だったら、同じことをするに決まってるんだから〟。

マローンは自分がそういうことを言うのをこれまで百回は聞いている。

そして、その百回のうち九十回は功を奏している。

マローンはセントラル・パーク・サウスまで来ると西に向かい、ブロードウェイに出てかつて〈プラザ・ホテル〉だった建物のまえを通り過ぎる。これまでで一番おいしい警備のアルバイトをここでやったことがある。クルーが到着するまで映画撮影用機材を警備する仕事だ。〈プラザ・ホテル〉のスイートの椅子に坐って、ルーム・サーヴィスを注文し、テレビを見て、窓の外の美しい女たちを眺めているだけで金がもらえた。

春の午前中のニューヨークの通りには観光客がどっと繰り出す。マローンの耳に混沌とした言語の洪水がなだれ込む。アジアのことば、ヨーロッパのことば、それから彼にとってはこの市《まち》の音の一部となっているニューヨーク訛り《ニューヤーク》。彼は奇妙で不思議な気分になる。この二時間で彼の人生は激変したというのに、この市《まち》は相も変わらぬ営みを続けている。人々はめざす場所に向かって歩き、会話をし、歩道に出されたカフェの椅子に坐り、馬に曳《ひ》かれた馬車に乗っている。まるでデニー・マローンの世界だけが彼のまわりで崩れ落ちてしまったかのようだ。

マローンは春の空気を胸いっぱいに吸い込む。

そして、ＦＢＩが犯したミスに気づく。

彼らはマローンを解放した。ホテルの部屋から出し、外の世界に放って、大局的に考える時間を与えた。おれなら弁護士が来るまで犯人を部屋から出したりしない。弁護士が来たあともできるかぎり犯人をその場にとどめて、おれの顔しか見られないようにする。そうやって、おれが提示した選択肢以外はこの世に存在しないと思わせる。

なのに彼らはおれを外に出した。そこを突くんだ。

考えるんだ。

やつらがちらつかせているのは連邦刑務所での四年から五年の刑だ。しかし、まだ逃げられないと決まったわけじゃない。マローンは自分につぶやく。おれにはこういう緊急事態のために取ってある金がある。

市警でおれが最初に学んだこと――チームの仲間に最初に指示したこと――のひとつはパクられたときのために、手近な場所に現金で五万ドル用意しておけということだ。そうすればいつでも保釈金と弁護士費用の頭金を出すことができる。

適切な検事と適切な判事を裁判に引っぱり出せれば、実刑を回避できるかもしれない。所詮、些細な罪だ。それに、法曹界の判事の半分はこういう捜査をやめさせたいと願うはずだ。実情は彼らも知っているのだから。たとえ実刑を食らっても、なんとか二年ぐらいまで減らせるだろう。

しかし、もし求刑どおり四年の実刑を食らったとしたら、それは息子のジョンにはその後の人生がどちら側に転ぶかが決まる重要な四年間になる。娘のケイトリンにとってはどうなる？　父親不在で育った少女たちの話は嫌というほど聞いている。父親の愛に飢えた少女たちが最初にふらりと眼のまえに現われた男になびいてしまったという類いの話だ。

いや、シーラはすばらしい母親だ。それにあの子たちにはフィルおじさんもモンティおじさんもダナおばさんもついている。

彼らが息子と娘をまっとうに育ててくれるはずだ。

息子も娘も傷つくだろうが、きっと立ち直る。あの子たちはマローン家の血を引いたタフな人間で、ときに父親が〝消える〟ことがあたりまえの地域で育ったのだから。

大学進学費用についてはもう対処済みだ。

そこは抜かりなくやってきた。

子供の教育費はシャワーの下の排水管の中にはいっている。

シーラの面倒は仲間がみてくれる。彼女は今後も金のはいった封筒を受け取れるだろう。フード・スタンプなんぞくそくらえだ。

おれたちは互いに誓いを立てている。最悪の事態になったら、ルッソが毎月マローンの家に封筒を届け、マローンの息子を野球の試合に連れ出し、必要とあれば息子を諌《いさ》め、正しい道に進ませてくれる。

マフィアの連中も似たような誓いを立てるが、近頃は数ヵ月もするとほとんどその誓いは破られる。マフィアが刑務所か墓の下に放り込まれたら、妻は働きに出なければならず、子供たちは浮浪児のようにみすぼらしくなる。昔はそうではなかった。最近のマフィアが簡単に寝返るようになったのは、この誓いが守られなくなったことが大きい。

しかし、おれの仲間はちがう。モンティとルッソは、誰に訊けばおれが隠した金が手にはいるか知っている。おれの金は一セント残らず、シーラがそれなりの生活を保つために使われるだろう。

刑務所の中にいるあいだも仲間が稼いだ金のうち、おれの取り分はすべておれのものになる。

だから家族の心配をする必要はない。

クローデットには、金が必要なときに工面してやればいい。しかし、彼女がヘロインを断っているかぎり問題はない。彼女はもう一年近く薬物を断っていて、仕事もあり、家族もいて、友人もいる。おれの出所を待ってくれるかもしれないし、待ってくれないかもしれないが、どちらにしても彼女は大丈夫だ。

セントラル・パークの南西の端まで歩き、コロンバス・サークルからブロードウェイに出る。

マローンはブロードウェイを歩くのが好きだ。昔からずっと。

リンカーン・センターは常に美しい。彼は自分の持ち場に、シマに、縄張りに戻ってくる。

自分の街に。

マンハッタン・ノースに。

くそっ、おれはこの街を愛してる。二四分署に勤務していた頃からずっと。格式ある

〈アスター〉の建物、昔は〝注射器公園《ニードル・パーク》〟と呼ばれていたシャーマン・スクウェア、ホットドッグのうまい〈グレイズ・パパイヤ〉。歴史ある〈ビーコン・シアター〉や〈ホテル・ベレクレア〉、それからかつて〈ビッグ・ニックス・バーガー・ジョイント〉の店舗があった場所。スーパー・マーケット〈ゼイバーズ〉に老舗バー〈タリア〉。そうしたスポットが並ぶゆるやかな坂がアップタウンまで続いている。

服役することは怖くはない。もちろん、恨みを晴らそうとする囚人もいるだろう。そいつらはタフな男たちだが、おれはそれ以上にタフな男だ。それになんの手も打たずに刑務所にはいるつもりはない。どこの刑務所に送られようと、チミーノ・ファミリーが歓迎ムードを整えてくれるはずだ。マフィアと関わりのある男と揉め事を起こす馬鹿はいない。

たとえ何年か服役することになったとしても。

いずれにしても、仕事は失う。刑事罰には問われなくても、市警の懲罰委員会で懲戒免職処分を受けるだろう。懲罰委員会というのは名ばかりの八百長裁判で、市警本部長が負けることは絶対にない。本部長が馘にしたければ、誰でも馘になる。

銃もなく、バッジもなく、年金もなく、仕事もない。国内のほかの警察からもお呼びはかからない。

おれはいったいどんな仕事をすればいい？

おれはほかの仕事のやり方を知らない。お巡り以外の職に就いたこともなく、就きたいと思ったこともない。

その仕事がもうすぐ終わる。

その事実に顔面にパンチを食らったような衝撃を受ける。もうお巡りではいられないのだ。

クリスマスの午後の愚かで不注意でまぬけな一瞬のおかげで、もうお巡りではいられなくなるのだ。

警備会社か調査会社を選ぶことはできるかもしれない。しかし、思うそばからマローンはその選択肢を却下する。偽のお巡り、元お巡りにはなりたくない。そういう仕事をすれば、本物のお巡りたちとつきあわざるをえなくなる。本物のお巡りはおれを憐れむか、見下すかするだろう。少なくとも、おれは彼らにかつての自分を重ね、もうお巡りではない現実を改めて突きつけられることになるだろう。

それならいっそきっぱりと決別して、まったくちがう仕事を始めたほうがいいかもしれない。

銀行には金がある。ペーナのヘロインを換金すればさらに多くの金が手にはいる。

事業を始めてもいい。バーは駄目だが――引退したお巡りは猫も杓子《しゃくし》もバーを開く

——それ以外の何かだ。

たとえばなんだ、マローン？　彼は自分に問いかける。

たとえばどんなことだ？

何も思い浮かばない。

おれがやり方を知っているのはお巡りの仕事だけだ。

その職場以外に行き場はない。

10

「どこに行ってた?」とルッソがマローンに尋ねる。

マローンは腕時計を見る。「今日は午《ひる》からで、定刻どおりだ」

確かに定刻どおりだ。が、頭がくらくらしている。酒の二日酔い、薬の二日酔い、セックスの二日酔い、恐怖の二日酔い。

連邦のやつらにキンタマを握られ、どうしたらいいのかわからなくなっている。

「そういうことを訊いてるんじゃないよ」とルッソは言う。「服も着替えてないし、酒と葉っぱと女のにおいがする。高級な女のにおいだが、それでも……」

「彼女のところにいたんだ」とマローンは言う。「それで納得したか?」

初めての嘘。

パートナーであり、親友であり、兄弟である男に対して。

話してしまえ。マローンは自分に言い聞かせる。ルッソとモンティを通路に連れ出して、話せばいい。ピッコーネに対する捜査にちんぽを巻き込まれたが、なんとかするから心配するな。

しかし、マローンは話さない。

「恋人のところに行ったのか？」とルッソは笑う。「そんな恰好でか？　ぶち切れられたんじゃないか？」

「見てのとおりだ」とマローンは言う。「ここでシャワーを浴びて、着替えようと思ってたんだが、それでいいかな、母さん」

マローンも相当ひどい顔をしているが、レヴィンはそれに輪をかけてひどい。ベンチに坐って上体を折りまげ、靴ひもを結ぼうとしているのだが、それすら荷が重そうに見える。顔を起こしてマローンを見る。真っ白な顔をしている。

そして、罪の意識に苛まれている。

取調室でゲロする寸前の犯人のように。

レヴィンはいいお巡りになるだろう。マローンはそう思うが、囮捜査官は無理だ。罪の意識を隠しておくことができないようでは。

「ボウリング・ナイトはいくつものプッシーとの夜じゃない」とマローンは言う。

「ひとつのプッシーだけのための夜だ」とルッソは言う。「それはもうわかっただろ？」

「その話はしたくありません」

「可哀そうなエミリー」とルッソは言う。

「エイミーです」

「〝エイミーには言わないで〟のエイミーだ」とモンティが言う。

「で、ファックにちがいはあったか?」とルッソが言う。「心配するな、デイヴ――マンハッタン・ノースで起きたことはマンハッタン・ノースに残る。いや、待て。それはヴェガスの話だったか。マンハッタン・ノースで起きたことは誰もがしゃべりまくるだったっけ」

マローンはシャワー室にはいり、シャワーを浴びる。デキセドリンを二錠飲んで、ブルーデニムのシャツとブラックジーンズに着替える。

シャワー室を出ると、ルッソが言う。「サイクスが探してたぞ」

マローンは警部のオフィスへ向かう。

「ひどい顔だな」とサイクスが言う。「どこかでお祝いでもしてたのか?」

「あなたも来ればよかったのに」とマローンは言う。「ジレットとウィリアムズの殺人事件を解決して、あなたはめでたく縛り首の輪縄からはずされたんだから。でも、〈ニューヨーク・ポスト〉も〈デイリー・ニューズ〉もあなたにご執心のようですね」

「〈アムステルダム・ニューズ〉は私を白人模倣者《オレオ》と評してたが」

「気になりますか？」

「いや、別に」とサイクスは言う。

しかし、実際には気にしていることがマローンにはわかる。

「ジレットとウィリアムズの件は喜ばしい」とサイクスは言う。「しかし、より大きな問題まで解決されたわけじゃない。むしろ事態は悪化している。カーターが件《くだん》の武器を入手したら、猛反撃に出るだろう」

「その件ではカーターと話しました」とマローンは言う。

「なんだと？」

「たまたま出くわしたんです」とマローンは言う。「で、手を引くよう言いました」

「で？」

「あなたの言うとおり、そんな気はさらさらないようです」

省略という名の嘘を重ねる。サイクス配下の刑事にカーターの手先がいて、まさにその銃取引きの露《つゆ》払いをしているという事実は伝えない。伝えるわけにはいかない。サイクスがその事実を知れば、トーレスを逮捕するだろう。だからかわりに言う。「それでも手は打ってあります」

「もう少し詳しく話してくれ」とサイクスは促す。

「ブロードウェイ三八〇三番地を監視します。テディ・ベイリーが取引きの手筈《てはず》を整えているると思われる場所です」

「それでカーターを捕まえられるのか？」

「たぶん無理でしょう」とマローンは言う。「でも、捕まえたいのは銃かカーターか、どちらです？」

「まず一方を、それからもう一方だな」

「まず銃を押さえます」とマローンは言う。「カーターはどのみち勢力争いに負けますよ」

「私はやつを負けさせたいんじゃなくて、逮捕したいんだ」とサイクスは言う。「カルロス・カスティーヨに殺されるのではなく」

「何かちがいがありますか？」

「特捜部が麻薬売買抗争の一方の片棒を担いだとは思われたくない。ここはメキシコじゃない、ニューヨークだ」

「ちょっと待ってください、警部」とマローンは言う。「あなたは銃を押収したいんですか、それともしたくないんですか？　デヴォン・カーター自身は銃に寄りつかない。それはあなたにもおれにもわかってることです。ジレットとウィリアムズの殺人事件を解決しても、それはあなたが市警本部《ワン・ピー》から尻を叩かれるまでのちょっとした時間稼ぎにしかならない。それがあなたにもおれにもわかってるのと同じように」

「銃を押収しろ」とサイクスは言う。「ただし、きみのチームは特捜部という槍の切っ先であって、きみ個人の奇襲部隊じゃないということだけは肝に銘じておくように」

「ご心配なく」とマローンは言う。「ガサ入れをするときには警部に立ち会ってもらいます」

タッチダウンを祝ってボールを地面に叩きつける《スパイク》役はちゃんと用意するよ。だけど、得点圏《レッド・ゾーン》までどうやってたどり着けたのかについちゃあんたは知りたくないはずだ。

マローンが階段を降りていくと、そのさきに強力な伏兵が待ち受けている。

クローデットだ。

ふたりの制服警官が彼女の肘をつかんで、ロビーからやんわりと連れ出そうとしているが、彼女は頑として動こうとしない。

「あの人はどこ？」と言っている。「デニーはどこ!?　デニーに会わせて！」

マローンはドアを抜けて、その騒ぎを目《ま》のあたりにする。

クローデットは禁断症状にある。ハイになったあと薬が切れ、わめき散らしている。醜悪なヒステリー状態に陥っている。

彼女もマローンに気づいて言う。「どこにいたの？　ゆうべあなたを探してたのよ。電話したけど、出なかった。あなたのアパートメントにも行ったけど、いなかった」

制服警官の大半が唖然としている。薄笑いを浮かべている者もいるが、モンティの鋭い一睨みでその手の笑みは即刻消える。

「おれに任せてくれ」

マローンは警官からクローデットを引き取り、彼女に言う。「外に出よう」

しかし、今の彼女には狂気が人に与える力がある。動こうとしない。「相手は誰？　メス猫のにおいがする。このくそったれ。白人女とやったんでしょ？」

内勤の巡査部長がカウンターから身を乗り出して言う。「デニー……」

「わかってる！　なんとかするから！」

マローンはクローデットの腰をつかんで抱え上げ、ドアまで運ぶ。彼女は足をばたつかせながら、大声をあげる。「友達にわたしを見せたくないんでしょ、このろくでなし！　お巡りの仲間にわたしを見せるのが恥ずかしいんでしょ！　こいつ、わたしとファックしてるのよ、みんな！　こいつがしたいときにはケツにもさせてるのよ！　わたしの黒いケツにも!」

サイクスが階段の上に立っている。

騒動をじっと眺めている。

マローンは悪戦苦闘しながらクローデットを抱えて入口のドアを抜け、通りに出る。私服警官が彼らのほうを見ながら近づいてくる。

「車に乗るんだ」とマローンは彼女に言う。

「くそったれ」

「車に乗りやがれ!」

マローンはクローデットを助手席に押し込み、乱暴にドアを閉めると、運転席側にまわって車に乗り込む。ロックボタンを押してから、彼女の袖をまくり上げ、注射針の痕を見る。

「やったのか、クローデット?」

「わたしを逮捕するの、お巡りさん? ねえ、お巡りさん。何をしたら刑務所にぶち込まないでくれる?」

彼女は彼のズボンのジッパーを下げ、上体を屈める。

マローンは彼女を起こして言う。「やめろ」

「勃《た》たないの？　売女《ばいた》にくたくたにされたから？」

彼は左手の親指と人差し指で彼女の顎先をつかむ。「いいか、おれの話をよく聞くんだ。おまえにこんな騒ぎを起こさせるわけにはいかない。ここには来るな」

「わたしのことが恥ずかしいからでしょ」

「ここはおれの職場だからだ」

クローデットは泣き崩れる。「ごめんなさい、デニー。いてもたってもいられなかったの。わたしをひとりにするんだもの。わたしをひとりぼっちにするんだもの」

それは釈明であり、非難でもある。

マローンは理解する。

心を傷めたジャンキーがひとりで路地にはいれば、路地からまた出てきても心は傷んだままだ。

「どれだけ打った？」と彼は尋ねる。

彼は恐ろしくなる。街場に出まわっている新たなクスリ――売人たちがフェンタニルをヘロインと混ぜている――は四十倍強力で、彼女がやったのがそれなら、確実に過剰摂取している。ジャンキーたちはあちこちで倒れている。まるでＡＩＤＳの最悪の時期にゲイたちがばたばたと倒れていったように。

「けっこう打ったと思う」そう言ってまた彼女は繰り返す。「わたしをひとりにするんだもの、ベイビー。耐えられなかったから、外で手に入れたの」

「誰から買った？」

彼女は首を振る。「答えたら、その人に悪い」

「約束する。手は出さない。誰だ？」

「誰が売ったか知ったところで、何が変わるっていうの？」と彼女は言う。「あなたはニューヨークじゅうの売人を脅せるとでも思ってるの？」

「おれがそいつを見つけ出せないとでも思ってるのか？」

「じゃあ、勝手に見つけたら」と彼女は言う。「わたし、傷ついてるのよ、ベイビー」

マローンはクローデットを彼女の自宅のアパートメントまで送る。車のダッシュボードの下から鎮静剤を詰めたバッグを取り出し、それを持って彼女のアパートメントにはいる。

「寝室に行って打ってこい」と彼は言う。「おれは見ていたくない」

「これで最後にするわ、ベイビー」と彼女は言う。「病院で離脱症状用の薬をもらうから、知り合いの先生がいるの。徐々に減らしていくから。約束する」

彼はソファに腰をおろす。

もしおれが刑務所にはいったら、彼女は死ぬ。

彼女はひとりでは立ち直れない。

数分後、クローデットが寝室から出てくる。「なんか疲れた。眠いわ」

マローンは彼女をソファに寝かせ、バスルームに行き、膝をついて便器に吐く。ひどく嘔吐《えず》き、何も吐くものがなくなり、空吐きするまで吐きつづける。それから白黒のタイルにじかに坐り込む。シンクに手を伸ばして、ハンドタオルを取り、顔の汗を拭く。数分後、立ち上がり、冷たい水を顔とうなじにかける。

嘔吐のにおいが消えるまで歯を磨く。

それから携帯を取り出し、番号を打ち込む。

「もしもし」と声がする。

オデルはずっと電話のそばに坐っていたにちがいない。あのおつにすましたクソ野郎は待っていたのだ。おれが屈服することがわかっていたのだ。

マローンは言う。「弁護士なら差し出す。お巡りはなしだ。わかったか?」

おれは絶対に仲間のお巡りを売ったりはしない。

11

マローンが特捜部に戻るなり、サイクスが階上《うえ》に来るよう手を振って合図する。

サイクスのオフィスにはいると、サイクスが尋ねる。「〝権力を笠に着たレイプ〟ということばを聞いたことがあるか？」

「ありません」

「例を挙げると」とサイクスが説明する。「権力を持つ立場の人間、たとえば刑事が、その権力の影響下にある人物、たとえば犯罪情報提供者《CI》と性的関係を持った場合、それは権力を笠に着たレイプと呼ばれる。これは重罪で、十年から終身刑の罪になる」

「彼女はCIじゃない」

「薬をやっていただろ？」

「彼女はCIじゃない」とマローンは繰り返す。

「では、彼女は何者だ？」とサイクスが尋ねる。

「あんたには関係ない」とマローンは言う。

「ある女性が私の署のロビーで安っぽいメロドラマを繰り広げたら」とサイクスは言う。「それは百パーセント私に関係のあることだ。私としては、配下の刑事の私的生活が公然と市警を脅かすのを黙って見ているわけにはいかない。きみは既婚者じゃないのか、マローン部長刑事？」

「別居中です」

「あの女性はマンハッタン・ノース地区に居住しているのか？」

「ええ」

「自分の管轄区域に住む女性と浮気をするのは」とサイクスは言う。「警官としてあるまじき行為だ、ひかえめに言っても」

「だったら起訴したらどうです？」

「そのつもりだ」

「いや、するわけがない」とマローンは言う。「なぜなら、あんたはでかいヤマを解決して、キャリアを軌道に乗せ直したところだからだ。自分の指揮権に悪いイメージを与えるようなことをするわけがない」

サイクスはマローンをじっと見つめる。マローンには自分が正しいことがわかっている。

「個人的なトラブルを私の署に持ち込まないでくれ」とサイクスは最後に言う。

マローンとルッソはブロードウェイを――一五八丁目の北側のあたりを――車で警邏している。

「話す気はあるのか?」とルッソが尋ねる。

「ない」とマローンは言う。「だけど、おまえのほうにはあるんだろ?　だったらすればいい」

「薬物問題を抱えた黒人女?」とルッソは尋ねる。「それはまずいよ、デニー。人種問題に神経をとがらせてる今の状況を考えるとなおさら」

「なんとかするよ」

「それは終わらせるという意味か?」

「おれが自分でなんとかするという意味だ」とマローンは言う。「この話はこれでしまいだ」

ブロードウェイのそのあたりは、北上する車線と南下する車線が中央に植えられた街路樹で区切られている。西側のネイルショップの階上《うえ》がカーターのアジトのひとつだ。

「エレヴェーターのない建物の二階」とルッソが言う。「ファット・テディが気に入ってるとはとても思えないところだ」

そう言って、通りの東側のATMの脇に車を停める。ふたりは車を降りると、金を引き出すふりをして、囮捜査官のベビーフェイスがネイルショップの隣りの酒屋にはいるところを見守る。

五分後、ベビーフェイスはラガーの〈コルト45〉の六缶パックを手に出てくる。そして、それをモンタギューに手渡す。

マローンとルッソはブロードウェイを渡って食堂にはいる。十五分後、モンタギューも店に来て、マローンの向かい側に腰をおろす。

「言いたいことがあるなら」とマローンは言う。「言ったらいい」

「おれに言いたいことがあると思うか？」とモンティは訊き返す。彼の眼は茶目っ気を帯びている。それでもマローンはその奥の真剣さを見て取る。「おれだって黒人の女のほうが好きだ」

「それにしてもさっきのは見物《みもの》だったな」とルッソが言う。

「おまえの女の好みには敬服するよ」とモンティが言う。「本気でそう思う。それでも、今みたいに厳しく追及されてるときには、眼を惹くような行動は避けるべきだ」

「ルッソにも言ったが、おれが自分でなんとかする」

「わかった」とモンティは言う。「それじゃ、目下の緊急課題についてだが、カルデア人（中東のキリスト教徒）の紳士は酒類販売許可証を失いたくはないそうだ。ついさっき未成年にアルコールを売りはしたが。でも、カーターのことは知らないようだ。いずれにしろ、奥の倉庫を数週間使わせてくれれば眼をつぶってやるってことで話をつけた」

マローンが立ち上がって言う。「よし、すぐやろう」

彼らは車に戻り、レヴィンが店にはいるのを見守る。四十五分後、レヴィンが店から出てきて、車に乗り込む。ルッソは車を発進させてその場を離れる。

「乾式壁に穴を開けて、盗聴器を二階の床まで伸ばせば」とレヴィンは言う。「カーターのアジトでの会話を録音できます」

「シフトはどうする?」とルッソが尋ねる。「テディはおれとマローンとモンティの顔を知ってる。といって、レヴィンひとりに二十四時間無休で張り込ませるわけにもいかない」

「みなさんはIT技術についてはネアンデルタール人並みですね」とレヴィンが言う。

「盗聴器を仕掛けてしまえば、Wi‐Fiのある場所なら、おれのノートパソコンで傍受できます。つまり、どこからでもできるってことです。それに二十四時間無休でやらなくても、テディが来たときにだけ傍受すればいいんです」

「その情報はナスティ・アスがくれる」とマローンが言う。「レヴィン、ほんとうにこの件に関わってもいいのか？ 令状なし、確実に違法だ。捕まったら、バッジを取られて、たぶん刑務所行きだ」

レヴィンは笑みを浮かべて言う。「エイミーに言わないでくれれば」

「これから特捜部に戻るのか？」とルッソがマローンに尋ねる。

「いや、おれは本部に行かなきゃならない。ファット・テディを泳がせるために手を打たないと」

「うまくやってくれ」とルッソは言う。

「ああ」なんとも皮肉で馬鹿げた状況だ。カーターが購入する武器を押収するには、ファット・テディを刑務所にぶち込まずに街場に泳がせなければならない。最初からそのことがわかっていれば、ファット・テディを逮捕したりしなかったのに。そうすれば訴訟を買う必要もなかったのに。

そうすれば、連邦捜査官の連中から馬鹿げた要求を突きつけられることもなかったのに。

今は、とマローンは思う。自分が刑務所にぶち込まれないように地区検事補を買収しなければならない。

また吐き気が込み上げてくる。

やめろ、自分を憐れむのはやめろ。

しっかりしろ。やるべきことをやるんだ。

マローンはアムステルダム・アヴェニュー西一三三丁目でナスティ・アスがぶらついているのを見つけると、車を歩道に寄せて言う。「乗れ」

このタレ込み屋がどれだけ悪臭を放っているか、すっかり忘れていた。マローンは顔をしかめて言う。「くそっ、ナスティ」

「なんだい？」とナスティは言う。リラックスして幸せそうだ。ドラッグを手に入れたところなのだろう。

「おまえは便所を使わないのか？」

「家には便所なんてないよ」

「借りたらいいだろうが」そう言って、マローンは窓を開ける。「このあたりでヤクを買った看護師がいる。わかるか？　名前はクローデットだ」

「黒人女の？　すごくきれいな？」

「ああ」

「見たよ」

「誰からヤクを買ってた？」

「フランキーって名の売人だ」

「白人のやつか？」とマローンは尋ねる。「リンカーン遊技場で売ってる？」

「そいつだ」

マローンは彼に二十ドルを渡す。

「白人はけちだな」

「けちだから金を持ってるのさ。降りろ」

「白人は失礼でもある」

「さあ、おれはこの車を返して、新しい車に替えなきゃならない」

「あんたは意地悪だ。意地悪なくそったれだ」

「連絡しろよ」

「けちで、失礼で、意地悪だ」

「もう行け」

ナスティ・アスは車を降りる。

フランキーは廊下の奥の留置房の中で、スティール製のベンチに坐っている。

マローンはフランキーを見つけると、マンハッタン・ノース特捜部ではなく三二分署に連行した。それからしばらく留置房に坐らせて、麻薬を打つ時間を与えた。留置房は小便と大便と嘔吐物と汗と恐怖と自暴自棄と絶望のにおいがする。それと、おそらくフランキーがドラッグストアの〈デュエイン・リード〉で盗んだ〈アックス〉のコロンのきついにおいがする。

マローンは留置房のドアを開けて中にはいると、腰を上げかけたフランキーに言う。

「坐ってろ」

フランキーは三十代前半の男だ。頭を剃り上げ、肩から手首にかけてタトゥーを入れ、さらに首にも入れている。

マローンは自分の袖をまくり上げる。

フランキーはそれを見て言う。「あんた、おれを殴るのか？」

「クローデットという名の女を覚えてるか？」とマローンは尋ねる。「今日、ヤクを売っただろ？」

「ああ、たぶん」

「たぶんか」とマローンは言う。「おまえは彼女がしばらくやってないことを知ってた。なぜなら彼女の姿はしばらく見かけなかったからだ。ちがうか？」

「それか、別の場所で買ってたか」とフランキーは言う。

「おまえもジャンキーか?」

「ああ」

「自分のクスリ代のためにクスリを売ってる。そういうことだな」とマローンは言う。

「そんな感じだ」

「どうしておれがおまえをこの房に入れたかわかるか?」とマローンは尋ねる。「ここにはビデオカメラがないからだ。最近はどんなふうに事が運ばれるか、それはおまえも知ってるだろ? カメラに映ってなければ、何も起こらなかったことになる」

「おいおい《ジーザス》」

「イエス《ジーザス》さまはここにはいない」とマローンは言う。「おまえのまえにいるのはこのおれだ。イエスさまとおれのちがいは、イエスさまは赦しを与える男だが、おれの体には赦しの血なんぞ一滴たりとも流れてないことだ」

「まさか。彼女、過剰摂取したんじゃないよな?」

「いや」とマローンは言う。「そうだとしたら、おまえはこの分署にたどり着くことすらなかったよ。よく聞け、フランキー、おれの顔を見てよく聞くんだ……」

フランキーは顔を上げてマローンを見る。

マローンは言う。「おれは彼女におまえには手を出さないと約束した。だからおれが出ていったあと、おまえは釈放される。だけど――耳の穴をかっぽじってよく聞くんだ、フランキー――次に彼女を見かけたら、別の方角に向かって走れ。歩くんじゃないぞ。もし次に彼女にヤクを売ったら、おれはおまえを見つけ出して殴り殺してやる。いいか、おれが絶対に約束を守る男だということは、おまえにもすぐわかるだろう」

マローンは留置房を出る。

12

ニューヨーク州南地区連邦検察局の連邦検事、イゾベル・パスは極上の女だ。クソがつくほどいい女だ。マローンはそう思う。

淡褐色の肌、真っ黒な髪、大きな口。薄い唇に塗られた赤いルージュ。おそらく四十代前半だろうが、もっと若く見える。黒いビジネス用のジャケット、タイトスカートにハイヒールという服装で部屋にはいってくる。

男を悩殺する勝負服。

マローンはまたくそ〈ウォルドルフ〉のくそスイートにいる。

パスはわざと最後に登場する。

マフィアのやり方と同じだ。会合にはボスは必ず最後に現われる。ほかの者を待たせて序列を明確にする。検察局の連中もマフィアと変わらない。

古くさいやり方だ。マローンは立ち上がる。

パスは手は差し出さない。ぶっきらぼうに言う。「連邦検事のイゾベル・パスです」

「ニューヨーク市警の刑事、デニー・マローンです」

彼女はにこりともしない。スカートの皺を伸ばして、マローンと向かい合って坐る。

「坐って、マローン部長刑事」

マローンも腰をおろす。ワイントラウブがデジタル・レコーダーの録音ボタンを押す。オデルはまるで自分のタマを差し出すかのように、パスにコーヒーを出し、それから椅子に坐る。

マローンは思う、これで全員がこの腐れテーブルを囲んだわけだ。

お次はなんだ？

パスが言う。「マローン部長刑事。はっきり言わせてもらうわね。わたしはあなたをヒーローだとは思っていない。あなたはほかの犯罪者から賄賂を受け取った犯罪者よ。そこのところ誤解のないように」

マローンは何も答えない。

「宣誓とバッジと市民の信頼を裏切ったんだから、わたしとしてはあなたを鉄格子の中に入れたいところだけれど」とパスは続ける。「わたしたちにはもっと大物の標的がいる。そういう事情があるんで、鼻をつまんであなたと組むことにしたわけ」

彼女はファイルを開いて言う。「仕事の話に移りましょう。まずあなたには司法取引きのための供述をしてもらいます。その際、あなたは現在までに犯したあらゆる罪を認めなければなりません。また、あなたが作為または不作為による虚偽の供述をした場合、この合意は法的に無効となります。あなたが本件の捜査の範囲を超えた犯罪、またはわれわれの特別許可を得ていない犯罪をおこなった場合、この合意はすべて法的に無効となります。あなたが宣誓供述書または宣誓証言で偽証をおこなった場合も、この合意はすべて法的に無効となります。わかってもらえた？」

マローンは言う。「おれはお巡りを標的にはしない」

パスがオデルのほうを見る。マローンは思う──彼はこの話をまだパスに伝えていなかったようだ。オデルはコーヒーテーブル越しにマローンを見る。「その件についてはそうなったときに考えよう」

「いや」とマローンは言う。「そうなることはありえない」

「それなら、刑務所に行くのね」とパスが言う。

「それなら、おれはクソ刑務所に行くよ」

おまえらは地獄に行きやがれ。

「あなたはこのことをジョークとでも思ってるの、マローン部長刑事？」とパスは尋ねる。

「弁護士を差し出せと言うなら、おれも鼻をつまんであんたらと組んでやる」とマローンは言う。「だけど、おれにお巡りを売らせようという肚《はら》なら、とっとと消えてくれ」

「録音を止めて」とパスはワイントラウブにぴしゃりと命じ、マローンを見すえる。口調ががらりと変わる。「あたしを見くびるのはやめな。あんたがいつも相手にしてる南地区の検事たち――プレップ・スクールからアイヴィ・リーグに進んだような連中――と一緒くたにするのは。あたしはサウス・ブロンクス出身のプエルトリコ人よ。あんたが生まれ育ったとこよりずっとタフな地区で育ってきたの、わかった？　このくそ野郎《イホ・デ・プタ》。六人兄弟の真ん中で、父親は厨房で働いてて、母親は中華街で売るための偽ブランド商品をミシンでつくってた。あたしはフォーダム大学の出身よ。今度あたしにふざけた口を利いたら、このうすのろチンポ、あんたを重警備連邦刑務所《スーパー・マックス》にぶち込んでやるから。あそこにはいったら六週間で涎《よだれ》を垂らしてオートミールを待つようになる。わかった《コンプレンデメ》、この鼻クソ野郎《プニェート》？　録音を再開して」

　ワイントラウブがレコーダーの録音ボタンを押す。

「この録音データはこの席にいる人間しかアクセスできないように厳重に保管されます」とパスは続ける。「議事録は残しません。オデル捜査官が経過をまとめた報告書を作成します。その報告書はニューヨーク州南地区検察局とＦＢＩの許可を得た職員しか閲覧できません」

「その供述調書のせいでおれは殺されるかもしれない」とマローンは言う。

オデルが言う。「保管は万全だ。それは保証する」

「そう、ＦＢＩには不正捜査官はひとりもいないからな」とマローンは言う。「自宅の資産価値より借入金のほうが多い弁護士もいないしな。旦那が高利貸しの借金で首がまわらなくなってる秘書もいないだろ――」

パスがマローンのことばをさえぎって言う。「名前を知ってるなら――」

「名前を知ってるわけじゃない」とマローンは言う。「おれが知ってるのは、ＦＢＩの供述調書というのは、最終的には社交クラブでエスプレッソ・カップの横に並べられるものだってことだけだ。議事録がないのはＦＢＩがおれの発言に勝手な色をつけるためだってことだけだ」

パスはペンをテーブルに置く。「あなたは供述をしたいの、したくないの？」

マローンはため息をつく。「するよ」

供述しなければ司法取引きは成立しない。

パスはマローンに宣誓をさせる。マローンは真実を話すと約束する。すべての真実を話すと……

「あなたは、あなた自身が被告人に弁護人を紹介した手数料を受け取っている証拠映像を見ました」とパスは言う。「それを事実だと認めますか?」

「ああ」

「あなたはその被告人の代理として、訴訟の結果を操作するために検事に賄賂を贈る話を進めていたように見受けられます。まちがいありませんか?」

「ああ」

「これは〝訴訟を買う〟と呼ばれる行為ですか?」

「おれはそう呼んでる」

「これまでに何回」とパスは尋ねる。「訴訟を買ったり、あるいはその仲介をしたことがありますか?」

マローンは肩をすくめる。

パスは不快そうな眼を向ける。「それは数を覚えていないほど多いということですか?」

「あんたはふたつの点をごっちゃにしてる」とマローンは説明する。「おれは容疑者に弁護士を紹介して手数料を受け取ることもある。容疑者が訴訟を買えるように検事に話をつけて、その検事からキックバックを受け取ることもある」

「明確に説明してくれてありがとう」とパスが言う。「弁護士からはこれまでに何回紹介料を受け取りましたか？」

「長年の累計で？」とマローンは訊き返す。「たぶん数百回」

「では、買収された検察官からキックバックを受け取った回数は？」

「二、三十回だと思う」とマローンは答える。「累計で」

「検事に買収金を届けることは？」とワイントラウブが尋ねる。

「ときには」

「何回ありましたか？」

「二十回？」

「それは質問ですか、回答ですか？」パスが言う。

「記録はつけてないもんで」

「もちろん記録はしてないでしょう」とパスは言う。「では、だいたい二十回くらいということで。取引き相手の名前と日付を言ってください。あなたが覚えていることをすべて話してください」

つまり、ここで一線を越えることになるわけか、とマローンは思う。ここで名前を挙げはじめたら、もう引き返せないということだ。

おれはネズミに成り下がる。

マローンはまず一番古い事件から始める。すでに退職したか、ほかの仕事に転職したことがわかっている人々の名前を挙げる。検事の多くはその職に長くとどまることはない。検察局で実習を積むと、より金になる弁護士業に移る。ここで名前を挙げれば、もちろん彼らを窮地に追い込むことにはなるだろうが、現職の検事に比べればはるかにましだ。

「マーク・ピッコーネは？」とオデルが尋ねる。

「おれはピッコーネから金を受け取った」とマローンは認める。全部聞かれてしまっているのだ。

「あれが初めてだった？」とパスが尋ねる。

「初めてのように見えたか？」とマローンは言う。「これまでに十回以上はピッコーネを紹介してるだろうな」

「彼のために検事に賄賂を渡したことは？」

「三回ある」

「それはすべてジャスティン・マイケルズが担当した件ですか？」

マイケルズは所詮小物だ。マローンは考える。どうしてこんなどうでもいい細々《こまごま》とした手順を踏まなきゃならないんだ？　マイケルズは悪いやつじゃない。結局のところ、袋小路に突きあたるような軽微な事件では金を受け取るが、暴行や窃盗やレイプを扱う事件では正々堂々と闘うやつだ。

そんなマイケルズをこいつらは窮地に陥れようとしている。

いや、とマローンは胸につぶやく。マイケルズを窮地に陥れようとしてるのはこのおれだ。

それがどうした？　どっちみちこいつらがもう知っていることだ。

マローンは言う。「そのうちの一件はマイケルズの担当だった」

「どの事件だ？」とワイントラウブが尋ねる。もう熱くなっている。

「一件は麻薬の事件だ。一百五十グラムのコカイン所持の」とマローンは言う。「マリオ・シルヴェストリという男が被告だった」

「あのくそったれ」とワイントラウブは吐き捨てるように言う。

その発言はパスの失笑を買う。

「もう一件は？」とワイントラウブは尋ねる。

「些細な銃の不法所持だ。被告はヘロインの売人で、名前は……」とマローンは口ごもる。

「本名は覚えてないんだが、通り名は〝ロング・ドッグ〟だった。確かクレモンズとかいう名前だったたか」

「ディアンドレ・クレモンズ」とワイントラウブが言う。

「ああ、そいつだ」とマローンは言う。「マイケルズは一連の証拠を並べたが、判事にどれも除外された。判事の名前も聞きたいか？」

「それはあとで」とオデルが言う。

「わかった、あとでだな」とマローンは言う。「判事の名前はどういうわけか供述調書には載らないってことだな」

「ということは、シルヴェストリとクレモンズと」とパスが言う。「今回のベイリーの三件ということね」

「どっちにしても、そいつらは有罪判決にはならなかった」とマローンは言う。「麻薬の売人以外の誰かが起訴のついでにこづかい稼ぎをして、何か困ることでも？」

「あなたは本気でこういうことを正当化するつもり？」とパスは尋ねる。

「おれたちは売人に数千ドルの罰金を科しただけだと言ってるんだ」とマローンは言う。

「それはあんたらがくだせた罰よりも重い罰だ」

「つまり、あなたは正義を街に配ってまわってるのね」とパスは言う。

ああ、まったくそのとおりだ、とマローンは思う。おれは〝法制度〟よりずっと多くの正義を配ってる。子供に手を上げるクズ野郎を殴ることでおれは街に正義を配ってる。おれがしなけりゃ、おまえらには絶対有罪にできないヘロインの売人について〝偽証言〟をすることで、おれは法廷でも正義を配ってる。ああ、おまえらには絶対に出させることのできない金をこうしたくそったれどもに払わせることで、おれは確かに正義を配ってる。

マローンは言う。「正義にはいろんな種類がある」

「それならあなたはそのお金を慈善団体に寄付したわけね？」とパスは言う。

「一部は」

時折、彼は現金入りの封筒を受け取ると、そのままセント・ジュード小児研究病院にそれを郵送したりしている。だけど、このくそったれどもにそんなことを知らせる必要はない。こいつらの汚れた手をきれいなものに触れさせようとは思わない。

「それ以外にはどんなことをしたの？」とパスは尋ねる。「事実はすべて開示してちょうだい」

くそっ。マローンは思う。

ペーナの件か。

そもそもこれはペーナの件を挙げるための罠だったのだ。

それでもだ。おれがほいほいゲロするとでも思ってるのか？　おれのことをクスリ欲しさに何にでも飛びつく取り調べ中のヤク中の売人とでも思ってるのか？

「質問をしてくれれば、それに答える」とマローンは言う。

「あなたはこれまでに麻薬の売人から盗んだことはない？」とパスは尋ねる。

やはりペーナの件だ。彼らが何かつかんでいるなら、さらに突っ込んでくるだろう。ここはきっぱりと答えるんだ。つけ入る隙をおめおめと与えるな。「ない」

「これまでに証拠品として記録していない麻薬や現金を盗んだことはない？」とパスは続ける。

「ない」

「これまでに麻薬を売ったことは？」

「ない」

「情報提供者に麻薬を与えたことは？　法的にはそれも売ることの一部になるけど」

何かしらの成果はこいつらにも与えてやらなければならない。「ああ、それはある」

「それって日常茶飯事？」

「おれにとってはそうだ」とマローンは言う。「逮捕に結びつく情報を集める方法のひとつだ。それであんたたちに犯人を進呈できる」

あんたらは中毒者が苦しむところを見たことがあるのか？　ヘロイン中毒者をひとりでも見たことがあるのか？　ぴくぴく震えて、痙攣を起こして、懇願して泣き叫ぶ、哀れを絵にしたようなやつを見たことがあるのか？　そういうところを見たら、あんたらだってクスリを少しはやりたくなるはずだ。

「それはほかの警官のあいだでも日常茶飯事なの？」ついにパスが踏み込んでくる。

「おれは自分の話をしている」とマローンは言う。「ほかの警官の話じゃない」

「でも、あなたは知ってるはずよ」

「次の質問を」

「これまでにあなたは情報や自白を引き出すために、容疑者を殴ったことはある？」とパスは尋ねる。

ないわけがないだろうが。おれは容疑者をぶちのめす。すると、やつらは情報《クソ》を洩らす。ときには実際にクソを洩らすこともある。「おれは〝殴った〟とは言わない」

「じゃあ、どう言うわけ？」

「いいか」とマローンは言う。「誰かの頬を張ることはある。そいつを壁に押しつけることもある。だいたいそんなところだ」

「それだけ？」

「今言っただろ？」こいつらは質問はしても、ほんとうに知りたがってるわけじゃない。こいつらはアッパー・イースト・サイドかヴィレッジか北のウエストチェスターで暮らしたいと思ってる。でもって、自分たちの素敵な地域にまでクソが流れ込むのを嫌がってる。

しかし、クソが流れ込んできた理由までは知りたがらない。ただ、おれたちにその後始末をさせようとするだけだ。

「ほかの警官たちはどうなの？」とパスは尋ねる。「あなたのチームのメンバーは？　彼らも訴訟を売ってるの？」

「チームのメンバーの話はしない」

「話せよ」とワイントラウブが言う。「ルッソとモンタギューがおまえとグルじゃないなんて、おれたちが信じるとでも思うのか？」

「あんたらが何を信じようと信じまいとそれはあんたらの勝手だ」

「だったら、そうやって得た金は全部ひとりじめにしてるのか？」とワイントラウブは食い下がる。「彼らと山分けしないのか？　それでもパートナーか？」

　マローンは答えない。

「そんなわけがない」とワイントラウブはぼそっと言う。

「捜査協力の合意にはすべての情報を開示する必要があるんだけど」とパスが言う。

「おれははっきり言ったはずだ」とマローンは言う。「お巡りは売らない。これまでにあんたが手に入れたものを教えてやるよ、お嬢さん《チカ》。紹介料を渡した弁護士がひとりと訴訟を買うための賄賂を受け取ったお巡りがひとりだ。あんたにはピッコーネの弁護士資格を剥奪することができるし、おれのバッジを奪うこともできる。おれを数年刑務所《ムショ》にぶち込むこともできるかもしれない。ただ、あんたにもわかってるはずだ。そこで終わったら、あんたのボスはなんて言うか。たったのそれだけか？　そう言うに決まってる。それじゃあんたの面目は丸つぶれだ。

この合意をどう進めるか、それはおれが教えてやる」とマローンは続ける。「実に単純なABCだ。お巡りは除く、だ。マイケルズは差し出すよ。弁護士も数人。ほかに検事をひとりかふたり。あんたに度胸があるなら、判事を二、三人つけ加えてやってもいい。そのかわりおれは無罪放免だ。刑期はなし。おれはバッジと銃を持ちつづける」

マローンは立ち上がり、戸口まで歩くと、親指を耳に小指を口にやる。電話してくれ、というふうに。

エレヴェーターを待っていると、オデルが部屋から出てくる。

ずいぶんすばやく打ち合わせをしたにちがいない。

「わかった」とオデルは言う。「それで手を打とう」

ああ、もちろんそうとも、とマローンは思う。

買収できない者などいやない。

要は値段の問題だ。

クローデットは体調を崩している。

鼻水を垂らし、体を震わせ、骨の痛みに襲われている。ヤク中の病。

それでも、マローンとしては彼女のその姿を評価せざるをえない。少なくともまたクスリを断とうとしているのだから。

クローデットは彼のその評価をあっさりと覆《くつがえ》す。「買いにいこうとしたんだけど、いつもの人が見つからなかったの。あなた、彼に何かしたの？」

「手は出してない。そういう意味なら」とマローンは言う。「医者に何か薬をもらったのか？　まだならおれの知り合いに――」

「外科の先生がロバキシンをくれた」と彼女は言う。

「そいつが経営者に告げ口する可能性はないのか？」

「彼もヤクをやってるのをわたしは見てるのよ」

「その薬は効いてるのか？」

「効いてるように見える？」

マローンは湯を沸かして、ハーブティーをいれる。ハーブはなんの足しにもならないが、温かいお茶を飲めば、少しは体が温まる。

「解毒しにいこう」

「嫌よ」

「おれは心配してるんだ。わからないのか?」

「だったら心配しないで」とクロ―デットは言う。「アルコール依存症患者は離脱症状で死ぬけど、ヘロイン常習者は離脱症状で死ぬことはない。外に出てまた打つだけ」

「それをおれは心配してるんだ」

「もしわたしにヘロインを打つ気があったら、もうとっくに打ってるわよ」

クロ―デットがお茶を飲みおえると、マロ―ンは彼女を毛布でくるみ、抱きしめ、赤子のように揺らす。

もしこれがほかの誰かの話だったら、マロ―ンはその男にこう言うだろう。そんな女とは手を切れ。ヤク中だぞ。おまえがすべきことは、彼女が死んだと思って葬式を出し、悲嘆に暮れ、それから次に進むことだ。なぜなら、おまえが知っていた彼女はもうどこにもいないのだから。

マロ―ンにはそれができない。

13

翌朝、マローンは小脇に〈ニューヨーク・ポスト〉を抱えて、裁判所から通りをひとつ隔てたところにあるレストラン〈ランズ〉にはいる。数分後、マローンのブースの向かい側の席に弁護士のピッコーネがさっと坐り、〈デイリー・ニューズ〉をテーブルに置いて言う。「今日は六面がいいぞ」

「どういいんだ?」

「二万ドルぐらいいい」

今回はほかの訴訟を買うより高くつく。単なる不法所持であれば、数千ドルですむ。販売目的の所有となると、一桁増える。販売目的で量が多ければ六桁、実に楽な商売だ。しかし、被告人がそれだけ大量に所持しているということは、それ相応の現金を持っているということでもある。

近頃は武器犯罪者には厳しい判決が出ている。被告人に逮捕歴がある場合には特に。フアット・テディには五年から七年の実刑判決が出る可能性がある。つまり、この賄賂はお値打ち価格ということだ。

ピッコーネのしっぽをつかめ。マローンはそう指示されている。陪審員に聞かせるつもりで会話を引き出せ。「おれはマイケルズに二万で訴訟を売らせる。あんたのほうはそれで問題ないか？」

マローンは〈デイリー・ニューズ〉を手に取り、自分の横に置く。

「彼に手を引かせられるなら——起訴を取り下げることができるなら」とピッコーネは言う。

「二万あれば、押収されたのは自分の銃だったとでもマイケルズに言わせてやるさ」

「何を食べる？」とピッコーネが尋ねる。「ここのパンケーキはそこそこいける」

「いや、もう行かないと」と言うと、マローンは〈デイリー・ニューズ〉を持って立ち上がる。〈ポスト〉はピッコーネの手元に置いておく。店のトイレに寄ると、新聞紙にはさまれた封筒から五千ドルを抜き取ってポケットに入れ、通りに出る。

センター・ストリート一〇〇番地は地球上のどこよりうんざりさせられる場所のひとつだ。マローンはずっとそう思ってきた。

刑事裁判所ではろくなことが起こらない。

まれに善が――悪人が有罪判決を受けたりして――悪の手を免れて勝利するときでも、その背後には必ず悲劇がある。必ず被害者がいて、少なくとも悲嘆に暮れるひとつの家族、あるいは父親や母親を亡くした子供たちがいる。

マローンは廊下でマイケルズを見つける。彼に新聞を手渡しながら言う。「これを読んでくれ」

「ああ、どうして？」

「ファット・テディ・ベイリーの件だ」

「ベイリーか、あいつはお先真っ暗だ」

「一万五千で、やつから手を引けるか？」

「もう紹介料は受け取ったんじゃないのか？」とマイケルズは尋ねる。

「あんたは金が欲しいのか、欲しくないのか？」とマローンは尋ねる。「ただし、司法取引じゃなくて取り下げだ」

マイケルズは新聞をキャンヴァスバッグに入れると、茶番を始める。「くそっ、マローン。あの件はダナウェイ判決（相当な理由のない捜索目的の逮捕を違憲とした判決）に引っかかる」

ありうる取り下げ理由だ。

そばを通り過ぎる人々が視線を向けてくる。マローンは彼らが自分たちを見ていることを確認してから、わざと聞こえるように大声で言う。「重罪歴があるやつだぞ。おれは銃のふくらみを見たんだぞ！」

「ベイリーはどんなコートを着てた？」

「ええっと、くそ、ラルフ・ローレンだったかな？」とマローンは茶番につきあって答える。

「ダウンのコートだ」とマイケルズは言う。「〈ノース・フェイス〉のダウンのコートだ。あんたは法廷でおれに向かって——いや、判事に向かって——言えるのか、ダウンのコートの中の二五口径の銃が見えたと？　あほづらをさらすために法廷に出ろってか？　こいつはとんだヌケ作で、おまけに人種差別主義者の検事補だなんてうしろ指を差されるために？」

「あんたはあんたの仕事をするために法廷に出るんだろうが！」

「おまえこそ自分の仕事をちゃんとしろ！」とマイケルズも声を張りあげる。「おれがちゃんとクソ仕事ができるようなクソ逮捕をしてこい！」

「あんたはこんな外道をまた街に送り返そうっていうのか？」

「いや、お、ま、え、が送り返すんだよ」とマイケルズは捨て台詞を吐いて立ち去る。

「ふにゃまら野郎」とマローンはつぶやく。「このくそったれ」

人々は廊下に立ち尽くすマローンを見る。これは取り立てて珍しい光景ではない——警察官と検事補は始終こういう衝突を繰り返している。

マローンはガーメント地区の古い繊維業者のビルの三階に行く。オデルの捜査拠点。机がふたつにタレ込み専用電話がひとつ。ファイルを入れた赤い箱がいくつか。安物の金属製のキャビネットにコーヒーメーカー。マローンは五千ドルをオデルに手渡すと、ジャケットを脱いで盗聴器をはずし、机の上に置く。

「録音できたか?」とオデルが尋ねる。

「ああ、できた」

ワイントラウブがレコーダーを手に取り、マイケルズとの会話の部分まで早送りして聞くと言う。「このクソ野郎が」

「これでいいんだな?」とマローンは尋ねる。「これでおれはふたりの首をあんたらに差し出したことになるな?」

「なんだ、罪悪感を覚えてるのか?」とワイントラウブが言う。「あいつらのかわりにしょっぴかれたいのか?」

「やめろよ、スタン」とオデルが言う。「よくやってくれた、デニー」

「ああ、おれは腕のいいネズ公だよ」そう言って、マローンはドアに向かい、胸くそ悪い部屋から、文字どおりネズミの巣穴から出ようとする。何が〝デニー〟だ、くそったれ。おれたちが友達か何かになったとでも？〝スタン〟と〝デニー〟の三人で同じチームのメンバーだと？　おれの頭をよしよしと撫でて〝よくやった、デニー〟だと？　おれはあんたのクソ犬になったとでも？

「どこへ行く？」とオデルが尋ねる。

「あんたには関係ないだろ？」とマローンは言う。「それとも何か、おれは自由に出ていくこともできないのか？　マイケルズに警告しにいくんじゃないかと心配してるのか？　安心しろ、自分が恥ずかしすぎてそんなことはできっこない」

「あんたは何も恥じることはないよ」とオデルは言う。「あんたが恥じてもいいのは、恥じるべきなのは、過去にやったことであって、今やってることじゃない」

「おれがここに来たのはあんたのクソありがたいクソ赦しを請うためじゃない」

「ちがうのか？」とオデルは尋ねる。「おれにはそう思えたが。あんたは心のどこかで逮捕されることを望んでたんじゃないのか、デニー？」

「そう思うのか？」とマローンは尋ねる。「ってことは、あんたはおれが思ってた以上にヌケ作野郎ってことだな」

「何か飲みものでもどうだ、コーヒーでも？」とオデルは勧める。

マローンはオデルのほうを向く。

「おれを手なずけようとするなよ、オデル」おれがいったい何人の情報提供者を手なずけ、甘やかし、そそのかし、正しいことをしてると説き伏せてきたと思う？　おれが彼らに与えるのはコーヒーじゃなくてヘロインだがな。彼らとつきあうときの鉄則もおれにはわかってる――やつらを人間と思うな、ただのタレ込み屋と思え。やつらを愛し、気にかけ、タレ込み屋以上の何かだと思いはじめたりしたら、やつらは最終的にあんたを破滅させるだろう。

おれはおまえのタレ込み屋だ、オデル。

おれを人間らしく扱おうだなんてふざけた真似はやめろ。

マローンがクローデットの様子を見にいくと、彼女もまったく同じ話――〝人間らしい扱い〟の話――を持ち出す。

彼がアパートメントにはいったとたん、彼女の口から真っ先にこんなことばが飛び出す。

「わたしと一緒にいるところを見られると恥ずかしいわけ？」

「いったいどこからそんなたわごとが出てくるんだ？」とマローンは言って、クローデットの眼をのぞき込む。瞳孔が収縮しているかどうか確かめる。収縮はしていない。彼女は麻薬に手を出さず、咽喉から手が出るほど欲しがりながら、踏みとどまっている。それがものすごくきついことであることを彼女は知っている。それで彼女は苛立ち、マローンにただ八つあたりしようとしているのだ。

「どうしてまたやっちゃったのかってずっと考えてたのよ」

きみが再発したのは麻薬中毒者だからだ、とマローンはひそかに思う。

「どうしてわたしはあなたの仕事仲間に会わせてもらえないの?」と彼女は尋ねる。「あなたはチームの仲間の愛人たちには会ったことがあるんじゃないの?」

「きみはおれの愛人じゃない」

「じゃあ、わたしは何?」

このクソ女。「おれの恋人だろうが」

「わたしを紹介しないのはわたしが黒人だからでしょ」と彼女は言う。

「クローデット、おれの仲間のひとりは黒人なんだがな」

「あなたはその人に黒人女とやってることを知られたくないのよ」と彼女は言う。

その指摘は部分的には真実だ。モンティがどういう反応を示すか——モンティは気にしないのか、それとも腹を立てるのか——予測できず、実は躊躇していたのだ。「どうして

「わたしが彼らと会いたい？」

「どうして彼らと会わせたくないの？」とクローデットは質問に質問で返す。「わたしが黒人だから？　それともわたしがヤク中だから？」

「そのことは誰も知らなかった」とマローンは言う。

「それはそもそも誰もわたしのことを知らなかったからよ」

「しかし、今は知ってる」とマローンは言う。「どうしてきみにとっておれの仕事仲間がそんなに重要なんだ？」

「あなたの家族だからよ」と彼女は言う。「彼らはあなたの奥さんのことも、子供たちのことも知ってる。あなたも彼らの家族のことを知ってる。彼らはあなたの人生にとって重要な人たちをみんな知ってる。でも、わたしのことは知らない。それはわたしが重要じゃないから。そう思って当然でしょうが」

「これ以上、何をしたらいいのか――」

「わたしはあなたの人生の影なのよ」と彼女は言う。「あなたはわたしの存在を隠したいのよ」

「馬鹿なこと言うな」

「わたしたちはほとんど一緒に出かけないし」

それは事実だ。マローンとクローデットの勤務スケジュールをすり合わせるのがむずかしいということもあるが、それをおいても二〇一七年の今でさえ、ハーレムで白人の男が黒人女性を連れて歩くことには気まずさがともなう。ふたりが一緒に店に——コーヒーショップや食料品店に——はいると、必ず横目でちらりと、ときにはじろじろと、視線を向けられる。

しかもマローンはただの白人の男ではない。白人のお巡りなのだ。

その事実はまわりに敵意を生じさせる。ときにはそれより厄介な何かを。地元住民の中には、黒人女性とつきあっているなら、自分たちにも手加減してくれるだろうと考える者も出てくるからだ。

「おれはきみを恥じてるわけじゃない」とマローンは言う。「ただ……」

彼は、彼が手をゆるめるのではないかなどと地元住民から思われかねない懸念を説明する。「でも、きみが出かけたいなら出かけよう。今すぐ出かけよう」

「わたしを見てよ。こんなひどい状態なのよ。外になんか出たくない」

「おいおい、今言ったことを——」

「ねえ、わたしたちの関係ってなんなの？〝イケてる黒人女《ブラウン・シュガー》〟とどうのこうのって話なの？」と彼女は尋ねる。「黒人にイレ込む熱病《ジャングル・フィーヴァー》？　あなたはわたしとファックするためだけにここに来てるの？」

「ちがう」

おまえだっておれをファックしてるだろうが、ベイビー。マローンはそう思う。が、賢明にも口には出さない。

「デニー、わたしが麻薬に頼る理由はあなた自身じゃないかって考えたことはない？」

このクソ女。クローデット――このおれがついさっきクソみたいなタレ込み屋に成り下がった理由のひとつがおまえだなんて、おまえこそ少しでも考えたことがあるのか？　おれはおまえのクソ麻薬依存のせいで、おまえのクソ病気のせいで、くそネズミに成り下がったんだ。

「くそったれ」とマローンは言う。

「そっちこそくそったれよ」

彼は立ち上がる。

「どこに行くの？」

「ここじゃないどこかだ」

「わたしのいないところってことね」

「ああ、そういうことだ」

「出てって」とクローデットは言う。「どこへでも行けばいいわ。わたしと一緒にいたいなら、わたしを人間として扱ってちょうだい。ヤク中の売春婦としてじゃなく」

マローンは叩きつけるようにドアを閉めて出ていく。

14

マローンはルッソとレンジャーズのアイスホッケーの試合を見にいく。ブルーライン付近の席のチケットは、今でも警察に好意を持ってくれているマディソン・スクウェア・ガーデン関係者から無料で提供されたものだ。

しかし、警察に好意を持つ者の数は減りつづけている。つい先月のことだ。私服警官二名が覆面パトカーでクイーンズのオゾン・パーク周辺を走っていると、二重駐車した車の横で栓のあいた酒瓶を持って立っている男を見かけた。

召喚状を出そうと、警官が男のまえに立ちはだかると、男は逃げ出した。

不審者が逃げれば、警官は追いかける。ゴールデン・レトリヴァーと同じ習性だ。警官は男を追いつめた。男は銃を取り出した。警官は男の体に十三発撃ち込んだ。

男の家族が雇った弁護士は、訴訟を起こし、メディアのまえで糾弾しはじめた。「五人の幼い子供の父親が十三発も背中や頭に銃弾を撃ち込まれたんです。たかが栓のあいた酒瓶のせいで」

まず、エリック・ガーナーが路上でラッキー・ストライクを売ったかどうかで揉めて殺され、次にマイケル・ベネットが殺され、今度は栓をあけたクソ酒瓶のために男が殺された。

市警本部長には敬意を表すべきだろう。世間の批判に対してこう反論したのだから。「ニューヨーク市警の警官に発砲されない一番の方法は、銃を持ち歩かず、警官に銃を向けたりしなきゃいい」

この一文の構文と文法の正確さはさておき、とモンティは言ったが、この発言には強いメッセージが込められている。市警本部長はさらにこうつけ加えてそのメッセージ性を高めた。「私の部下たちは毎日市《まち》に出て命を懸けている。弁護士たちは弁論ごっこで遊んでるだけだ」

もちろん、弁護士も黙ってはいなかった。「私たちは地域社会を守るために命を賭《と》している善良な警察官には感謝しています——感謝しない者などいるでしょうか？　言うまでもありません。しかし、〝弁論ごっこ〟云々に関して言えば……新聞をめくれば、ニューヨーク市警の誰かしらが嘘をつき、詐欺や盗みを働いた記事が常に載っているわけです。だから、この事件に関する警察の釈明をただちに信じろと言われてもそれは無理です。その点だけはどうかご理解いただきたい」

市警は四方八方から批判にさらされている。

抗議者は声を張りあげ、活動家は行動を呼びかけ、警察と地域社会とのあいだの緊張はかつてないほどに高まっている。

ベネット射殺事件については大陪審の裁定すらまだ出ていない。

黒人が黒人を撃っていないときには警官が黒人を撃っている。

どちらにしても——マローンは思う——黒人が死ぬことになる。

それでもおれはお巡りでありつづける。

ニューヨークはニューヨークでありつづける。

世界は世界でありつづける。

いや、それはそうともかぎらないか。おれの世界は変貌を遂げてしまった。

おれはネズミに成り下がった。

人を初めて裏切ったとたん、そいつの人生は変わる。

二回目。それはただの人生になる。

三回目。それがおまえの人生になる。

それがおまえ自身となる。

初めて盗聴器をつけたとき、マローンは世界じゅうの人々に見透かされているような気持ちになった。まるで盗聴器が額に張りつけられでもしているかのように。顔に深い傷――まだ抜糸をしていない引き攣《つ》る傷口――があるかのように。

しかし、今回はベルトより簡単に装着していた。つけていることを忘れてしまいそうなほどだった。

オデルはマローンをネズミとは呼ばない。

ＦＢＩ捜査官はネズミを〝ロック・スター〟と呼ぶ。

ロック・スター。

五月中旬までにマローンはＦＢＩに四人の弁護士と三人の検事補を差し出した。パスのオフィスは極秘の起訴状をタイプするのに忙しい。彼らはすべての罠を仕掛けおえるまで逮捕を保留している。

奇妙なことに、汚職弁護士や汚職検事補を罠にはめていないときには、マローンは今もお巡りでありつづけている。

まるでこうしたことのすべてが現実には何も起こっていないかのように。

特捜部に行き、チームと仕事をし、カーターの動向を監視し、サイクスと折衝している。

車で通りを走り、タレ込み屋に会い、手入れをすべきときには手入れをしている。

発砲事件の現場にも行っている。

ジレット・ウィリアムズ殺人事件の二週間後、インウッドのドミニカ系ギャング〈トリニタリオ〉の一員が、クラブから歩いて帰宅途中に後頭部に一発撃ち込まれた。その十日後には、今度はセント・ニコラス団地の北側の黒人系ギャング〈スペード〉の一員が通りすがりの車からショットガンで撃たれた。被害者はハーレム病院に今も入院中だが、おそらく助からないだろう。

マローンが予見したとおり、ウイリアムズ事件の犯人逮捕による追い風は一時間半ほどしか吹かなかった。現在、サイクスは〈コンプスタット〉で叱責され、市警本部長は市長から叱責され、市長はメディアから叱責されている。

サイクスは銃取引きの捜査を早く進めろとマローンの尻を叩いている。

マローンだけでなく、特捜部全員の尻を叩いている。

マローンにはカーターを見張らせ、トーレスにはカスティーヨを見張らせ、私服警官には通りから銃を一掃させようとし、囮捜査官には街角で銃を買わせようとしている。

そう、クソは下流に流れるということだ。

そんな中、レヴィンがマローンのチームに突破口をもたらす。

ある日のことだ。くそったれレヴィンはｉＰａｄを持って仕事にやってくると、酒屋の奥の倉庫でせっせとそれをいじりはじめた。ルッソとモンティは彼が〈ネットフリックス〉でドラマでも見て時間をつぶしているのだろうと思い、ことさら気にとめなかった。見張りというのは、何かほかにすることでもないとやっていられない単調な仕事だ。ところが、数日後、レヴィンはたった今童貞を失ったばかりの十四歳の少年より誇らしげな顔で、ｉＰａｄの画面を開くと言ったのだ。「これを見てください」

「いったいなんだ？」

「ファット・テディの電話をハッキングしました」とレヴィンは言った。「といっても、通話そのものじゃないので相手側の声は聞こえません。でも、彼が電話を受けたりかけたりするたびに、それが画面に表示されるようになります」

「レヴィン」とモンティは言った。「たった今、おまえがこの地球に存在する理由が証明された！」

この若造はあたりだった。マローンはそう思った。

おかげでファット・テディの通話の相手を知ることができ、その結果、彼がやはり銃器をバイカー・ギャング〈ＥＣＭＦ〉に提供しているマンテルと頻繁に話していることが判明した。

「会話の頻度を監視します」とレヴィンは言った。「受け渡しが近づけば、回数は増えるはずです」

「だけど、取引きをおこなう場所はどうやればわかる?」とマローンは尋ねた。

「そこまではまだです」とレヴィンは言った。「でも、そのうちきっと」

「カーターは取引き場所には近寄らない」とモンティが言った。「今では電話にすら出ない。ファット・テディに任せてる」

「カーターのことは気にしなくていい」とマローンは言った。「銃だけに集中しよう」

そうすれば、少なくとも大量殺人は止められるかもしれない。

そんなふうにマローンは本物のお巡りらしく、本物の警察の仕事をし、彼の王国に平和を取り戻そうとしている。

心の平和を取り戻すことはできなくても。

マローンの頭の中では今でも武力抗争が続いている。

モンティはレンジャーズの試合観戦には興味を示さなかった。「黒人は氷には近づかない」

「黒人のホッケー選手もいるぜ」とマローンは言った。

「そいつらは黒人の裏切り者だ」

レヴィンも連れてこようかと思った。が、バールと手榴弾で脅したところで、彼をファット・テディの監視から引き剥がすことはできなかっただろう。で、今、マローンとフィルはピッツバーグ・ペンギンズがレンジャーズのプレーオフ進出の可能性を叩きつぶすところを見ている。ビールを片手に試合を見ながら、ルッソが言う。「おまえ、最近どうかしたのか？」

「どういう意味だ？」

「最後に子供たちに会ったのはいつだ？」

「誰だ、おまえは、おれの神父か？」とマローンは尋ねる。「おれのカマでも掘りたいのか、神父さんよ？」

「ビールでも飲め。すまなかった。くだらんことを訊いた」

「今週末には行くつもりだ」

「好きなようにすればいい」と言ってから、ルッソは尋ねる。「あの黒人の彼女とはどうなった？　話はついたのか？」

「クソありがたクソ迷惑だ、フィル」

「わかった、わかったよ」

「黙ってこのクソ試合を見ようじゃないか」

彼らはクソ試合を見る。レンジャーズがいつものレンジャーズらしく、第三ピリオドでリードを奪われ、延長戦《オーヴァー・タイム》で負けるところを見る。

試合が終わると、マローンとルッソは寝るまえの一杯をひっかけるために〈ジャック・ドイルズ〉のバーに行く。店のテレビではニュースが流れている。コーネリアス・ハンプトン師がオゾン・パークでの〝警察による殺人〟について話している。その男はバーにはいかにもクソ弁護士然としたくそスーツ姿のクソ野郎が立っている。その男はネクタイをゆるめ、偉そうに話しはじめる。「警察はあの男を処刑したのさ」

ルッソはマローンの眼に浮かぶ表情を見て取る。

その眼には見覚えがある。マローンは数杯のビールと三杯のジェムソンを飲み、さらに次から次へとジェムソンを呷っている。

「そうかっかするな」

「ふにゃまら野郎が」

「言いたいやつには言わせておけよ、デニー」

しかし、その男は大声でしゃべりつづけ、その話をやめようとしない。バーの客全員に向かって〝警察の軍隊化〟に関する講義を始める。それでも、珍しくマローンはその男に反論しようとはしない。今はそんなクソ弁論ごっこにつきあう気分ではない。

ただその男をじっと見すえる。男はその視線に気づき、マローンを見返す。するとマローンが言う。「何を見てんだ?」

男は引き下がろうとする。「別に」

マローンはストゥールから降りる。「ちょっと待て、何を見てんだ、この三百代言《さんびやくだいげん》野郎」

ルッソがマローンの背後に立ち、肩に手を置く。「おい、デニー。落ち着け」

マローンはルッソの手を振り払う。「落ち着けもクソもあるか」

男の仲間たちが男をバーから連れ出そうとする。ルッソはそれに賛意を示して言う。

「そうだ、友達を家まで送ってやるといい」

「おまえは何か、弁護士か?」それでもマローンは男に食ってかかる。

「ああ、そのとおりだ」

「そうか、おれはお巡りだ」とマローンは言う。「おれはくそニューヨーク市警のクソ刑事だ!」

「やめとけ、デニー」

「バッジを奪ってやる」と男は言う。「名前は?」

「デニー・マローンだ! デニス・ジョン・マローン部長刑事だ! マンハッタン・く

そ・ノース特捜部のな！」

ルッソは二十ドル札を二枚カウンターに置いて、バーテンダーに言う。「大丈夫だ。おれたちはもう出るから。このクソおまんこ野郎のケツを蹴飛ばしたら」

ルッソはふたりのあいだに割ってはいると、マローンをうしろに押しやって弁護士の男に言う。「なあ、こいつにとって、今週はタフな週だったんだよ。その上、飲みすぎた」

そう言って男に名刺を手渡す。「これを受け取ってくれ。何か困ったときには違反切符をチャラにしてくれだとか、なんでもいい。ここに連絡してくれ」

「あんたの相棒はあほだな」

「今夜は否定できない」ルッソはマローンをつかんで、酒場から引きずり出すと、八番街を歩かせる。

「デニー、いったいどうした⁉」

「あの三百代言」

「内務監査部に嗅ぎまわられたいのか？」とルッソは言う。「サイクスに今以上にきつくあたられたいのか？　いい加減にしろ」

「さあ、飲みにいこう」

「いや、おまえを寝かせにいく」

「おれはニューヨーク市警の刑事だ」

「ああ、それは聞いたよ」とルッソは言う。「みんな聞いてたよ」

「ニューヨークの警察だ《ニューヨークズ・ファイネスト》」

「そうか、そりゃすごい」

彼らは駐車場まで歩く。ルッソが運転してマローンを自宅まで送り届け、三階へ連れていく。「デニー、いいか。ここでじっとしてろ。もう今夜はどこにも出かけるんじゃないぞ」

「出かけない。明日は法廷で証言しなきゃならない」

「そうか、颯爽《さっそう》と登場できるな?」とルッソは言う。「目覚ましをかけられるか? それとも電話して起こしてやろうか?」

「目覚ましをかける」

「電話する。少しは寝るんだぞ」

酔っぱらって見る夢は最悪の夢になる。

脳がすでにイカれていて、脳内を駆けめぐる病的な妄執に屈服する準備ができているからだ。

その夜はクリーヴランドの家族の夢を見る。

大人ふたりと子供三人が自宅のアパートメントで死亡する。

処刑だ。

子供たちはマローンに助けを求めるが、彼には助けることができない。

子供たちを救うことができない。彼はその場に立ち尽くし、ただ泣いて泣いて泣きまくっている。


翌朝、マローンは目覚めると、水をグラスに五杯飲み干す。

頭がクソみたいにがんがん痛む。

ビールをチェイサーにしてウイスキーを飲むのはいい。しかし、ウィスキーをチェイサーにしてビールを飲むと大惨事になる。アスピリン三錠とデキセドリン二錠を飲むと、シャワーを浴び、ひげを剃って着替える。本日の法廷向けの服装は白いシャツに赤いネクタイ、青いブレザー、灰色のスラックス、よく磨かれた黒い靴だ。

裁判所に行くとき、少なくとも警部補以上でないかぎり、普通、お巡りはスーツを着用しない。なぜなら、弁護士よりめだって彼らの機嫌を損ねたくはないからだ。また、陪審員には正直な働き者と思われたいからだ。

今日はカフスボタンはつけない。

〈アルマーニ〉や〈ヒューゴ・ボス〉のスーツも着ない。

上から下まで、庶民派の〈ジョス・エー・バンク〉にする。

マローンの服装を見て、メアリー・ヒンマンが笑いながら言う。「それがあなたの考えるお行儀のいい服装ってわけ？」

赤毛にそばかすのある白い肌。麻薬捜査専門の特別検察官ヒンマンは、背が高ければアイルランド舞踏の舞台作品『リヴァーダンス』のキャストでもおかしくない。

しかし、ヒンマンは小さいと評されると否定する。

「小さいんじゃないの」とその話題が出るたびに彼女は言い張る。「凝縮されてるだけよ」

それはそれでまちがっていない。マローンは彼女と向かい合ってテーブルについて思う。ヒンマンはその小さな体に凶暴さを秘めている。カソリック系の女子高からフォーダム大学、ニューヨーク大学ロースクールという昔ながらの道を進んだ身長百六十二センチの小さな暴れ玉。バーのストゥールに腰かけると爪先が床に届かない。それでもヒンマンと飲み比べをすれば誰もが酔いつぶれることをマローンは知っている。恋人殺しの罪でコーリー・ゲインズという名の売人の有罪判決を勝ち取った夜、彼自身、ヒンマンと祝杯を重ねたことがあるのだ。

で、無残に負けて――

ヒンマンにタクシーに乗せられたのだった。

彼女の酒の強さは親譲りだ――父親はアル中のお巡りで、母親もアル中だった。

ヒンマンは警察を知っている。警察の仕事がどんなふうにまわっているのか知っている。それでも新米検事補の頃には、マローンが彼女に教えなければならないこと――彼女の父親が教えなかったこと――がまだいくつかあった。ヒンマンが最初に大きな麻薬事件を担当したときの話だ。彼女が男のライヴァルを蹴散らして特別検察官になるずっと以前の。マローンもまだ防犯課の私服警官だった。

当時のパートナー、ビリー・フォスターとふたりで、一キロのコカインを一四八丁目の安アパートで押収したのだが、令状は取っていなかった。タレ込み屋からの情報だけでは不充分だったのだ。だからと言って、マローンには捜査を麻薬課に引き渡すつもりなどさらさらなかった。逮捕が欲しかった。で、銃声が聞こえたという理由をでっち上げ、安アパートに踏み込み、売人を逮捕したのち、署に連絡を入れた。

当然、上司の部長刑事と麻薬課には叱責されたが、同時に注目も集めた。そのため、通常の逮捕なら有罪判決を受けるかどうかなどさして気にはならないのだが、マローンとしてもこの事件だけはなんとしても有罪を勝ち取りたかった。だから新米の――しかも女の

――検事補がしくじりはしないかと内心やきもきしていた。

案の定、ヒンマンは公判まえの証言の打ち合わせにオフィスにやってきたマローンにこんなことを言った。「真実を話して。有罪判決を勝ち取りたいから」

「どっちが望みだね？」とマローンは尋ねた。

「どういう意味？」

「つまり」とマローンは言った。「おれは真実を話すこともできれば、有罪判決を勝ち取ることもできる。どっちが望みだね？」

「両方」とヒンマンは言った。

「両方はできない」

真実を話せば、マップ判決（違法収集された証拠は法廷では証拠として認めないという判決）を持ち出されるまでもなく裁判に負けることになる。マローンには令状もなく、アパートメントに踏み込むそれ相当の理由もなかったのだから。証拠は〝毒樹の果実〟となり、売人は釈放されることになる。

彼女はいっとき考えてから言った。「マローン巡査、わたしはあなたに偽証させることも、偽証を推奨することもできない。わたしが忠告できるのは、あなたが必要だと思うことをしなさいってことだけ」

その後、メアリー・ヒンマンがマローンに真実だけを話せと忠告することは二度となかった。

なぜなら警官が〝偽証言〟をしなければ、地区検察局が有罪判決を勝ち取るなどおよそできないからだ。これは警察も検察局もともに知りすぎるほどよく知っている真実だ。

だからと言って、マローンが良心の呵責《かしやく》を覚えることはない。

世の中が公平にプレーしているなら、おれも公平にプレーする。しかし、検察と警察にはそもそも不利な手札が配られている。ミランダ、マップ、その他最高裁判所の判決すべてが売人どもに有利な手札を与えている。まるで最近のNFLのように——連盟がタッチダウンパスを求めているという理由で、ディフェンシヴ・バックにはレシーヴァーに触れることすら禁じられている、あの本末転倒のルールのように。今やお巡りというのは、悪いやつらの得点をなんとか阻もうとあがいている哀れなディフェンシヴ・バックのようなものだ。

アメリカ流の真実と正義。

ここアメリカでは、真実と正義が廊下で挨拶を交わし、クリスマスカードを送り合うことはあっても、ただそれだけの関係だ。

今のヒンマンはそれを理解している。

マローンは裁判所の会議室のテーブルにつく。向かい側に坐るヒンマンが彼を見て言う。

「ゆうべいったい何してたの？」

「レンジャーズの試合を見にいった」

「ふうん」と彼女は言う。「で、証言の準備はできてる？　予行演習してみて」

「私のパートナー、フィリップ・ルッソ部長刑事と私は」とマローンは言う。「西一三二丁目三二四番地で不審な動きがあると近隣住民から情報を得ました。それで当該住所の監視をおこなっていたところ、白いキャディラック・エスカレードが停まり、被告人であるミスター・リヴェラが降りてくるのを目撃しました。私にはその車に麻薬が積まれていると信じる決定的な理由もありませんでしたし、相当な理由を示す充分な視覚的証拠もありませんでした」

これは彼らが陪審員のまえで披露するダンスのクールなパートだ。あえて否定してみせることで、マローンが真実を語っていると陪審員に確信させるのだ。それにはテレビドラマでそういう場面をしょっちゅう見ている陪審員の期待に応える意味もある。

ヒンマンは尋ねる。「相当な理由がなかったのに、あなた方がアパートメントに強制的に立ち入ることができた理由はなんですか？」

「ミスター・リヴェラはひとりではありませんでした」とマローンは言う。「その車には同乗者が二名いました。ひとりは減音器《サプレッサー》付きの短機関銃ＭＡＣ‐10を所持し、もうひとりはTEC-9を所持していました」

「あなたはそれらの銃を目視したのですか?」

ここでマローンは魔法のことばを口にする。「銃ははっきり見えていました」

もし武器がはっきり見えていれば、ほかに相当な理由は必要なくなる。見えたことが直接的な理由になるからだ。事実、武器ははっきり見えていた——マローンの足元に。

「それであなた方は当該住所に立ち入ったわけですね」とヒンマンは言う。「あなた方は自分たちが警官であると名乗りましたか?」

「はい、名乗りました。私は〝ニューヨーク市警だ!〟と叫びました。私たちのバッジは首から引きひもにぶら下げて、防弾チョッキの上にありました」

「それからどうなりました?」とヒンマンは尋ねる。

おれたちはその卑劣なヌケ作どもの部屋にマシンガンを置いた。「容疑者たちは武器を床に落としました」

「で、そのアパートメントで何を見つけたのですか?」

マローンは答える。「四キロのヘロインとアメリカ通貨百ドルの札束です。あとで数えたところ、五十五万ドルありました」

そのあと領置票番号がどうしたとか、マローンが押収したヘロインが現在法廷にあるヘロインと同一であるとどうやって証明するかとか、云々かんぬん退屈なくだりを経てヒンマンが言う。「本番ではこの予行演習よりもう少し気合を入れてやってちょうだい」

「NBAのアレン・アイヴァーソンのことばを借りるなら」とマローンは言う。「〝おれたちはここで練習の話をしている。練習だぞ〟ってところだな」

ヒンマンは言った。「わたしたちはジェラード・バージェイの話をしてるのよ」

マローンのジェラード・バージェイに関する意見を要約するとこうなる――もしあいつの体が燃えていたら、おれはその火を消すためにガソリンをひっかけてやる。

デニー・マローンが人生で嫌悪するものは左記の三つだ。必ずしもこの順で嫌っているわけではないが。

一　小児性愛者

二　ネズミ（人間の一種）

三　ジェラード・バーガー

この弁護士は、自分の名前をハンバーガー屋の商品のようではなく、〝バージェイ〟と発音し、それを他人にも強要する。マローンは断固として拒否しているが。ただし法廷でだけは、判事から失礼なやつと思われないようにバージェイと呼んでいる。それ以外の場所では、マローンにとってその弁護士の名はあくまで〝ジェリー・バーガー〟だ。

バージェイを嫌っているのはマローンだけではない。検事もお巡りも刑務官も被害者も彼を軽蔑している。バージェイの依頼人でさえ彼を嫌っている。なぜなら、裁判が終了する頃には、依頼人の所有していたもののほとんどが――金も家も車もヨットもときには女さえ――バージェイの手に渡っているからだ。

しかし、バージェイが依頼人を諭すことば――〝金は刑務所では使えない〟――もまた真実だ。

そして、バージェイの依頼人はたいてい刑務所行きにはならない。無罪放免となるか、執行猶予付きになるか、薬物更生施設送りになるか、または怒りを抑えるための講座を受けることになる。そして、それが終わると、起訴されるまえにしていたことを再開する。それはたいてい犯罪に関わることだ。

バージェイにとってそんなことは屁でもない。

依頼人が麻薬密売人、殺人犯、妻を殴る夫、レイプ犯、小児性愛者だろうと気にしない。バージェイは分厚い財布か、出版社か映画会社かあわよくば――ディエゴ・ペーナのように――その双方に売れるネタを持つ依頼人であれば、どんな依頼人でも弁護する。バージェイは自分自身の役を大物俳優が演じるのをたびたび見てきた。その中には彼に助言を請いにくる俳優もいた。そんな俳優たちに対し、バージェイは端的に言う。「底なしのくそったれになることだね」

バージェイの依頼人が真実を告白するのは〈オプラ・ウィンフリー・ショー〉の中でだけだと言われている――つまり、バージェイは依頼人が有罪と知りつつ弁護するということだ。

バージェイは自分の羽振りのよさを隠そうともせず、むしろ見せびらかす。数千ドルもするオーダーメイドのスーツ、特別誂えのシャツ、デザイナーブランドのネクタイや靴、高価な腕時計。出廷するときには、フェラーリやマセラティで乗りつける。弁護料のかわりに依頼人から贈呈された車なのだろう。マローンはそう思っている。またバージェイはアッパー・イーストサイドにペントハウス、ハンプトンズに避暑用の別荘を持っている。アスペンにあるスキーリゾートのマンションは、現在コロンビアに住む元依頼人から感謝の印として譲渡されたものだ。司法取引きに応じたその依頼人は今も米国への再入国を禁じられている。

ただ、マローンとしてもバージェイの弁護手腕は秀逸だと認めざるをえない。彼は論理的戦略に長け、（とりわけ証拠排除の）申し立ての天才であり、抜け目がなく、とことん意地の悪い反対尋問者であり、冒頭陳述と最終弁論の達人だ。

そして、バージェイの成功の最大の秘訣は賄賂だ。

マローンはそう確信している。

証拠をつかんだことはない。しかし、バージェイが判事を味方につけていることは明らかだ。なんならそっちに左のキンタマを賭けてもいい。

いわゆる司法制度そのものの腐りきったひとつの秘めやかな真実。

案外知られていないことだが、判事というのは大金を稼げる職業ではない。一方、彼らは通常多額の金を費やして法服を手に入れる。その数式は判事の多くが買収しやすい輩であることを意味する。

裁判を思いどおりに操るのにそれほど多くの手管は必要ない――申し立てに同意するか拒否するか、証拠を除外するか承認するか、証言を許可するか撥ねつけるか、それだけで事足りる。畢竟《ひっきょう》、取るに足りないこと、細かいこと、難解で込み入ったことを理由に、罪を犯した被告人を釈放させることができるというわけだ。

どの裁判なら買収できるか、弁護側は知っている――いや、誰もが知っている。司法界で最も儲かる役職のひとつは、訴訟スケジュールの決定に関わる役職だ。しかるべき賄賂を支払うことができれば、すでに買収したことのある判事の担当に振り分けてもらえる。あるいは、その場かぎりの買収に応じてくれそうな判事の担当に。

マローンとヒンマンが直接尋問で彼らのダンスを披露したあと、バージェイが反対尋問を始めるまえに数分間の休廷になる。マローンはクソをしにいく。個室から出て手を洗おうとすると、隣りの洗面台にバージェイがいる。

ふたりは鏡の中で視線を合わせる。

「マローン部長刑事」とバージェイが言う。「こんなところで会えるとはね」

「よお、ジェリー・バーガー、ちんぽは調子よくぶら下がってるか?」

「ああ、上々のぶら下がり具合だ」とバージェイは言う。「早くきみを証言台に立たせたくてうずうずしてるよ。これからきみの証言を骨抜きにして、とことん恥ずかしい思いをさせて、きみが嘘つきの汚職警官であることを証明してあげるよ」

「あの判事も買ったのか、ジェリー?」

「汚職警官には汚職しか見えないんだね」そう言って、バージェイは洗った手を拭く。

「証言台で会おう、部長刑事」

「おい、ジェリー」マローンはバージェイの背中に声をかける。「あんたの事務所は今も犬のクソのにおいがするのか？」

マローンとバージェイは昔からの知り合いだ。

マローンは証言台に立つ。廷吏はマローンに対して、真実を話すと誓った宣誓が引き続き有効であることを告げる。

バージェイが笑みを浮かべて、口を開く。「マローン部長刑事、〝偽証言〟というのはあなたにとって何か意味のあることばですか？」

「世間並みには」

「では、世間並みに警察ではどういう意味になりますか？」

「異議あり」とヒンマンが口をはさむ。「無関係な質問です」

「答えてくれると思うけれど」

「証言台で正確な真実を証言しないという意味で使われることは聞いたことがあります」

とマローンは答える。

「正確な真実」とバージェイは言う。「では、不正確な真実があるということですか？」

「無関係です。異議を申し立てます」

「質問の意図が見えないのだが、弁護人」と判事が注意する。

「これから見えるようにします、裁判長」

「よろしい、では、そうしてください」

「物事にはさまざまな見方があるということです」とマローンは答える。

「なるほど」と言って、バージェイは陪審員のほうを見る。「つまり、警察の中には、法廷が採用した証拠の如何《いかん》を問わず、警察が有罪だと感じる被告人を有罪判決にするために〝偽証言〟をすることを是とするものの見方がある。それは真実ですか？」

「そういう文脈でそのことばが使用されるのは聞いたことがあります」

「しかし、あなたは一度もやったことがないと？」

「はい、私はありません」とマローンは言う。数百の例外を数に入れなければ。

「たった今の回答ももちろん偽証言ではないと？」とバージェイはさらに尋ねる。

「議論にわたる尋問です！」

「異議を認めます」と裁判官は言う。「さきに進めてください、弁護人」

「では」とバージェイは続ける。「さきほどあなたは麻薬所持の嫌疑でアパートメントを捜索するのには、それ相当の理由はなかったと証言しました。この内容は正しいですか？」

「はい」

「さらに、あなたは私の依頼人の友人が武器を所持していたことに基づくそれ相当の理由から、アパートメントを捜索したと宣誓証言しました。その内容は正しいですか？」

「はい」

「あなたは武器を見た？」

「はっきりと見えていました」とマローンは言う。

「それは〝イエス〟ということですか？」

「イエス」

「では、あなたが〝はっきりと〟武器を見た事実がないかぎり」とバージェイは言う。「あなたには当該住所を捜索する相当な理由はなかったということになりますね？」

「そうです」

「あなたが武器を見た時点で」とバージェイは言う。「それらは容疑者たちの所有物だった。そういうことですね？」

「はい」

「私はこの書類を証拠として追加します」とバージェイは言う。

「どういう証拠です？」とヒンマンが尋ねる。「そんな話は聞いていません」

「入手したばかりの証拠なのです、裁判長」

「弁護人、検察官、両名こちらへ」

マローンはヒンマンが裁判長席に近づくのを眺める。ヒンマンはマローンに〝いったいどういうこと？〟と訴えるような視線を寄こす。が、彼にも皆目見当がつかない。

「裁判長」とバージェイは言う。「これは、二〇一三年五月二十二日付の保管証拠品の領置票です。ここに製造番号Ｂ‐７８４２Ａ１４の短機関銃ＭＡＣ‐10が記載されているのがおわかりになりますか？」

「ええ」

「記録されたこの日付で三二分署の証拠保管室で領置票が作成されました。三二分署は言うまでもなく、マンハッタン・ノース地区にあります」

「それが本件とどんな関連があるんです？」

「裁判長にお許しいただければ」とバージェイは言う。「これからその関連を説明します」

「許可します」

「異議を申し立てます」ヒンマンは言う。「この書類はわれわれに事前開示されていません」

「異議申し立ては審理中におこないなさい、ミズ・ヒンマン」

バージェイは反対尋問に戻り、マローンに一枚の書類を手渡す。

「この書類がなんだかわかりますか？」

「はい。これは本件の容疑者のひとりから押収した拳銃MAC‐10の証拠品領置票です」

「それはあなたのサインですね？」

「はい」

「その武器の製造番号を読み上げていただけますか？」

「B‐7842A14です」

バージェイはマローンに別の書類を手渡す。「この書類がなんだかわかりますか？」

「別の証拠品領置票のように見えます」

「いや、〝のように見える〟という表現は正確ではないですね」とバージェイは言う。「これは別の証拠品領置票そのものですね？」

「はい」

「この領置票も拳銃MAC‐10について作成されたものです。ちがいますか？」

「そうです」

「その領置票の作成日時を読み上げてください」

「二〇一三年五月二十二日です」

くそったれ。マローンは心の中で悪態をつく。このくそったれ。バージェイは二枚の領置票を使って、証拠として押収した武器が被告人の所持品ではなかったことをマローン自身に証明させたのだ。

バージェイはさらにマローンを崖に向かって歩かせる。あとは真っ逆さまに落ちるだけだ。

「では、その二〇一三年五月二十二日に押収された拳銃MAC‐10の」とバージェイは続ける。「製造番号を読み上げてください」

「B‐7842A14」

陪審員席から驚きの声があがる。そちらに眼を向けなくてもマローンにはわかる。今、陪審員たちはおれを睨みつけていることだろう。

「これは同一の武器ではないですか？」とバージェイは尋ねる。

この耳クソ野郎はどうやって古い領置票を手に入れたんだ？

決まってるじゃないか、うすのろマローン。買ったのだ。

「そのようです」

「それでは」とバージェイは言う。「経験豊富な警官として説明してもらえますか？　なぜ同一の武器が二〇一三年五月二十二日に三二分署の証拠品室に保管されたあと、二〇一五年二月十三日の夜、魔法のように容疑者の手の中にはっきりと見える形で現われたのか」

「議論にわたる尋問です。推測を求めています」とヒンマンが言う。

「許可します」判事は怒りまくっている。

「わかりません」とマローンは答える。

「考えうる可能性はかぎられます」とバージェイは言う。「その銃が証拠品保管ロッカーから盗まれて、麻薬密売人とされる人物に売り渡されることは可能ですか？　その可能性はありますか？」

「あると思います」

「あるいは、それ以上に可能性が高いのは」とバージェイは続ける。「容疑者を陥れ、相当な理由となる口実をでっち上げるために、あなたが持ち出したという可能性ではないでしょうか？」

「いいえ」

「絶対にありえませんか、部長刑事？」大いに状況を愉しみながらバージェイは尋ねる。

「あなたが当該住所を捜索し、ふたりの容疑者を撃ち、そのうちのひとりを殺害し、さも彼らの武器であるかのように見せかけて、それについて虚偽の証言をしたことは絶対にありえませんか？」

ヒンマンが勢いよく立ち上がる。「議論にわたる尋問、推測による尋問です。仮説に基づく回答を求めています。裁判長、弁護人は――」

「検察官、弁護人、裁判長席まで来なさい」

「裁判長」とヒンマンが言う。「私たちはこの書類の出所を知りません。その合法性や正確性を精査する時間も与えられなかったわけで――」

「もういい、メアリー」と裁判長は小声でつぶやく。「きみたちがこの事件をでっち上げたということなら――」

「私としてもミズ・ヒンマンの職業倫理に疑義を唱えるつもりは毛頭ありません」とバージェイが言う。「しかし、マローン部長刑事は武器を見たと主張していても、実際には見ていなかったのだとしたら、当該住所から押収された証拠品はすべて相当な理由がなく押収されたもので、〝毒樹の果実〟ということになります。ですから、私としてはこれをもって免訴を請求します、裁判長」

「ちょっと待って」とヒンマンは言う。「弁護人自身も指摘したように、武器がロッカーから盗まれたという可能性も――」

「まったく。特大の頭痛の種を持ち込んでくれたな」と裁判長はため息まじりに言い、そのあと言い添える。「MAC‐10は証拠から除外する」

「それでもまだTEC‐9があります」

「なるほど」とバージェイは言う。「陪審は一方の武器が不正証拠で、もう一方は正規の証拠だと信じてくれるというわけだ。いい加減にしてくれ」

ヒンマンは選択肢を吟味しているのだろう、とマローンは思う。そのどれもがクソみたいな選択肢にしろ。

そのうちのひとつ——ニューヨーク市警の警官が自動小銃を証拠保管室から盗んで麻薬の売人に撃ったという釈明。もうひとつ——高い評価を受けているニューヨーク市警の刑事が証言台で偽証したという釈明。

後者を選択すれば、新聞の大見出しの洪水が押し寄せることになる。発砲した事実も不適切となり、内務監査部がデニー・マローン部長刑事の過去のすべての証言に関する調査に乗り出すだろう。ヒンマンとしても、この裁判で負けるだけでなく、彼女がマローンと組んで担当したほかの二十件の裁判がひっくり返される可能性がある。となると、罪を犯した二十人の売人が刑務所から釈放され、下手をすると、ヒンマンは辞職も余儀なくされる。

しかし、選択肢はほかにもうひとつある。

ヒンマンがバージェイに尋ねる声が聞こえる。「あなたの依頼人は司法取引きに応じる意思はありますか?」

「取引き内容によっては」

ヒンマンの答を聞きながら、マローンは口の中に苦い胆汁が込み上げてくるのを覚える。

「単純所持が一件、一万五千ドルの罰金、未決勾留期間を含めて一年の実刑、本国送還」

「二万ドル、実刑免除、本国送還で」

「裁判長、いかがです?」とヒンマンが尋ねる。

判事はうんざりしたように言う。「被告人が同意するなら司法取引きを承認し、判決を言い渡す」

「もう一点」とヒンマンが言う。「本裁判の記録は封印してください」

「こちらはそれで問題ありません」とバージェイが薄ら笑いを浮かべながら言う。

法廷にはメディアは来ていない。ヒンマンは考える。この件が誰にも察知されない可能性はかなりある。

「記録は封印する」と判事が言う。「メアリー、裁判所としては実に遺憾きわまりない立件だったことを言い添えておく。あとは事務処理だね。マローンは私の判事室に来るように」

判事はそう言って立ち上がる。

ヒンマンはマローンのところに来ると言う。「あんたをぶっ殺してやるから」

バージェイはただマローンを見て笑みを浮かべる。

マローンは判事室にはいる。判事は彼に椅子を勧めさえしない。

「マローン部長刑事、きみは私があと三語も発すれば、バッジも銃も失い、偽証罪で起訴されるところだったんだぞ」

「私は真実を証言しただけです、判事」

「ルッソとモンタギューも同じことを言うだろう」と判事は言う。「警察の壁《ブルー・ウォール》とやらを築くだろう」

そのとおりだ、とマローンは思う。

しかし、そう思ったことは口には出さない。

「きみのせいで」と判事は続ける。「私はほぼまちがいなく有罪の被告人を釈放せざるをえなくなった。本来なら私たちを守るべきニューヨーク市警を守るために」

それを言うなら、あのくそったれバーガーのせいだろうが、とマローンは思う。それと、三二分署の不注意な腐れ巡査が怠けて古い領置票を廃棄しなかったせいだ。あるいは、バーガーに買収されて故意に廃棄しなかったせいか。いずれにしろ、そのクソ野郎は絶対に見つけ出す。

「何か言うことは、部長刑事？」

「法制度そのものがぶっ壊れてるんです、判事」

「出ていきたまえ、マローン部長刑事。きみを見てると吐き気がする」

おれを見てると吐き気がする？　マローンは判事室を退室しながら思う。おれのほうこそあんたを見てると吐き気がするよ、この鼻クソ偽善者。あんたは事件の真相を知りながら、たった今この事件の隠蔽《いんぺい》に手を貸したんだ。あんたは善良だから警察を守ったわけじゃない。そうせざるをえないから守っただけだ。あんた自身、腐ったこの法の世界の人間だからだ。

廊下に出ると、ヒンマンがマローンを待っている。

「あなたもわたしも破滅寸前だった」と彼女は言う。「自分たちを救うためにはあの野郎と取引きせざるをえなかった」

それはお気の毒に、とマローンは胸につぶやく。こっちはこんな取引きよりもっとひどい取引きを毎日してるんだ、クソ毎日。「きみにもわかってるはずだ。ジャンヌ・ダルクぶった台詞は要らないよ」

「わたしはあなたに偽証しろと言った覚えはないから」

「有罪さえ得られれば、おれたちが何をしようと気にもかけちゃいないくせに偉そうなことは言わないでくれ」とマローンは言う。「〝やるべきことをやれ〟と言っておきながら、ちょっとでもしくじると、〝ルールを守りなさい〟だ。誰もがルールを守ってるのなら、おれだって守るさ」

マローンは出口に向かいながら思う——ここが刑事裁判所《クリミナル・コート》と呼ばれてるのにはそれなりのわけがある。くそ。

15

モンテフィオーレ・スクウェアで、マローンはチームのメンバーと落ち合う。四角形《スクウェア》と名づけられているものの、実際はブロードウェイとハミルトン・プレイスと一三八丁目通りにはさまれた三角形《トライアングル》の広場だ。

「何かわかったことは?」とマローンは尋ねる。

「ファット・テディはこの三日間でジョージアの市外局番宛てに三十七回電話をかけてます」とレヴィンが答える。「積み荷の到着はまちがいなく近づいてます」

「ああ。だけど、取引き場所は?」とマローンは尋ねる。

「テディはぎりぎりまで先方に場所を知らせないでしょう。オフィスから連絡してくれれば傍受できるけど、オフィスの外から連絡された場合には、電話したことはわかっても会話の内容まではわかりません」

「テディの電話に傍受令状は出せないのか?」とモンティが尋ねる。

「違法な盗聴器で傍受した内容を理由にしてか?」とマローンは言う。「このご時勢じゃ無理だ」

レヴィンがにやりと笑う。

「何が可笑《おか》しい?」とルッソが尋ねる。

「テディを捕まえてみたらどうです?」とレヴィンは言う。

「あいつは何も吐きっこない」とルッソは言う。「雑魚《ざこ》ばかり何匹捕まえたところで意味はない」

「ちがいます。もっといい考えがあります」

レヴィンは詳しい説明をする。

三人の先輩刑事は顔を見合わせる。

ルッソが口を開く。「なるほど。これがニューヨーク市立大学出身とニューヨーク大学出身のちがいってことか」

「監視を続けろ」とマローンはレヴィンに命じる。「動きがあったらすぐ教えろ」

マローンはサイクス警部のオフィスに出向き、直談判する。

「購入資金が必要です」

「なんのための？」

「カーターが仕入れる予定の銃が〝鉄のパイプライン〟経由でもうすぐマンテルのところに届きます」とマローンは説明する。「その銃を、カーターではなく、おれたちが買い取るんです」

サイクスはマローンをじっと見つめる。「マップ判決に抵触するんじゃないのか？」

「関係ありません。警察であることは伏せてやりますから」

「誰を隠れ蓑《みの》にする？」

「あるタレ込み屋が商談の手筈を整えます。そのCI《C　I》のかわりにおれたちが出張《でば》ります」

「そのCIの名は登録してあるのか？」

「このオフィスを出たらすぐにします」

「いくら必要だ？」

「五万ドル」とマローンは言う。

サイクスは笑い声をあげる。「マクギヴァンに五万ドルを無心してこいと？　違法に集めた情報をもとに？」

「CIの宣誓供述書を出します」

「このオフィスを出たらすぐに、か？」

「マクギヴァンはきっとなんとかしてくれます」とマローンは言う。リスクは高いが、マクギヴァンならきっと賭けに出るはずだ。「おれが担当だって話してもらえれば」サイクスにとっては文字どおりクソを食らわせられるような要求だ。

「取引きはいつだ？」とサイクスは尋ねる。

マローンは肩をすくめる。「近々」

「警視と話をする」とサイクスは言う。「ただし、あくまで私と警視とのあいだのことだ。こまめに連絡を入れて、作戦が一歩でも進むごとに報告しろ」

「了解」

「そのときが来たら、別のチームも参加させよう」とサイクスは言う。「トーレスのチームに応援を頼め」

「サイクス警部……」

「なんだ？」

「トーレスは駄目です」

「トーレスのどこがまずい？」

「この件についてはおれを信じてください」とマローンは言う。

サイクスは数秒とくとマローンを見つめる。「何が言いたい、部長刑事？」

「売買取引きまではおれのチームに任せてください」とマローンは言う。「密輸業者を逮捕するときには応援を寄こしてください。私服警官でもいいし、制服警官でもいい。逮捕実績はあなたの好きなように振り分けてもらってかまわない。なんなら特捜部全体の手柄ということでも」

「ただし、トーレスは抜きで」

「ただし、トーレスは抜きで」

さらに沈黙が流れる。

さらなる凝視がマローンに向けられる。

ようやくサイクスが口を開く。「おまえが下手《へた》を打って、私に火の粉がかかるようなことになったら、いいか、マローン、そのときにはおまえのケツに絶対に消えない火をつけてやるからな」

「あなたのそういう汚いことばって、おれ、わりと好きなんですよね、ボス」

「リヴェラ事件で偽証したの？」とパスがマローンに尋ねる。

「誰とランチを食べたんだ？」とマローンは訊き返す。「ジェリー・バーガーか？」

パスはテーブルにファイルを置いて言う。「わたしの質問に答えて」

「この裁判の資料は封印されてたはずだ」とマローンは言う。「バーガーはこれをどうやって手に入れて、あんたに渡したんだ？」

彼女は答えない。

「あのクソ野郎が全戦全勝なのは、あいつが賢いからだとでも思ってるのか？」とマローンは尋ねる。「あいつの依頼人は全員無実だからとでも？　あの野郎が賄賂を使って判決を勝ち取ったり、金一封と引き換えに証拠を握りつぶしたりしたことなど一度もないなんて思ってるのか？」

「あなたの証拠は握りつぶすまでもなかった。ちがう？」とパスは尋ねる。「あなたは自分でそれ相当の理由をでっち上げて、偽証したんだから」

「あんたがそう言うなら」

「わたしじゃなくて、記録がそう言ってるの」とパスは言う。「この手のことをメアリー・ヒンマンはいつも裁判で容認してるの？」

「今度は彼女か？」

「汚職に手を染めてるなら」

「彼女はちがう」とマローンは言う。「彼女はほっといてやれ」

「どうして？　あなた、彼女とファックしてるの？」

「たまげるね」

「もしあなたが偽証したとなると」とパスは言う。「この司法取引きは無効よ」

「そりゃいい」マローンはそう言って両手をパスに向かって差し出す。「ほら、やれよ。今ここで。手錠をかけろよ」

パスはじっとマローンを見つめつづける。

「もちろん、あんたはそんなことはしない」マローンは両手を下げる。「なんでしないのか？〈ブレイディ対メリーランド州裁判〉の判決に引っかかるからだ——訴訟に関わる警官が法廷で故意に偽証した場合、捜査当局はそれを弁護人に知らせなければならない。おれが偽証したとあんたに言えば、おれが逮捕した刑務所の中にいる連中が裁判のやり直しを求めてくる。つまり、四十から五十もの事件の再公判を余儀なくされる。さらに、あんたの仲間の検察官に関わる問題も出てくる。あんたら検察官は、おれが嘘をついていることを知りながら、裁判に勝つためにそれを黙認したのかどうか。そういう問題だ。だから、おれに向かって、聖人ぶった上から目線のたわごとをほざくのはやめろ。それはあんた自身、今の地位に登りつめるのにやってきたことだろうが、ええ？」

部屋に沈黙が流れる。

「あんたらクソ連邦政府の連中は」とマローンは続ける。「有罪判決を勝ち取るためなら嘘もつけば、騙しもし、おふくろの目ん玉だって売りかねない。なのに、なぜかお巡りが同じことをすると、そりゃまずいよなんて言いだすんだよ」

「その辺でやめとけ、デニー」とオデルが言う。

「おれはこれまで何件分の起訴に協力した？　もう六件になるか？　七件か？」とマローンは尋ねる。「いったいこれはいつ終わるんだ？　何人差し出せばあんたらは満足するんだ？」

「わたしたちがこれで終わりと言ったときが終わりよ」とパスが言う。

「それはいつだ？」とマローンは尋ねる。「あんたはどこまで上を狙ってる？　あんたの肝っ玉はどれだけ据わってる、パス？　それは判事にも手を出せるほどでかい肝っ玉なのか、ええ？　あいつらの税引き後の稼ぎはいくらだと思う？　ウェスト・パームビーチにコンドミニアムを買えるほどあると思うか？　やつらがヴェガスに行って、ただで接待を受けてることについちゃどうだ？　スッても帳消しにしてもらってることについちゃどうだ？　どうしてそんなことになるのか、興味はないのか？」

「急にどうした？」とワイントラウブが口をはさむ。「にわか社会運動家にでもなったか？」

パスが言う。「もしあなたが何か知ってるなら――」

「そんなことは誰だって知ってるよ!」とマローンは声を荒らげる。「売店で新聞を売ってるくそインド人だって! 街角にいる十歳の黒人のクソガキだって! なのに、あんたたちだけが知らないってのはどういうわけだって訊いてるんだ!」

また沈黙が流れる。

「ああ、ようやく静かになったな」とマローンは言う。

「切り込むときにはおれたちとしても下から上に向かわなきゃならない」とオデルが言う。

「そりゃそのほうが手っ取り早いからな、ちがうか?」とマローンは言う。「あんたらにとって都合がいいからな。自分のケツを危険にさらさなくてすむからな」

「汚職警官の講釈をおとなしく聞くつもりはないから」とパスが言う。

「そもそもあんたらには聞く必要のないことだ」

マローンはそう言って立ち上がる。

「坐ってくれ、デニー」とオデルが言う。

「もうあんたらはおれから充分に搾り取った」とマローンは言う。「こっちはつきあいのある弁護士は全員差し出した。これでもう終わりだ」

「そういうことなら、あなたを起訴するわ」とパスは言う。

「そういうことなら、おれを証言台に立たせるといい」とマローンは言う。「おれがどんなやつの名前を挙げるか法廷で聞くといい。そのあとあんたらのキャリアがどうなるか見るといい」

「わたしがどんな職業的野心を抱いていようと」とパスが言う。「それはこの件にはなんの関係もないことよ」

「はっ！　今のはおれが復活祭のウサギ《イースター・バニー》だってくらいには真実味のある話だな」

彼はそう言って、出口に向かう。

「確かにあなたの言うとおりよ、マローン」とパスが言う。「弁護士に関しては、あなたは最大限協力してくれた。次は警察の番よ」

おれは大馬鹿野郎だ。マローンは心底そう思う。弁護士はおれを誘い込む撒き餌《え》にすぎなかった。おれだって今まで同じ手口で何人もの密告者を陥れてきたのに。一度毒の実を食らわせれば、もうそいつはおまえの手駒だ。あとはそいつを街場に放って骨の髄までしゃぶり尽くせばいいだけのことだ。

自分だけはそんな手に引っかかるわけがないと思っていたのに。なのにまんまと引っかかるとは。

「最初に言っただろう」とマローンは言う。「お巡りはなしだ」

「あなたは警官を差し出すしかないのよ。協力しないなら、弁護士を告発するときに情報源があなただって発表するわよ」パスはそこでことばを切ると、いっとき間《ま》を置いてから笑みを浮かべて言う。「逃げなさい、デニー。逃げたらいい」

このクソ女《アマ》はおれのキンタマを二個とも握ってる。ひねりつぶさんばかりの力で。マローンはそう思う。まんまとはめられた。おれがネズミだという情報をこのアマがひとことでも洩らせば、市警もチミーノ・ファミリーも、市庁舎のくそったれどもも、束になっておれを追いつめにくるだろう。

そうなれば、おれは死んだも同然だ。

マローンは言う。「このスペ公の腐れまんこ」

パスは笑いながら言う。「スペ公の腐れまんこが上等だっていうのはよく知られてる事実よ。だからみんな欲しがるの。さあ、警官を出して。証拠を録音してきて」

そう言って、パスのほうがさきに部屋を出ていく。

部屋がぐるぐるとまわりはじめる。マローンは必死に正気を保とうとしながら、オデルに言う。「約束がちがう」

「何もあんたのパートナーを差し出せと言ってるわけじゃない」とオデルは言う。「ほかの誰かをひとりかふたり、差し出してくれればそれでいい。あんたの眼から見ても、一線を越えてるとしか思えない警官がいるはずだ、デニー。おれたちが狙ってるのはそういったあくどい警官だ——街から一掃すべき警官だ」

「おれはチームの人間には手を出さない」とマローンは言う。

「これはむしろきみのチームを救うことになる」とオデルは言う。「おれたちのことを馬鹿か何かとでも思ってるのか？　リヴェラ訴訟を自分の力で乗り切ったみたいにこの件もうまく切り抜けられると思ってるのか？　おれたちがあんたを起訴したら、彼らも同罪になるんだぜ——ルッソもモンタギューも」

「要するに、彼らの運命はあんたにかかってるということだ」とワイントラウブが言う。

「だから馬鹿な真似はするんじゃない」

「デニー」とオデルが言う。「おれはあんたが気に入ってる。あんたを悪いやつだとは思わない。あんたは悪事を働いた、いいやつだ。この窮地を逃れる方法はまだある。あんたもあんたのチームもまだ生き延びられる。おれたちに手を貸してくれさえすりゃ、おれたちもあんたに手を貸すよ」

「パスはどうなんだ？」

「彼女はこういう話に関わるわけにはいかない。言うまでもないが」とオデルは言う。

ワイントラウブも言う。「だいたい今どうして彼女は出ていったと思う？」

「おれがひとりかふたり差し出せば」とマローンは言う。「あんたらは神聖きわまりない自分たちのことばに責任を持つと――あんたらのガキの目ん玉を賭けても――おれのチームのメンバーには手を出さないというんだな?」

「約束する」とオデルが答える。

いかにして人は一線を越えてしまうのか。

一歩一歩越えるのだ。

訳者紹介　田口俊樹

英米文学翻訳家。早稲田大学文学部卒。主な訳書にブロック『八百万の死にざま』、ベニオフ『卵をめぐる祖父の戦争』、レナード『ラブラバ』(以上、早川書房)、マクドナルド『動く標的』(東京創元社)、スミス『偽りの楽園』(新潮社)、テラン『その犬の歩むところ』(文藝春秋)など多数。

ハーパーBOOKS

ダ・フォース 上

2018年3月26日発行　第1刷
2018年4月20日発行　第2刷

著　者　ドン・ウィンズロウ
訳　者　田《た》口《ぐち》俊《とし》樹《き》
発行人　フランク・フォーリー
発行所　株式会社ハーパーコリンズ・ジャパン
東京都千代田区外神田3-16-8
03-5295-8091(営業)
0570-008091(読者サービス係)

印刷・製本　株式会社 廣済堂

この書籍の本文は環境対応型の植物油インクを使用して印刷しています。

ISBN978-4-596-55081-1